U0071185

歐洲不再是傳說

EUROPE

中歐篇・西歐篇・南歐篇・北歐篇・東歐篇

歐洲華文作家協會 著　麥勝梅、王雙秀 主編

序一

行萬里路勝讀萬卷書

我們中國的古人說：「行萬里路勝讀萬卷書。」

西方的大科學家牛頓說：「如果我比別人看得更遠，是因為站在巨人的肩膀上。」

巨人的肩膀在哪裡？甚麼是巨人的肩膀？

我想牛頓所說的巨人肩膀，指的是豐富的知識、開闊的心胸、博廣的見聞和對大自然、對人生真切的體會、認識。

如此說來，巨人的肩膀彷彿很高，要爬上去頗不簡單，究竟要怎樣做才能達到目的？

《中庸》有言：「君子之道，辟如行遠，必自邇。辟如登高，必自卑。」

老子也說：「千里之行，始於足下。不積跬步，無以至千里；不積小流，無以成江海。」

稍一分析就明白，這幾位中外先賢們所說的語言用詞雖然不同，其中的含意卻相去不遠，都是說：要多聞多看。多聞多看才能提高對自身和外界的真正瞭解，增加知識與智慧。

行遠自邇，登高自卑，是至理格言。用現代語言來解讀，那意思就是：一個人要走得遠，才會知道自己「不遠」。登到高的山上，才能悟出自己不但不高，其實還「很卑」，否則陳子昂怎會寫出「念天地之悠悠，獨愴然而涕下」的千古至文！

「千里之行，始於足下」，亦是我們走在人生道上應該必懂的道理。那麼久遠的年代裡，老子就鼓勵人們要「走出去」。告

訴我們：心中理想，腦中天地，如果只停留在想像和蘊釀中，是不夠的，重要的是要付諸於施行、走向廣大現實世界，百聞不如一見。

至於「攀上巨人的肩膀」，仔細想想倒也不難，透過學習，閱讀，旅遊，親睹大千世界芸芸眾生，提高對世間萬物的欣賞品味，亦就是一步步的攀上巨人的肩膀了。

綜合各家的睿智名言，最終的結論便是那句我們耳熟能詳的話了：行萬里路勝讀萬卷書。

也許有人要問：為甚麼行萬里路勝讀萬卷書？難道旅行遊歷比博覽群書閱讀求知還重要嗎？

讀萬卷書行萬里路都重要。如果一個人從不讀書，完全沒有書本上的知識，縱是走遍地球，所見所聞亦只是表面的現象，對走過之處並無深刻瞭解，辜負了自己比一般人廣闊許多的寶貴機緣。相反的，若是只抱著書本閱讀，自以為已經看遍世間百態，而事實上可能僅是陶醉在個人的想像之中，與真正情形相去甚遠。

讀書、行路是一回事，讀書是靜態求知，行路是動態求知，都是為了增長知識開闊眼界，追求更充實美好的人生，讓生活更快樂。

旅遊與文學結合並非始自今日，可說古今中外皆有，其中出名的如《老殘遊記》、《徐霞客遊記》、《馬可・波羅遊記》、

哥倫布的《航海日誌》，還有醫學家李時珍所著的《本草綱目》，雖非遊記、卻是靠「行路」寫出的宏偉巨著。可見行萬里路至少和讀萬卷書同樣重要。

《老殘遊記》的作者為清代劉鶚，他借走方醫生老殘的身份，敘述在遊歷中的見聞和感想，寫出這本遊記，全書20回，文筆靈活生動，極受好評。雖叫遊記，卻被後世定位為清末四大譴責小說之一。

徐霞客是明代人，終生喜歡探幽尋秘，研究人文、地理、礦石、動植物狀況。他長途跋涉，遊蹤經南北16省，到過許多前人未至的地區，一路寫遊記。可惜手稿大部分被焚於戰火，後經人收集殘存稿出版《徐霞客遊記》。這本書被認為有很高的科學和文學價值。

明朝李時珍是中國歷史上最著名的醫學家，他撰寫《本草綱目》時，感到所見資料中藥名混雜，難看出藥物的形狀和生長過程，於是放棄「紙上猜度」，決心親身深入研究，遠涉深山野谷收集藥物標本，30年後完成《本草綱目》。

西方出版的遊記文學不少，只說我們最熟知的的馬可・波羅。馬可・波羅是義大利威尼斯商人，元朝期間隨同父親和叔叔通過絲綢之路來到中國。回義大利後，在海戰中被俘，一個叫魯斯蒂千的人在監獄裡聽他口述旅遊見聞，寫出《馬可・波羅遊記》。

西班牙人哥倫布的大名當然流芳千秋萬世。他熱愛航海冒險，並認為地球是圓的，所以向東能到的地方向西也能到。為了印證此一想法，在1492年到1502年間曾經四次橫渡大西洋，發現了美洲新大陸。哥倫布所著《航海日誌》，就是記錄每天的海上風雲和在新大陸上發現的事物。

劉鶚、徐霞客、李時珍、馬可・波羅、哥倫布等等都是「行

萬里路勝讀萬卷書」的最好的證明。若非遊走天涯行路萬里，怎能親眼得見千姿百態的新世界，怎會明白天地間有那麼多以前所不知的事物！又怎能體會到海闊天空宇宙無垠的震憾，而成就了那樣大的事業！

讀萬卷書讓人胸懷經綸增長智慧，但不能把我們帶出紙上談兵的書齋小天地。世界如此美麗、廣闊、多樣而新奇，走出去親眼一見，恰好補足書本裡所缺少的。行萬里路與讀萬卷書便巧妙地產生了互補作用。

目前這個時段是文學的低潮期，出版業的情況不如往昔興旺，出版純文學的作品尤其困難，作家們紛紛在尋找新題材，以期突破低迷不振的氣氛。而與此同時，一般人的生活尚稱平穩，沒有大規模的戰爭，世界勉強算得上和平，中產階級成了社會中堅，有能力出國遊歷的人不在少數。旅遊文學、美食文學、環保文學等，自然而然地就成為最受歡迎的文類。

歐洲面積1016萬平方公里，包括四十幾個國家和地區，是人口密度最大的一個洲。自十七世紀起始，便逐漸成為世界經濟中心。在工業、交通、貿易、金融保險、科學技術的若干領域，也處於世界領先地位。

歐洲具有很深厚的文化底蘊自不待言，只看歐洲史前美術體現的舊石器時代，和中、新石器時代的建築、雕刻、繪畫以及工藝的成就，便知她的文化基礎和水準是如何的深厚博大。

文藝復興是人類文化史上一次重要的運動，那之後出現了一大批傑出的作家、詩人、音樂家、畫家等等，給整個世界貢獻了燦爛的文藝珍品。在今天的許多歐洲城市：如雅典、羅馬、巴黎、維也納、柏林以及莫斯科等，都可看到具有悠久歷史的，豐富而輝煌的傳統歐洲文化遺蹟。對推動與奠定現代文明的人類歷史進程，歐洲人貢獻巨大。

歐洲也有美麗的自然環境：歐洲大陸是伸入大西洋中的一個大半島，世界上海岸線最曲折複雜的一個洲。阿爾卑斯山脈勢態雄偉，許多峰頂終年積著白雪。歐洲的河流也多，河網稠密，大多發源於歐洲中部，分別流入大西洋、北冰洋、裡海、黑海和地中海。伏爾加河為世界最長的內流河，多瑙河是世界流經國家最多的河流，萊茵河是世界航運量最大的河流。歐洲亦多湖，湖泊多為冰川變化形成，譬如芬蘭大小湖泊有6萬個以上，被稱做「千湖之國」。

南歐、西歐、中歐、北歐和東歐五個地區的不同國家，從陽光普照的西班牙到冰天雪地的俄羅斯，處處有奇景異色。

居住在這樣的環境裡，歐洲的華文作家們可謂得天獨厚。上天對他們更厚的，是給予手上那隻靈活有致，揮灑自如的筆，和一個從事文學工作者必不可缺的，善於深思的，細膩靈動的頭腦，以及剛柔並行的豪氣和感情。住在歐洲，他們不僅是生活和工作，也在觀看、感覺、探求，和更深入的瞭解，關愛這個自己選擇的新鄉。歐洲的華文作家寫歐洲，正是現身說法，既親切又生動，讀者會在他們的筆下，看到歐洲最真實的一面。

《歐洲不再是傳說》的兩位主編，麥勝梅和王雙秀，是歐洲華文作家協會成立的第一天，就與我一同耕耘歐洲華文文學這塊新地的夥伴。我還記得她們當時的模樣，大概因為與大家全不相識，又沒出版過書，只發表過些零星作品，都坐在那兒聽別人發話，默默的不言不語，看上去很「青澀」。歲月飛馳，二十年的時間過去了，她們寫書編書，組織文學活動，出席文學會議，都練成了文壇一將。就像現在的歐洲華文作協會長俞力工，副會長朱文輝，一個寫政論，一個寫推理小說，筆耕勤快，已成文壇一家。

麥勝梅　攝

對這個雄美遼闊的世界，我們需要更深的認識。《歐洲不再是傳說》可以幫助我們更好地懂得歐洲，幫助我們「站在巨人肩膀上」，看得更遠想得更深。對《歐洲不再是傳說》的寫作者來說，用筆描繪出胸懷中的歐洲風情是一種幸福、快樂。他們亦願意將這種幸福快樂與讀者分享。

趙淑俠

林凱瑜 攝

序二

西遊記行

呈現在讀者面前的是一部《新西遊記》。此遊記描摹的不是光怪陸離、色彩斑斕的神話世界，而是個經過數千年精心打造的人文寶庫。遊走在歐洲大陸，我們不會遭遇「山高路險驚難下，忽遇山中識徑人」的尷尬情景，也不必擔心為了物資匱乏而必須忍饑挨餓。

這是一個曾經讓我們長期感受落後與自卑的文化圈，如今，遊走在英倫的蕭然霪雨與羅馬的濃墨重彩之間，瞻仰伊斯坦堡、聖彼得堡的奪珍奇景與北歐的鄉風民俗之後，我們禁不住在報導歐洲大地的山川風貌、圖經地志與民情軼事之餘，認真地進行多方位的觀察、聯想、對比和解讀。

綜觀37位作家的記錄，不見虛無縹緲不實之詞，更沒有雲車仙影的杜撰，而是抱著謙虛誠摯之心，探討這幅畫卷值得我們借鑒的諸多神來之筆。

這也不是一部「五國七日遊」雜記，而是眾多作者旅居歐洲數十年的經驗、感觸與研究積澱，也是一部生活之旅的忠實反映。在這全球化浪潮洶湧、腦力互相激蕩的當頭，我們不求意味雋永，流芳百世，僅僅期盼能夠透過回環反復的探討與追踪，起點唐僧取經的作用。

歐洲華文作家協會會長

俞力工

2010年5月5日於奧地利，維也納

麥勝梅　攝

序三

眼底下的風景

每當滿院子的枝椏開始冒出嫩嫩的綠葉時，大地早已一片繁花美景。在蔚藍的天空下，我總希望能放下身邊的事遠走高飛。也許不用跑得很遠，因為家就在歐洲，出了門處處都賞心悅目。

歐洲的美，在於優美的環境、秀麗的山水、莊嚴的歷史建築物、豐富的人文和輝煌的藝術經典。

傳說宙斯在觀察地球時愛上了一位美麗迷人的腓尼基國公主歐羅巴（Europa），宙斯化身成為一頭溫馴的公牛來親近她。當歐羅巴好奇的騎上了這頭公牛背上時，這頭公牛忽然狂跳起來，背著歐羅巴飛越重洋帶到克里特島，後來歐羅巴就成了宙斯的妻子之一。從此，傳說歐洲大陸就是以歐羅巴為命名的。

「歐洲」在一群海外寫作人眼底下，不僅是一個地理概念，更是一個西方文化的城堡。而旅行就是通往城堡的一個路程，引人暇思，也牽動人浸淫其中。

德國人喜愛旅行，對旅行作了最切實的詮釋：「旅行，充實也。」人生是由無數的旅行組成，每個旅人都隨著心中的地圖去體驗陌生的地方和事物。旅人的眼睛是好奇的，他帶點仰慕，也帶點貪婪，想將所見所聞所品味過的一切，帶回作為邂逅的證據。

邂逅是文學創作的動機，我們收集了37位歐華作家的62篇難忘的實地旅行心得，集成《歐洲不再是傳說》一書。他們，屬於心靈最為敏感的一群，捕捉一閃而過的靈感，形諸於文字，點燃了旅途中的每一盞燈，成為生命中珍貴的記憶；他們，跋山涉水踩踏前人的腳印，走過歐洲20多座不同的城市，是奧地利迷人的音樂薈萃或羅馬的金碧輝煌藝術殿堂，留住了那行走的雙足？或是只為了與哲人黑格爾、康德、尼采、文學家赫曼赫塞、卡夫卡、海明威作對話，在那精神象徵的地標中忘了催人回返的時間？

他們總是在光影微顫中樂此不疲地尋索遺忘的典故與歷史。不僅如此，他們，充當來自千里外的旅人，化艱苦成為浪漫豪情，搭火車走基輔與西伯利亞感受另類的旅遊。旅人，有時也可以是一個虔誠的朝聖者，一步一腳印，細訴聖地牙哥之路的徒步心路歷程。

我在編輯過程中追隨他們的腳步深入歐洲，感受了他們筆下的歐洲每一塊土地的人文風景，領悟到深藏在動人的文字底下歐洲人的智慧，受益匪淺。在《歐洲不再是傳說》一書出版的前夕，我心裡只有一個願望，希望這本書集能夠深深感動讀者和激發起走萬里路的衝動。

在這裡我要感謝歐華作家們的踴躍賜稿，感謝歐華作協會長俞力工先生的大力推動，感謝黃世宜和高麗娟兩位校對能手在百忙中抽空為本書校對，和感謝秀威出版社編輯組（林世玲、蔡曉雯）協助本書順利出版。

另外，編輯工作能夠順利完成，特別要感謝的是雙秀，感謝她在編輯過程中給我的指導和支持。

歐洲華文作家協會副祕書長

麥勝梅

2010年5月18日於威茲拉

麥勝梅 攝

序四

光影歐洲

上提，下拉，逗點，句號，分段，切行，與勝梅兩人分別坐在不同城市的一個房間裡，翻動著眼前印在銀光幕上的文字。是文字掘動著人，還是人要掘動那些跳躍在文字背後的故事呢？在過了許久之後，兩人終於感應到一個中間點，開始一篇篇一字字逐字推敲地唸過去。就這樣如旅人般一路前行。至終，卻不知是故事引領了我們，還是我們心內根深蒂固的鄉愁限定了它的樣貌，我想多半是前者吧。終於，原有鬱結心中諸多不確定的煩愁與記罣，在這些紛沓在不同時空以及角度下亮麗燦爛的腳程中點點銷融。這之間，還體驗了勝梅對這本文選付出的無端厚重的心神，在此一提。

是的，所有的預設都不如這般地走過，從中生出萬般情分，在裡面找到了我們想要的歸宿，並且成功堆砌了歐華旅遊文選——《歐洲不再是傳說》呈現在你眼前如今的模樣。

37位會友62篇敘情，一處處文物風景在風格迴異的文字串綴之下，光影閃爍在眼前流過之際，內心的喜悅逐日瀰漫膨脹，是何等的姿色幻化其中啊。可以說是前無古人嗎？這62篇的人文風景透過不同作者的筆端變得飽滿多格，心靈與智慧在旅途中碰撞衝擊，這將會帶動出甚麼樣社會思潮的變化與發展呢？

走在21世紀的地圖上，世界的邊陲已經消失，宇宙的未知不斷被開解，過去是探險家的旅程，而今日我們成為遊人，丈量地圖的工具是我們手中的照相機與眼耳口鼻觀照之下的凝視邂逅。德國作家丹尼爾・凱曼的《丈量世界》一書，記錄出宏堡與高斯兩位天才德國科學家的各自丈量途程，一位是坐在家中手拿著望遠鏡觀測遙遠宇宙中的星體，一位以腳程以馬匹輪船等穿越了百千個驛站征服了長長的距離，他們自始至終沒有偏離的是對科學的激情與執著，而最終產生的疑問是，他們兩人是誰去到了更遠的地方，是誰依然留在故鄉？

是啊，是誰依然留在故鄉！

再回到本書中37位從歐洲不同的角落出發的會友的腳程，即使他們的身體已經穿越萬裡路遙，而魂牽夢繫的，依然是那個家那個故鄉。這一次匯聚出的凝視，是華人華文在域外旅程上的哨鹿起身，開地萬里，不是嗎？在21世紀世界的丈量中，無意間展現出一個新的高度！

王雙秀

2010年5月15日於漢堡

麥勝梅　攝

作者介紹

趙淑俠

旅居歐洲三十餘年，現居美國。著有長短篇小說及散文，共出版作品三十餘種。德語譯本小說有《夢痕》、《翡翠戎指》、《我們的歌》。1980年獲台灣文藝協會小說創作獎，1991年獲中山文藝小說創作獎。曾任歐華作協會長及海外華文女作家協會會長。並受聘為、浙江大學、華中師範大學、黑龍江大學等院校的客座教授。2008年獲世界華文作家協會終身成就獎。

黃世宜

1977年生， 台灣高雄人。 瑞士日內瓦大學文學碩士。 (Licence e`s lettres，Universite' de Gene`ve)曾獲明報世界華文旅遊文學獎第三名。瑞士汝拉區社區大學（UP Jurassienne）中文教師，從事寫作和華語教學。是個喜歡聽故事也喜歡說故事的人。

顏敏如

台灣高雄市人，是歐洲華文作協和獨立中文筆會會員。小說《此時此刻我不在》以德文寫作完成後，自行中譯，2007年成書出版。有關文化大革命的德語文章Die roteste aller Sonnen在2009年一月發表於瑞士德語區菁英報Neue Zuercher Zeitung，同年二月接受史東《八方論談》電視訪談，八月獲邀在瑞士法語區Le Château de Lavigny停留三週寫作，十月出版《拜訪壞人——一個文學人的時事傳說》。

楊允達

祖籍北平。台灣大學歷史系畢業，政大新聞研究所碩士，法國巴黎大學文學博士。曾任駐外特派員、外文部主任。十五歲開始寫詩，1953年與詩人紀弦等人創立現代詩社。現任世界詩人大會主席暨美國世界藝術文化學院院長，著有詩集六本、散文集六本、詩評理論二本，翻譯詩集三本。曾獲中國文藝協會《榮譽文藝獎章》、中國新詩學會《詩教獎》等多項文藝獎。

方麗娜

1966年生於中國河南商丘。1998年赴奧地利多瑙大學攻讀MBA工商管理碩士，同期在德國實習。2003年定居奧地利維也納，現為歐洲作家協會會員；曾任《地球村》雜志副主編和《中國人報》主編，其作品散見各大報章、雜誌及國內外網站。旅歐期間作品多次獲獎。著有散文集《遠方有詩意》。

麥勝梅

生於越南堤岸，國立台灣師範大學教育學士，德國阿亨理工大學社會學碩士。曾任海外華文女作家協會秘書，威茲拉市成人教育中文講師，威茲拉市立博物館解說員。現任歐洲華文作家協會副秘書，德國聯邦政府翻譯員，著有《千山萬水話德國》，主編《歐洲華文作家文選》等。

作者介紹

穆紫荊

原名李晶。1962年生於上海。上海復旦大學中文系畢業。1987年到德國。曾任波鴻魯爾大學東亞系漢學教學助理。後定居德國。現為歐洲華文作家協會會員，世界華文小小說協會會員，德國黑森州君子中文學校教師。作品散見於上海新民晚報、上海海上文壇、歐洲大紀元時報、美國星島日報、德國歐華導報，以及德國本月刊雜誌。

高蓓明

1959年生於上海，1982年畢業於華東理工大學藥物專業，後在上海油脂研究所工作。1989年前往日本研修日語，1990年底轉往德國。在德期間攻讀了外貿專業，並在一些企業短期工作。業餘時間完成了台灣中華函授學校的文學課程和海外學人培訓網的神學課程。閑來喜歡旅遊，舞文弄筆。目前定居於德國R市。

池元蓮

香港出生，台灣大學外文系畢業，美國加州柏克萊大學碩士，與丹麥人結婚定居丹麥。出版中英著作十餘種，以《兩性風暴》最受歡迎，新浪網全書連載總擊點已近二百萬；《性革命新浪潮——北歐性現狀記實》最富學術性，被北京、台灣、香港多間大學圖書館收藏研究；《歐洲另類風情——北歐五國》最長壽，出版十多年後又復活。

謝盛友

1958年出生於海南島文昌縣。中山大學德國語言文學專業學士（1983），德國班貝格大學新聞學碩士（1993），1993-1996在德國埃爾蘭根大學進行西方法制史研究。著有《微言德國》、《人在德國》、《感受德國》、《老闆心得》、《故鄉明月》。現任歐洲《European Chinese News》出版人，歐洲華文作家協會副會長。

黃雨欣

1966年出生。畢業於吉林大學醫學院，曾就職於吉林大學經濟管理學院，自1992年末遊歷歐洲。1994年開始發表作品，至今已在國內外各大中文報刊雜誌發表文章幾百篇，一些文章曾被國內知名媒體和網站廣泛轉載。現為歐洲華文作家協會理事、中國微型小說家協會、海外華文女作家協會會員。閒暇喜歡寄情山水、博覽雜書、觀摩大片以及看肥皂劇。

鄭伊雯

台灣屏東人，輔大中文系、輔大傳研所碩士。資深旅遊記者，目前旅居德國，專事歐洲生活雜記與旅遊採訪寫作。著有《北台灣森林渡假情報》、《尼泊爾》、《德國·萊茵河》、《德奧義阿爾卑斯山之旅》、《德國玩全指南》、《走入德國童話大道》、《阿爾卑斯山旅筆記》等書。

作者介紹

譚綠屏

漢堡藝術家。南京市美協、江蘇省花鳥畫研究會海外會員、漢堡文化藝術協會《萬象更新》（Alles wird schoen）名譽主席、德中文化交流協會會長、世界微型小說研究會歐洲理事。被慈濟功德會漢堡分會長期邀約撰寫報導。

林凱瑜

2003年加入歐華作協。曾在日本文化古城京都修學日本文學。1996年進華沙中文系進修，1999年得到碩士學位。現任華沙國立經濟大學及華沙私立企業管理學院中文教師，2002年自立一所中文學校，2004年在私立企管大學任教至今，2007年加入德國中文學校聯合會，2009年出版中波教科書。

于采薇

1952 年次，台灣北投出生，文化學院畢業，柏林自由大學藝術史肄業。目前定居柏林，在旅行社工作。

李永華

筆名老木，旅居捷克。曾做過汽車裝配工、服兵役，學習電子、哲學、農學、法學。在中國農業科學院任職期間，主持人參、西洋參儲存保鮮研究，和發表論文。後出國經商，開農場、飯店，諮詢、中介服務。創辦捷克華文刊物《商會通訊》和《捷華通訊》，現任捷克金橋有限公司總經理，旅捷華人聯誼會副會長、歐洲華文作協副會長。

郭瑩

國際問題評論員。著作有：環球行紀實《相識西風》、《老外侃中國》、《一家兩制——嫁給老外的酸甜苦辣》和文化紀實《歐洲如一面鏡子》。曾榮獲世界華文旅遊文學徵文獎亞軍；上海《新民晚報》「我的第一本書徵文獎」季軍。曾參與鳳凰衛視時事評論節目。曾任教香港公開大學碩士生班文學評論課。

李寒曦

生於雲南昆明，老三屆初中生，插隊瑞麗時跑緬甸參加緬共人民軍5年，當衛生員，戰地救護。回國後在醫院當護士3年，上醫學院後，擔任外科醫生十餘年。之後莫斯科人民友誼大學肄業。現在莫斯科做中醫中藥推廣工作。

作者介紹

丘彥明

現居荷蘭。台灣政治大學碩士、比利時布魯塞爾皇家藝術學院肄業。曾任聯合報副刊編輯、聯合文學雜誌總編輯。曾獲台灣新聞局金鼎獎最佳雜誌編輯獎、聯合報讀書人文學類十大好書獎、中國時報開卷文學類十大好書獎。著有《人情之美》、《浮生悠悠》、《家住聖安哈塔村》、《荷蘭牧歌》、《踏尋梵谷的足跡》、《翻開梵谷的時代》等書。

王雙秀

台灣出生。文化大學德文系畢業，曾任德文系助教，漢堡大學藝術史博士班。現任顧問諮詢，觸及產業有奈米科技、風能、數位遊戲等。1996-2002年曾任歐洲華文作家協會秘書長，著有《漢堡散記》。

林奇梅

台灣嘉義縣人，住倫敦，歐洲華文作家協會理事，海外華文女作家協會會員。從事寫作多年，喜作散文、詩和少年小說。著作《倫敦寄語》、《金黄耀眼》、《晨曦》、《林奇梅童詩選——女巫，風箏，小溪》、《稻草人迪克》等。榮獲華文著述獎作品：《厝鳥仔遠飛》、《美的饗宴》、《青草地》、《稻草人傑克》、《稻草人貝克》。

潘縵怡

原名石縵儀，出生於湖北。1949年移居台灣，台北一女中畢業，台大歷史系獲學位後供職於石油公司，翌年赴美留學；在印地安那大學取得圖書館員資格證，繼而在紐約布魯克林公立圖書館實習一年。曾在《世界日報》、《國語日報》及台港各報章雜誌發表文章，並於北京兒童出版社出譯書。

趙曼

本名趙曼娟，台北出生，擁有主副業和多種頭銜，典型新時代女性兼儒商。平日從事房地產、股票、科技、繪畫、寫作，旅遊30餘國，擅運用豐富人生閱歷，筆觸幽默奇趣，文章散見國內、外各大報，著有《版畫名家金榜》、《巴黎曼陀羅》、《古董精品》、《巴黎心咖啡情》等；現任昌盛國科技公司董事長。

黃德勝

1963年出生於台北，中山大學電機系畢業，歷任英業達、唯冠、光群雷射、鴻海等百大企業科技公司經理；擅寫商業企劃大案及國際經貿談判；擁有武術及中醫各兩張執照，與趙曼2002年結婚後居住巴黎，曾參與中法經貿高峰會議、歐華年會、世界作協大會；現任勝歌電腦公司董事長。

作者介紹

蔡文琪

1961年生於台灣的雨港，基隆。世界新專電影編導科畢業，美國紐約理工學院傳播藝術碩士，芬蘭赫爾辛基大學博士班研究生。居住過美國、芬蘭、土耳其，現住北京。曾擔任台灣《中國時報》土耳其特約記者、《歐洲日報》土耳其特派記者。著有《TO GO土耳其》。

呂大明

國立台灣藝專畢業，英國利物浦大學碩士，巴黎大學博士研究。曾任歐華作協副會長，著有《這一代弦音》、《世紀愛情四帖》等十餘種。翻譯《天主的子民》、戲劇《蘭婷》並編寫電視廣播劇《梅莊舊事》、《孔雀東南飛》、《雲深不知處》二百餘集。曾獲幼獅文藝散文獎、新聞處散文獎、兩居華文著述獎散文、耕莘文教院兩屆文學獎、台灣文建會翻譯獎等。

張琴

自由撰稿人。曾獲歐洲華人作家西班牙賽區徵文首獎。法國《歐洲時報》徵文三等獎；西班牙《華新報》徵文二等獎。出版紀實文學《地中海的夢》、《異情綺夢》，《浪跡塵寰》、《田園牧歌》、《琴心散文集》，《秋，長鳴的悲歌》、詩集《天籟琴瑟》。現為西班牙作家藝術家協會華人會員。歐洲華文作家協會會員，世界華文小小說總會會員。

李智方

生於淡水鎮。國立藝專西畫組畢業。旅居西班牙，馬德里康普魯登斯大學美術學院繪畫系碩士。現任馬德里三石市立文化之家兒童造型藝術班指導老師。自1993年起，散文及詩作散見中央日報世華週刊、宏觀報、人間福報暨《笠》詩刊等。詩集《我多想告訴妳》頃獲二〇〇九年海外優秀華文作品文藝創作獎詩歌類第一名。

楊翠屏

台灣斗六市人。政大外交系畢業，巴黎七大文學博士。譯有《見證》、《西蒙波娃回憶錄》、《第二性：第三卷》（聯合報讀書人非文學類最佳書獎）。著作：《看婚姻如何影響女人》、《活得更快樂》（台北市政府新聞處推介為優良讀物）、《名女作家的背後》、《誰說法國只有浪漫》、《忘了我是誰：阿茲海默症的世紀危機》。

莫索爾

大學外文、新聞系所畢業，長期從事新聞工作，早期在台灣曾任編譯，為新生報撰寫影評，並在此報發表連載之《西洋音樂史話》。1963來西班牙留學，三年後擔任中央通訊社駐西特派員，後派至阿根廷數年。1990年代初期退休後擔任中央日報駐歐撰述歐洲政情，間或為中副、台港及歐洲報刊寫稿。

作者介紹

郭鳳西

出生在溫馨開明的眷村家庭。父親郭岐是抗日將領。初中讀北一女，高中北商，大學是文大商學系，鳳西性情活潑開朗，興趣廣泛，多年來在閱讀之餘，也勤於寫作，著作《旅比書簡》、《黃金年代的震撼歲月》、《歐洲剪影》並曾得中央日報創作獎。現任歐洲華文作家協會秘書長、比利時比京長青會會長、比利時中山學校校長。

文俊雅

祖籍廣東，1975年出生，應用心理學碩士。曾任電台及電視節目主持工作，現旅居倫敦。2007年以來陸續在《科技合作論壇》、《英中時報》和《華人文摘》等報刊雜誌，發表了〈虎頭虎腦的這一年〉、〈昨夜曾飄雪〉、〈軼事就在身邊〉、〈母親〉、〈倫敦奧運聖火傳遞〉、〈傷逝〉、〈我見到了總理〉、〈望月〉、〈隨夫隨任隨筆〉、〈人來人往的Maida Vale 42〉等文章。

高麗娟

1958年生，畢業於台大中文系，曾任八十年代、亞洲人、暖流雜誌編輯，1982年遠嫁土耳其，1988年獲安卡拉大學漢學碩士學位，歷任土耳其國立安卡拉大學漢學系專任講師、土耳其國際廣播電台華語節目編譯與主持人。2002年5月加入歐華作協後，積極從事寫作，為中國時報特約撰述。2005年9月以〈走過黑海的女人〉一文，獲得香港主辦的世界華文旅遊文學徵文獎入圍獎。著有《土耳其隨筆》、《從覺民到覺醒》。

俞力工

1947生於上海，祖籍浙江諸暨。1949年隨父母遷居台灣。1964年初中畢業即前往歐美留學，先後在美國舊金山州立大學、奧地利維也納大學、德國西柏林自由大學、海德堡大學、法蘭克福大學政治系、社會學系學習與研究。著作有：《後冷戰時期國際縱橫談》，1994，桂冠書局，台北；《反恐戰爭與文明衝突》，2009，秀威書局，台北。國際政治學教授，政治評論專欄作家，歐洲華文作家協會會長。

作者介紹

李震

1969年生。1992年北京外國語大學。1992年至1996年在中國社會科學院從事東歐政治經濟研究。1996年移居匈牙利，1997年創辦中文報紙《歐洲中華時報》，2008年創辦通話社。現任歐洲華文作家協會理事。

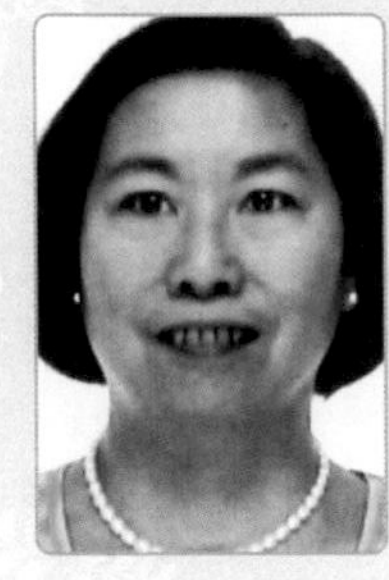

蔣曉明

筆名曉星，1964年北一女高中畢業後，隨父母僑居比利時。獲比利時魯汶大學大眾傳播碩士學位後，曾返國進行政院新聞局服務一年。並為《時報週刊》撰稿，曾多年服務於比利時旅遊界，現今在銀行任職，最大嗜好是旅遊各地。

朱文輝

1948年6月4日出生於台灣台東。1972年畢業於中國文化大學德文系，1975年起旅居瑞士。現從事商務工作。1991~1996出任歐洲華文作家協會秘書長；1996~2002當選會長；2005年起擔任副會長。亦以德文從事創作，作品以犯罪推理文學為主軸，曾獲台灣多項推理文學獎，部份小說有德、日文版本。

CONTENTS

王雙秀　攝

CONTENTS

第六篇　吃喝玩樂

王雙秀　攝

Central Europe

Central Europe

中歐

Central Europe

瑞士・奧地利・捷克・德國・波蘭・匈牙利

獨登雪山

趙淑俠

登山訪雪是突發的念頭。

久別重歸，時時都在忙著料理堆積的各類雜事，這天難得空閑，坐在湖邊的茶座上品嘗一杯新茗，抬頭轉眸之間，卻瞥見遙遙相隔的雪峰尖頂，青灰色的山石上覆蓋著成片成條的白色積雪。在正午的陽光輝映下，明暗深淺分外清晰醒目。行雲過往時騰浮自如的悠然寫意，流露出一種引人遐思的雅致，彷彿是古人筆下的雪山圖，空靈深遠，美得不沾一絲煙火氣。我痴望良久，看那似傲然執意要拋下渾沌塵寰，昂揚上升，高高自群山中孤立出來的銀白色峰尖，有欲走入畫中的衝動。

空靈深遠，美得不沾一絲煙火氣。（黃冠華　攝）

我真的往畫中走去，坐上登山的火車，轉換三次。因時近午後，上山滑雪的人潮已過，愈到高處人愈稀少。列車緩緩爬行，只覺得峰迴路轉，忽而由陽光燦爛鑽進陰霾的山洞，忽而又從黑洞裡竄出，奔向朗朗耀目的潔白大地。明明暗暗的行走間，有如置身於時光隧道，歲月的河滔滔倒流，不禁憶起那些與孩子們上山滑雪的往事。

那些年裡，應說年年與阿爾卑斯山的雪峰有約。每到冬季二月，小學開始輪流著放滑雪假，我照例在度假地租間公寓，提包攜袋地帶著兒女上山。每天早餐之後，這個從來沒有運動細胞的媽媽，穿上全副的禦雪裝備，領著肩扛滑雪板的小人兒，一腳深一腳淺地，步上被厚雪覆蓋的山崗，把他們送到滑雪學校的集合地，交給教練老師。當他們滑了一天雪，曬得小臉黝黑雙頰紅似蘋果，累得像小狗熊般回到原地時，身手笨拙的媽媽已先到來等待。

孩子們上中學後，便逐漸地隨著滑雪冬令營去度假。我上雪山原是捨命陪君子，不得已而為之，此刻終得解脫，滿心歡喜慶幸，就再也沒去過阿爾卑斯山頂的滑雪勝地，日久竟淡忘了雪原秀色。當然，在漫長的冬季，城市裡也會蒞臨大大小小的幾場雪。但雪在城市，就像屬於神靈世界的仙女走下雲端，衣袂飄飄地徜徉在車水馬龍的鬧市街衢上，既不調和，又辜負了她的出塵美態。

纜車跟著遐思前行，悠悠間到達終站，迎面的大鐘正指著三點半，我未著雪靴不敢行遠，在站台旁邊咖啡館的寬大露台上，找了個朝向斜輝又近欄杆、視野可極目馳騁的座位，安頓下自己。滾圓的腰上束著鑲花邊的小圍裙，臉上泛著山區居民特有的紅潤健康色的中年女侍，已笑容可掬地站在跟前，用生硬的英語問我想要些什麼？我用德語回答說想要一份蔬菜湯。她便用塗了紅色蔻丹的手指，敲了兩下那梳著雀巢式髮型的腦袋，大嘆自身有眼無珠，把歸人當了過客。我說不妨事的，她有絕對的理由如此判斷，她的職業本是在接待一批又一批的過客。

那女侍聽了好像如釋重負，笑得嘻嘻哈哈。其實我更想說：包括她本身，誰又不是過客？在這樣連綿無垠的雪峰環繞中，人，顯得何等的單薄渺小啊！時間的巨掌自然會慢慢地來收拾我們，最睿智的哲人和最強悍的英雄，也無法改變這項事實。人生固然有限，所幸這條道路夠長，並充滿創造性，如果能走得坦蕩虔誠執著，不曾荒廢或失落什麼重要的生命景點，就算豐滿的美好旅程了。做個過客又何妨！

熱騰騰的蔬菜湯端上來了。這是滑雪山區一種迎合時令特色的食物。湯是用牛骨熬的，內容是切碎的洋蔥、西芹、青蒜、蕃茄、胡蘿蔔、捲心菜、雞肉和大粒的薏仁米，黏黏糊糊地燉成一鍋，味美又富營養。滑雪的人不宜吃得過飽，中午休息時來碗蔬菜湯，加上兩片全麥的黑麵包，再叫一杯殿後的咖啡，即可稱茶足飯飽，堪以應付下午幾個小時的運動體力。

我慢慢品嘗著香醇的濃湯，憑欄極目四望，只見不遠處兩個登山吊梯正在徐徐往上滑行。依梯而立的人像被串聯成一條五彩繽紛的長龍，沿著峻險的斜坡，任由鋼索牽引著攀上峰巔。原來這兩千公尺的高度，對滑雪技術高超的好手仍嫌太矮，他們要站在離天空最近的一塊地上，滑向熙熙攘攘的人群。

我靜靜地觀賞著白色雪原上的紅男綠女，看他們由高處似飛地驚鴻而過，姿態輕盈帥氣得宛若魚游於水，展現出無限的生命與活力，風馳電掣的滑下遠不見底，被厚雪掩蓋了整個秋冬兩季的谷地。下去又攀著吊梯上來，再瀟灑地倏然滑下，反覆來去的匆匆揮灑之間，倒像刻意要傳遞佛家所言塵世輪迴的消息。

我想，人能在有限的生涯道上，活得愉快美好，是因可體會到人與人之間相互的關聯，一代接著一代，綿綿延續承傳不息。

雖說人的肉身是赤裸裸地孤獨來去，但在生存的過程中，卻是充滿著同為人類的溫暖：呼吸著同樣的空氣，觀賞著同一的日月星辰，在同塊大地上活動，最後同歸於泥土，彼此之間的關係是多麼密切。

我再想，假若此刻沒有周遭的人，偌大的露台上只有一個我，在這兒環顧空蕩蕩的雪山，沒有紅臉蛋的女侍送上一碗濃湯，亦沒有技術嫻熟、姿態優雅的滑雪人供我欣賞，抬頭是找不著邊際的雲天，垂下眼光看看是被陽光輝映白得透亮的冰雪曠野，既無人迹又無人聲，可該是個什麼樣宇宙洪荒的景象！於是，我心中溢滿著感謝與感動。感謝上蒼為我們創造了這個諧美的人間世界，更感動他用愛和關懷將芸芸眾生串成一氣，使每個孤獨的個體，隱隱間都能感受到些許來自同人類的和煦暖意。

夕陽隨著我不著邊的冥想漸漸偏西，我驚覺已是下山時刻，若待太陽落盡，黃昏來臨，氣溫驟然下降，雪山變為冰山，我的這身城市裝備怎夠禦寒？而且地滑鞋薄，弄不好滑上一跤，豈不是糟。正巧下山纜車轟隆隆地蓄勢待發，一個靠窗的佳座虛位以待。冷傲淒豔的雪峰峻嶺原非我久留之所，回到那個熟習的、被污濁薰染、噪音充塞、瑣雜事物紛攘，卻住慣了的凡俗社會，此其時也。

朝著潔白純淨的雪峰做了最後一瞥，告別的語言是心中深沉的感觸。何時再來？還來不來？都說不上。我畏寒冷又懼臨高，縱扮雪山過客，也許只具資格獲取這短暫相聚的緣分。山不在高，有仙則靈。兩個小時的凝眸尋思，沉醉於自然的雄渾美景氛圍，已夠永恆。在盛裝記憶的提籃裡，我確知不會缺少一顆與白雪奇峰有關的美麗果實。

沒有鐘錶的瑞士

黃世宜

那麼你現在是怎樣一個人呢？

我不知道。對此我與你一樣無知，我仍在路途中。

——流浪者之歌，瑞士，赫曼・赫塞

是的，我們都仍在路途中，走吧。

從故鄉的原點邁出去，抵達異地的某一點，我們的心思總是能為陌生的他國牽曳。所有的遊記就是這個時候悄悄地從我們的心田走上紙端，旅遊表面上都像單純空間的直向挪移，然而深探下去，其實正是一分一刻時間的步履，引領我們從過去的經驗移動到現下嶄新印象，然後無盡延伸未來的想望期待。我們所驚嘆感動的也正是這一段過程的紀錄。所以，行路人最悸動的瞬間，並非欣賞名勝或品嘗美食的剎那，而是在異方床上悠然轉醒的一刻，在朦朧寧靜的片時間，恍然領悟，啊，我原來醒在他鄉。

二月的某個清晨，我在一個叫做瑞士的國家，醒來。

在瑞士，不論何時何刻，在城市還是鄉村，都顯得太安靜。即使是一個大家忙著上班上學的時刻，也少了其他地方特有的車馬聲。讓你懷疑，生活在這樣一個國家，是不是只聽得見自己的呼吸聲。所以，我總是習慣把鬧鐘設定在晨間新聞播報，不為聽新聞，只是想確認，原來我不是住在一個人的國度。即使有人在你耳邊聒噪絮語，傳播這個苦難人間的種種不幸，你也覺得不那麼與世隔絕，即使，你就住在瑞士，在一個號稱世外桃源幸福富裕的國度，每天睡了又醒，日復一日。

但是今天很特別，我醒了，卻是被播報員熱切興奮的聲音驚醒。「頭條新聞！我們瑞士的國民藝術家傑克梅第（Alberto Giacometti）的銅雕〈行走的男子〉（L' homme qui marche I ）以天價在倫敦蘇富比賣出。一舉打破過去畢卡索創下的紀錄！」我醒了。播報員劈哩啪啦這裡連線那裡採訪，所有灌在我腦中的訊息是，這是驚人的金錢數字，這是所有瑞士人的驕傲。瑞士，你看，不是只出產名貴鐘錶，不是只有財大氣粗的銀行，我們也是有藝術有人文可讓我們自豪的呀。

對於傑克梅第我並不陌生。我天天都得跟他打交道。不只我，所有在瑞士工作旅行吃飯睡覺的人都認識他。不是說住在瑞士這美麗的國度就自動多了人文涵養，天天抱著藝術大師圖冊不放。而事實是，傑克梅第充滿探索深思的眼神和他最出名的銅雕，也就是這一回大出風頭的「行走的男子」，其人其作品老早就被瑞士政府採用，印在百元紙鈔上，以紀念大師。所以沒有一個在瑞士行走的人對這傢伙陌生，在瑞士，就像世界任何一個角落，要活，就得有錢。傑克梅第，就是一百法郎，說白點，差不

國民藝術家傑克梅第Alberto Giacometti的銅雕《行走的男子》。（李筱筠　攝）

多等於一個瑞士普通小家庭一個星期的買菜錢。當然，傑克梅第也可以是富豪大款們進出日內瓦、蘇黎世這些大城精品店和大銀行一分甚至一秒就能出手的小零頭。所以，可以想像，在瑞士的每個人，每一天每一分每一秒，都有那個「行走的男子」穿梭走動的足跡。

行走的男子很瘦。他就一個人。

第一次見到他，是我頭一次在瑞士打工掙了錢的時候，手心濡濕，興奮地反覆盯視我手上的鈔票。鈔票上那枯瘦貼骨，又仍踽踽向前的形象，讓我聯想起苦行僧。對，就像佛陀悉達多。悉達多，不是有位歐洲作家也寫過這位東方聖者的故事嗎？他是赫曼・赫塞（Hermann Hesse，德瑞雙籍的詩人），也是一個瑞士人。

流浪者的雙足宛若鮮花。

——婆羅門書

在台灣就讀過赫塞的《流浪者之歌（*Siddhartha*）》，這是一本講述流浪行者遊走世界最後證道的書。從小在都市動物園長大的我，當時只覺得這簡直就是一本充滿哲思玄想，不愧是大師天馬行空的神思之作。我俗，沒甚慧根，吊不了書袋，赫塞文字精闢神妙之處簡直無法領會，名著過目，天馬就這樣子一撒腿跑過，馬上就忘了。

然而自從長居瑞士這一個滿眼望去儘是山川河流森林田野的國度時，我重新拿起了赫塞的這一本書。他，到底是瑞士人，實際不花俏，不寫沒看過的東西。流浪者之歌描寫行者眼中所觀望的日月星辰，蟲鳥花卉，四時交迭的美景攝人心魄，正是瑞士最獨到而也最現實的風景線。書中寫著這一段心路歷程，渺小的流浪者先從世間自然美景感受了時間消逝更迭的萬般無奈。但接著，從源源滔滔的河水萬相中，面對無盡自然，這一位本來心懷猶疑恐懼，孤獨迷惘的行走中的男子，最終瞭解，原來自然本身就是一座看不見的鐘錶，它不停歇，永恆周復，流轉圓迴。

瑞士以出產鐘錶為名，而它所擁有的最美好最珍貴的鐘錶，就是它所擁有的天然美景。長山和奔流是長針和短針，每一片花花葉葉都分分秒秒無聲地提醒人們，時間走了又將回來，但人們往往視而不見，把崇拜而熾熱的目光投向了有形的鐘錶。現代都會人寧可仰賴科技儀器來刻劃時間，強力定義了時間，把時間硬拉直成了一道冰冷殘酷的直線，我們永遠都在逼自己跑向那線的盡頭。

可是在瑞士，保留的自然美景仍是那麼生生不息，即使冬天大雪封地，我們仍能預約，來春盈眼滿山滿谷的柔綠。而秋季，走在瑞士大城的街頭，一步一步踩著地上的落葉，發出清脆規律的聲響，行走的人一腳腳餘音迴蕩遊離在琳琅陳列華貴名錶的櫥窗之外，於是一座已然隱沒時間人為刻度的時鐘，在自然與凡世圓合中緩緩升起。

如果說，流浪者的雙足宛若鮮花，攤開地圖，追尋作家赫塞的人生足跡，正如同德國瑞士邊境，年年四月，漫地開得無心而純摯的春花點點，流浪到天邊。他在德國出生，然幾進幾出瑞士德國之間，在那個不安的年代，數度在人為戰火喧囂和自然寧靜風景的邊緣線間徘徊，在人類貪欲和自然至性間掙扎，最後歸化瑞士，走到這裡，夠了，流浪者的眼眸晶亮沉靜得像瑞士山腳下的一汪湖水。

所以我絲毫不意外，為何瑞士國民藝術大師傑克梅第在巴黎接觸了當代時尚，繞過一趟超現實主義，他仍然走回來並開創了自己獨特的道路。看看西班牙名家達利的〈記憶的永恆

（*Persistance de la mémoire,Salvador Dali*）〉吧，傑克梅第，一個土生土長的瑞士人，來自高聳深山，伴隨幽深湖水修業成長的瑞士人是不會留下那種多彩炫目的作品。傑克梅第在早期探索超現實主義時，曾用當時流行的象徵手法創作出名為《生命蹤跡的時刻（*L' Heure des traces*）》的作品。單色調，極簡約，空寂曠。這和達利書中烈陽下疲軟而富麗的時鐘成了明顯的對比。到了1940年代後，傑克梅第又更徹底揚棄了時間，他竟回歸了更簡樸的寫實手法，回到了原點，平凡地去創作，目光投向了身邊的平凡人。他不再刻意追求描繪時間本身的空虛和無奈，他像赫塞筆下的悉達多，最終露了那慈悲的目光觀摩世相眾生。

他所雕塑的凡人形象，如同瑞士本身的天然風景特質，靜、空、簡。你可以說他謙卑的步伐走向毀滅，但誰說他不是走在一塊叫做時間的踏板上，憑藉著希望，永無止境地走下去呢？我曾經造訪過傑克梅第的原鄉瑞士東南山區，那裡的裸石粗礪，植被都帶著曠野的單色調，完全和巴黎精緻多彩的人工氛圍迥然不同，就像是一個旅程的極端兩點；然而這一位藝術大師正是遊走兩端的流浪者，在現代城市的空無和山野森林無盡的生機中擺渡，傑克梅第曾說，他的創作在於盡力省去「空間的脂肪」。這話讓人玩味，現代人怎樣才能擺脫空間的重量，掙脫時間的枷鎖，帶著輕快的步履走向沒有鐘錶的幸福國度呢？

是的，我將步入林中，我將步入萬物的圓融統一中

——流浪者之歌，瑞士，赫曼・赫塞

佛說：看山是山，看水是水，看山不是山，看水不是水，復又看山是山，看水是水。這一復一看，何嘗不是行路的人一生追尋的旅程。

Europe

瑞士是個好地方。是個有山有水的好地方。世界大戰期間，瑞士的山河，曾經庇護撫慰了多少渴求平安和充滿疑惑的心靈。比如說，那位創造出藝術品價值世界紀錄的大師傑克梅第不是偶然，比如說，那位世紀心靈導師，曾得到諾貝爾文學獎的作家赫塞不是偶然，又比如說，那位對時間概念作出歷史性顛覆的科學家愛因斯坦不是偶然。然而這個擁有好山好水的國度面對一個講求名利，充斥數字和速度的當代，它傳達給世人的物質形象只有更逐步強化。一百塊瑞士法郎，一個大師手下的苦行者形象，你可以買到什麼？你又還可以買到什麼？

我捏著紙鈔，一個大師和當今號稱最貴的藝術品就在我手心裡，其實不過一個星期的菜錢，一百塊。我禁不住想著，瑞士真是個好地方啊，有富人銀行有名牌鐘錶，還能餵飽一小家子。日復一日，睜開眼睛醒來，我們都是人生旅途上奔波遷徙行走的人，趕路復趕路。誰又還記得，合該有個地方，是一個有山有水獨獨笑忘時間和鐘錶的好所在呢？

紅塔的故事

顏敏如

人們玩笑說，這城的年齡比上帝還老。城的東邊是一條早已廢棄的護城河，河的一邊綿延著堅實巨大的高牆，另一邊則是一大片青嫩得似乎就要滴出水來的綠色草坪。

在安靜土地上述說著兩千多年歷史的索洛圖恩（Solothurn），人稱瑞士最美的巴洛克城，位於瑞士西北部，是索洛圖恩邦的首府，臨近德、法邊界，在西元前已有凱爾特族定居。由於索洛圖恩就在從東南部西歐進入萊茵河的要衝地段，深具戰略價值，羅馬人便把這城建設成軍事基地。而索洛圖恩也被稱為「大使城」，是因為1530年至1792年間，它一直是法國大使的駐留地。面積約略六平方公里，人口只有一萬五千左右的索洛圖恩，就在屬於汝拉山脈（Jura）的白石山（Weissenstein）腳下，城內有阿雷河（Aare）悠悠流過。大型綜合醫院、美術館、音樂廳，以及無數個公私立博物館，或矗立或隱藏地散佈在小平原上。

索洛圖恩城雖小，卻有歐洲典型大城的氣派。它的城牆厚實，一幢幢紅屋頂、白灰牆凝重深沈的建築，排排相連成縱列矩陣。並不寬闊的街道整潔嚴謹，領人步入幽靜蜿蜒的深處。在旅人的寬心閒步中，有時出現一家全白裝潢，亮著前衛藝術燈飾的商家，有時是門禁森嚴，只有一片小銅牌上書「舊天主教派聯絡中心」的機構。索洛圖恩許多不經意的驚喜總是等著人去探採。

索洛圖恩有四座拱形城門面向四方，我喜歡開車從東側的公路向著它筆直前進，在到達東門之前，遠遠便可看見聖烏森（St. Ursen）大教堂墨綠的圓頂。從有著專為女士預留位置的地下停車場步上舊城中心，兩旁全是商家店面，安靜幽雅。晴天裡，繁花的色澤更加突顯深濃。週六早晨的市集，雖是人群擦肩磨踵，卻也閒適無爭。

站在聖烏森大教堂高高築起的階梯上，眺望筆直的石板路，我似乎看到了中古時代宮廷裡身穿彩衣緊褲，戴著尖頭小帽專門取悅國王的弄臣，在石板路右手邊的麵包店裡咬一口剛出爐的牛角麵包，到隔壁服裝店裡披上一條從中亞進口的緞質圍巾，又急急忙穿過市集的蔬菜、乳酪攤子，撞倒了花農的紫色天竺葵，踢翻了盛滿蕃茄的木盆子，輕盈地跳進對面的藥妝鋪裡灑遍不同的香水，再到光碟店裡戴上耳機聽著轟隆隆的現代音樂。

我走在千年來不知有多少人踩踏過的石板路上，心中不禁有種奇妙而神秘的感覺。我想知道，千年前是否有人想過，千年後會是誰留連在同一路段？而從我開始的千年之後，又會是什麼人踏在我腳下的這些石板上？

經過路中央身著羅馬軍衣、手持旌旗、配備盾劍的聖烏爾斯像噴泉，左側便可看到一個書報攤。不認識索洛圖恩市的人走過書報攤之後，通常會被旁邊鞋店外擺的便宜時尚鞋子所吸引，卻不知道自己已錯過了舊城內精緻高雅的「紅塔（Roter Turm）」餐廳！

不怪旅人，是紅塔自己獨特深居的態勢讓人無法直接窺探它的容顏。然而紅塔的傲慢，並不減損老顧客對它月月年年的青睞；相反地，正因為紅塔有種奇特的過濾力量，去到紅塔的人，總有些令人無法言說的相似之處；他們往往衣著端莊、舉止高雅，不論年輕、年老，他們神情言談所透露出的人文風範，在自由、多元成為主流而讓當代人變得隨便、渙散的西歐氛圍裡，並不見得是理所當然。

從書報攤的側面長廊走入，推開玻璃門，便看到一個空間不大的前廳，牆上是紅塔旅館、會議室、頂樓雅座的廣告，經過衣帽間後往前深入，才是寬敞的用餐大廳。放眼望去，白牆上無數個古典掛鐘，似乎正記錄著時光的無情。走在墨綠白相間的柔軟地毯上，深棕色原木桌椅錯落有致地擺著，一股溫暖踏實的感覺便從心中緩緩升起。著白襯衣、黑窄裙的女侍端著熱食、甜點，

熟稔地穿梭座椅間，不時問著食客，餐點是否對味了。人們知道，只要是紅塔所提供的，不論是一杯附有奶精、糖包的立頓紅茶或經典咖啡，一塊不假外製、純正質厚的黑森林蛋糕，或是廚房以新鮮食材細心烹調、裝飾的精緻餐點，必定和他們所付出的價位相稱。

我愛來紅塔，是因著它的座位寬鬆，人人雖然說著話，桌與桌之間卻不會彼此干擾。從入座到點餐有著適切的相隔時間，從點完餐到第一道餐食上桌，以及每道食物之間的相隔時段，也都是顧客所期待的。讓用餐順序流暢無阻，靠的是專業服務訓練，在這一方面，紅塔幾乎是無懈可擊。翻開菜單，紅嫩的鮭魚片就已在純白的奶油濃湯裡浮沉，主菜是冒著輕煙的焗烤馬鈴薯，配以淋上專製調味醬的小牛排及當季蔬菜，甜點當然少不了提拉米酥加紅酒李子，而香濃的咖啡也並不完全宣告用餐結束，一小杯清水般透明的格拉帕酒（Grappa，義大利白蘭地）才是讓人步出餐廳後，仍然溫辣到心底的完美與滿足。

索洛圖恩城古老悠遠，紅塔自身的歷史也可上溯到十八世紀中葉。集歷史與神學知識於一身的索洛圖恩人Urban Fink在梵蒂岡機密檔案室裡工作相當一段時間，並發表了歷來教廷與瑞士外交狀況的一系列文章。在他的報告裡就有發生在梵蒂岡與紅塔餐廳之間的一段小故事：

那是1760年的耶穌受難日，兩名在羅馬從事借貸工作的職員搶走了一批價值連城的珠寶後，向北潛逃，他們經米蘭進入瑞士。當時梵蒂岡派駐瑞士琉森（Luzern）的官員立刻接獲通知，並轉傳瑞士其他各邦通緝這兩人。兩名搶匪在法語區的日內瓦將贓物脫手後，繼續逃亡至德語區的索洛圖恩，以假名住入紅塔旅館，並且「渡過最美好的十三天」，後來卻被認出而被捕，失竊的珠寶也得以物歸原主。1760年5月6日索洛圖恩政府在給教宗克雷門（Clemens）十三世敘述事情經過的報告裡，甚至提到「紅塔」是索洛圖恩最好的餐廳。教宗為了感謝索洛圖恩各方的協助，在短短兩週後便頒發了現仍存放在索洛圖恩地方政府檔案室裡的重要通諭。

一個和煦的春日，我開車穿過林子，意圖捕捉藏在青葉間的燦爛陽光，目的是要去紅塔點一客粉紅色的草莓蛋糕，並且在香濃的咖啡氣味裡展讀袋子內那本粉紅色的伊麗莎白・畢肖普（Elizabeth Bishop）詩集。我乘電梯到達紅塔五樓的餐室，揀個靠窗位置坐了下來。和首都伯恩一般，索洛圖恩舊城區的房舍大都不過一兩層，我居高臨下，放眼窗外是鱗次櫛比的紅磚色屋頂。等待咖啡的時間裡，順手翻閱在進門處拿到的觀光小冊子，吸引我的，是紅塔的另一個故事：

餐廳兼旅館的紅塔數度易主後，1830年代由梅濂家族所擁有。梅濂先生的二十七歲女兒卡洛琳娜在舞台劇演出時，和也在同一齣戲裡，年近四十的繪畫好手馬丁相戀。馬丁在索洛圖恩一地的名聲並不怎麼好，他曾讓罹患肺病的德蕾西亞懷了身孕，就在她將要分娩的前一週，馬丁才勉強娶了這名二十歲的農家女為妻。婚後所產下的女嬰卻只活了一天便夭折，馬丁把這個婚姻看成是綑綁他手腳的陷阱，是他生命的包袱。1831年德蕾西亞死於肺結核，馬丁這時才發覺自己原來深愛著德蕾西亞。他曾畫了德蕾西亞臥病期間的樣貌，妻子死後，他把這畫作如同亡妻遺物般地保存著。

馬丁原是個放蕩不羈的人，他和紅塔餐廳老闆的女兒卡洛琳娜相戀之後，雖然大幅改變了衣著外貌，梅濂先生卻不可能對這中年男子的行事舉止視若無睹，而馬丁的經濟情況也是阻礙他和卡洛琳娜結合的原因之一。然而讓早已私訂終身的兩人無法組織家庭的關鍵因素，竟然是卡洛琳娜自己一手促成的！

卡洛琳娜天真地寫信告訴馬丁，紅塔有個女侍暗戀他。風流成性的馬丁當然不會讓自己有所發揮的機會平白溜走。相對於卡洛琳娜的矜持，女侍的大膽鼓勵了馬丁常在月夜時分潛入她的房裡。卡洛琳娜知情後，萬念俱灰，於是決定下嫁父母另外為她物色的人選，並在婚禮舉行前不久給馬丁寫了封心碎的信函，指出，讓她決定結束和馬丁之間「不算短的、充滿陰鬱、只帶來各種憂愁」關係的，不是父母的壓力，而是馬丁的不專情。她寫道：「……您了解我和家庭產生不愉快的原因，卻從未尋找將我從這些桎梏裡解放出來的辦法。並不是我那可憐母親的哀求與恐嚇逼迫我做出這個決定，而是我深深覺得，您對我缺乏真正的愛意才會讓您對我這麼冷漠……」

就在卡洛琳娜舉行婚禮的那天，馬丁像個野人一般，放逐自己於山林田野之間。他幾乎不吃不睡，只喝濃烈的咖啡和劣酒，企圖把即將消失的生命精靈一鞭打上青天。

馬丁繪畫的天份讓他名聲大噪的同時，也正是他健康出現嚴重問題的階段，他的身體與心靈劇烈受創，死時只有四十二歲。

細細讀完的紅塔故事多麼令我唏噓。從十九世紀的愛戀神遊回來，我望著遠處的阿雷河粼粼，河面上的黑鳥群飛；一下間，不知道應該為卡洛琳娜的心碎傷神，還是為馬丁的莽撞扼腕……

把伊麗莎白・畢肖普擱下吧，我心中浮現威爾登・基斯（Weldon Kees）〈魂魄歸兮（Return of the Ghost）〉：

……

而現在夜晚開始了。你的缺席孵育
一個更長的靜默穿過房間。我們被自己附身。
有個快門直敲打著腦門

老舊的蜘蛛網在眼睛後頭懸掛
心裡的哀悼執著地生出警告
悠遠的鬼魂，房子的朋友，留駐！
過往，是我們傾圮的鄉愁？

瑞士索洛圖恩。（城市旅遊局提供）

瑞士 夢縈日內瓦

楊允達

我的學歷和經歷都很單純，我的職業是新聞記者，四十年如一日，作了一輩子記者，當中有二十年在歐洲，退休後長住巴黎，已與歐洲結了不解之緣，真是此生一大幸。

在歐洲採訪新聞期間，躬逢許多盛會，訪問過許多國際要人，尤其是在巴黎能有機會單獨訪問鄧小平、華國鋒、柴契爾夫人、龐畢度、季斯卡、席哈克等風雲人物，更有幸在退休之前被派到山明水秀的日內瓦，採訪聯合國歐洲總部和國際組織，在工作之餘能朝夕親近阿爾卑斯山和萊夢湖，至今回憶，神往不已。

我在日內瓦住了四年多，日內瓦州雖然面積不大，約有二百八十二平方公里，人口不多，僅有二十萬人，名氣卻很大，是國際名城，國際紅十字會的發源地。我在中央社任內，賃居日內瓦火車站附近一座四層樓的公寓內，進出方便，距離聯合國歐洲總部、世界貿易組織和世界衛生組織都很近，從寓所推窗遠望就是白朗峰，每天出門採訪，都會經過萊夢湖，工作雖然很忙，但是感覺勝任愉快。

聯合國歐洲總部的前身是國際聯盟，又名萬國宮，位於日內瓦萊夢湖濱的阿麗亞娜公園內，佔地二十五公頃。從辦公大廈的頂層，可以俯瞰萊夢湖，眺望歐洲最高的白朗峰；園內有百年杉柏，花草繁茂，風景優美，建築雄偉，遠非紐約的聯合國大廈所能相比。

萬國宮是世界上最繁忙的會議中心，聯合國在經濟、人道、社會各領域的許多活動以及處理裁軍問題，在國際上保護人類遺產的努力，都在那裡進行。平均每年在那裡舉行七千多次國際會議，而參加會議的代表分別來自全球一百八十多個國家。參加採訪聯合國要聞的記者每天更是川流不息，多達兩百餘人，我每天都不缺席。

萬國宮內有咖啡廳茶座，採訪之餘在落地窗前小憩，來一杯咖啡，遠眺萊夢湖的碧波和阿爾卑斯山峰頂的積雪，真可以使人心曠神怡。

從日內瓦湖濱碼頭，你可以搭乘渡輪到對岸法國境內出產礦泉水的艾未央城（Evian），泛舟到魏微（Vevey）去參觀卓別林的故居，或到洛桑去看奧林匹克總部，隨你的興。

瑞士交通極為便捷，火車、電車、公共汽車、登山纜車等四通八達，可以送你到大城小鎮，也可以載你攀登阿爾卑斯山頂，白天在高山滑雪，傍晚在湖畔飲酒吃海鮮大餐，真乃人間一大享受。

我在歐洲寓居近三十載，內心最喜愛的地方是瑞士。我在瑞士時寫了很多首詩，有一首《瑞士頌》，它已成為我駐外歲月部分的記憶。

瑞士頌

如果說瑞士是歐洲的心臟
那麼
康斯坦茲的波登湖是她的左心房
日內瓦的萊夢湖就是她的右心室

左心房的大動脈是萊茵河
匯集德、奧、瑞的血液
一面奏著貝多芬的田園交響曲
一面投進北海的懷抱
兩岸有風車展臂揮舞
沿途相送

右心室的大動脈是龍河
聚合法瑞的血液
一面高唱馬賽進行曲
一面流入地中海
沿岸有冒著泡的香檳酒
舉杯相迎

我，來自黃河北岸
也來自淡水河畔
心臟裡流的是炎黃子孫的鮮血
且坐在阿爾卑斯山頂
先乾一杯冒著泡的香檳
把酒瓶拋向藍天

奧地利　多瑙河邊的音樂王國

方麗娜

> 音樂的最高價值，並不僅僅在於悦耳，還在於其美妙的旋律彙聚了一個民族的內心記憶。這些從金色大廳裡緩緩流出的地道的中國絲竹和管弦之音，猶如不死的精靈，穿越重重遮蔽，從西方人的殿堂裡縹緲而出，絲絲縷縷，震撼著我們這些身居海外的中國人！

若干年前，一部膾炙人口的美國電影《音樂之聲》（台譯真善美）打動了全世界的觀眾。影片不僅向我們展示了奧地利如詩如畫的自然風光，也將我們帶進了一片如痴如醉的音樂聖地。天籟之聲可以戰勝納粹的陰影，這是發生在奧地利的神話，也是一段撼人肺腑的真實故事。如今，我有幸生活在山環水繞的奧地利，每天都有機會感受到，音樂在這塊土地上的獨特魅力。

在這個世界上，不知道還有哪一個國家能夠像奧地利這樣，和音樂有著千絲萬縷的聯繫；也沒有任何一個城市，能夠像維也納這樣，集中了如此多的音樂家的故居和遺蹟。奧地利首都維也納，這座舉世公認的音樂之都，猶如跳躍在五線譜上的音符，每天都在演繹著不同風格的樂章，或輕歌曼舞，或激越奔放！

來自世界各地的遊客，每當走進花團錦簇的維也納城市公園，總會流連於公園中央的小史特勞斯的金色塑像旁，駐足凝視，並且毫無例外地拍照留念。無論春夏秋冬，優雅而立的小史特勞斯塑像，始終閃耀著眩目的色彩，手中的那把小提琴，也永遠傾瀉出與這個城市相得益彰的樂曲，並隨心所欲地把多瑙河染成了藍色。

有人說，維也納像一位千年修行的貴婦，舉手投足間盡顯貴族氣質。也許，這種貴族氣質，正是承襲了奧匈帝國時期一脈相承的榮光。如今，這種氣質不僅從維也納富麗堂皇的大小宮殿裡彰顯出來，也從金色大廳的各種音樂會上、從國家歌劇院玲瓏精

走過維也納步行街的東側，可以看到舉世矚目的金色大廳。（麥勝梅　攝）

緻的小包廂裡、從一座座神斧鬼鑿的建築群中，流瀉出來；甚至，從儀表堂堂的奧地利老人的款款步履中，滲透出來。

坐落在維也納市中心哥德式風格的斯特凡斯大教堂，從13世紀走來，一路飽經滄桑，如今坐看雲起，俯視著廣場上如織的遊人和傾情表演的街頭藝人們。教堂，我原本以為，那只是用來做彌撒和祈禱的神聖所在，沒想到在此舉辦的教堂音樂會，竟是如此的非同凡響！——所有的人聚在一起，聆聽的似乎不是莫札特，而是上帝的代言，用我們熟悉的語言。教堂裡宏大空闊，聲音共鳴猶如春雷滾過。「在高大莊嚴的穹頂下，藝術退居次要地位，宗教性被大大凸顯出來。這個時候，莫札特是天使，更是聖徒。演奏者、聆聽者，都是神聖儀式的組成部分。我們的靈魂被洗滌，被撫慰，在迎來一番情感的衝擊之後，復歸於純淨平和的本相。」

走過維也納步行街的東側，可以看到舉世矚目的金色大廳。一年一度的維也納新年音樂會，已成為國際性的音樂盛會——當新年的鐘聲敲響之際，金色大廳內便洋溢在一片燦爛的金黃和喜慶當中，一場精彩的音樂盛會以其獨特的形式向全世界傳遞出吉祥的福音。中央電視台每年的1月1日都不失時機地轉播這場盛會，使得高雅音樂這一概念，漸漸在國人心目當中拓展開來。這裡是卡拉揚、普萊特爾和小澤征爾等諸多大師雲集的舞台，能親臨金色的音樂廳，聽一場高雅脫俗的演奏會，是多少人夢寐以求的願望啊！

記得2003年年底，我第一次步入這座金碧輝煌的殿堂，竟是來欣賞中國的歌唱家宋祖英的獨唱音樂會。那是我定居維也納的第一個冬季，我無意中從海報上得知宋祖英來此演出的消息，便立刻告訴先生，讓他趕緊從網上訂票。先生當時的反應有些不以為然，因為金色大廳是世界最高級別的音樂聖殿，來這裡演唱的大多是世界頂級的歌唱家，他實在無法想像：一個中國的歌唱演員能在金色大廳舉辦個人獨唱音樂會！狐疑著，他還是打開了金色大廳的演出節目表。瞅著瞅著，先生頓時目瞪口呆。因為電腦顯示屏上，赫然用德語寫著：Liederabend von Song Zuying——宋祖英獨唱音樂會。

開演那天，我和先生著了盛裝喜氣洋洋地步入金色大廳。金色的舞台上，被五顏六色的鮮花妝點一新；大廳裡，各色面孔的觀眾齊聚一堂，個個神采奕奕。金色大廳的屋頂為平頂鑲板，兩側站著鍍金音樂女神雕像。據說，這些裝飾對直接撞擊到牆壁上的樂音有延長和舒緩的作用；金色大廳的木質地板和牆壁猶如小提琴的共鳴箱，能起到自然共鳴的效果。坐在那裡，我不禁油然感嘆：金色大廳不僅是演奏音樂的最佳場地，它本身就是一部音樂。我和先生置身於座無虛席的大廳中央，平心靜氣地聽宋祖英那嘹亮甜潤的歌喉所帶來的《茉莉花》、《好日子》、《小背簍》和中國歌劇選曲《海風陣陣愁煞人》，以及德國經典音樂作品《野玫瑰》等。

每年，我和先生都不只一次地到金色大廳，來欣賞各種各樣的音樂會。如今的金色大廳，已不僅僅是演繹西方音樂的殿堂，也成了展示中國民族樂曲和東方歌喉的舞台。在這裡，西方交響樂的渾宏氣勢、富於動感的奔放激情得以充分闡釋；而中國民樂的細膩、委婉和悠長，也得以盡情舒展。眾所周知，在音樂欣賞方面，奧地利人有著極高的品位和素養，他們帶著挑剔的耳目，欣賞來自中國的管弦之聲和充滿東方韵味的中國民歌。儘管他們的掌聲中，有時候包含禮貌的成分，但從他們閉目凝神的姿態和微微顫動的身軀中，可以感知：中國小提琴演奏家呂思清手中流淌出的淒美絕倫的《梁祝》，二胡演奏家鄧建棟演繹的如泣如訴的《二泉映月》，以及京劇選段《貴妃醉酒》、越劇《紅樓夢》和黃梅戲《天仙配》，甚至豫劇選段《花木蘭》等，這些帶著濃厚中國元素的經典曲目跨越了文化和語言的障礙，同樣深深打動了這些金髮碧眼的人們！

音樂的最高價值，並不僅僅在於悅耳，還在於其美妙的旋律匯聚了一個民族的內心記憶這些從金色大廳裡緩緩流淌出的地道的中國絲竹和管弦之音，猶如不死的精靈，穿越重重遮蔽，越過高山大海，從西方人的殿堂裡縹緲而出，絲絲縷縷，震撼著我們這些身居海外的中國人！因此，在萬里之外的異國他鄉，每當我聽到這些耳熟能詳的中國樂曲，都禁不住心潮起伏，熱淚橫流——「夢裡不知身是客」，恍惚間，猶如置身於遙遠的家國。

音樂評論家劉雪楓先生，在他的《音符上的奧地利》中寫道：「在我看來，奧地利的音樂生活需要慢慢地、靜靜地、細細地享用。」

斯特凡斯教堂（麥勝梅　攝）

就像巴西人酷愛足球，美國人熱衷橄欖球大賽和西班牙人瘋狂喜愛鬥牛一樣，在視音樂如生命的奧地利人的心目中，音樂就是生活，伴隨著他們的一日三餐。

夢幻音符之城

麥勝梅

三月仍然是個寒日，我來到音樂大師莫札特的故鄉——薩爾茲堡。

清晨，路上行人不多，這座素有盛譽的城市如此寂靜，行行列列屋宇映入眼簾，在茫茫霧中山水朦朧。驀然，一道帶著輕快悅耳旋律的鐘聲，來自華麗的市政廳鐘塔，穿越山頭叢林，飄逸於壯觀的霍恩薩爾茲堡上空，餘音嫋嫋。

後山一輪紅日探出頭來，密雲不見了，大地款款從雪白絨毯中復甦，薩爾茲河起了一層白煙，將城市分成新舊兩區，幾座石橋隱隱橫跨其間，彷彿延伸到過去和未來，無際無界，眼前的景色引人遐思，這兒的居民不禁讓我羨慕起來。

這裡有巴洛克式噴泉、花園、塑像、浮雕、宮殿、大教堂、圓頂尖塔等雄偉的藝術建築物。（麥勝梅　攝）

河西南面的城區發展較早，城內重要的建築物不勝枚舉，耀眼亮麗的大教堂是舊城區重要景點，東北面的城區則是較晚發展的新城。這裡蘊藏了無數動人的故事，孕育了曠世奇才和藝術文化，這裡有巴洛克式噴泉、花園、塑像、浮雕、宮殿、大教堂、圓頂尖塔等雄偉的藝術建築物，隨著四季流露出不同的風情。

薩爾茲堡是讓人一見就想在此度過一生的地方。

如果讓我替這座山明水秀的城市取名字，我一定稱它為「夢幻音符之城」，然而，它在德文中卻叫「鹽堡」，原來一千多年前，藉由迪爾恩山鹽礦的發現而得名。鹽是大自然中珍貴的資源，它改善了人類飲食習慣，促進了精緻的飲食文化。荷馬稱之為一種神聖之物，柏拉圖將它描述為天神的恩賜。發現鹽礦就是等於發現半個金礦，小鎮逐漸繁榮起來，大教主們紛紛以徵收鹽稅作為充實國庫、興建宮殿城堡之用。

昔日薩爾茲河是運鹽航線，貨船商船往來頻繁，一度成為壯觀的河畔風景。

今日的薩爾茲河卻是很安靜，河水還是不急不徐地從深山流入大地，只是不見貨船蹤影，「鹽堡」彷彿和迪爾恩山開採鹽礦切斷了脈絡。想到這裡，不期然東張西望起來，在薄霧煙雲中搜尋著貨船的身影，滿載岩鹽的船隻似乎正在前方隱約浮沉。

寒風陣陣，吹得我冷冽心悸，三月的天氣還是那麼寒冷，漫長的冬天何時了？我迷茫地走回市區，尋找一個溫馨咖啡小館取暖。

一杯濃鬱的咖啡在手，窗外，遊人絡繹不絕，假想著是一個台陽夏日，我走入兩旁綠草如茵的小道中，徜徉於莫札特城中……

躑躅於米拉貝爾花園其間，深深地吸一口醉人幽香，醺醺然走到在園內的古希臘羅馬藝術雕像旁。作為一個米拉貝爾宮探路

今日的薩爾茲河卻是很安靜。（麥勝梅　攝）

者，我將笑聽十六世紀大主教沃爾夫金屋藏嬌的流言蜚語，瀏覽宮殿裡號稱全世界最美麗的婚禮大廳和莫札特曾經為主教表演的室內音樂廳。

手中咖啡喝完了，感覺天氣已經不怎麼冷了，走出咖啡小館，隨著人潮來到一棟金燦燦的六層樓高的排屋前，帶著莫名的喜悅向四周眺望，熙熙攘攘中，只見莫札特故居就在眼前，在鬧市中顯得格外醒目，它是一個沒有季節性的旅遊景點。

踏入屋內，杜絕了喧嘩，我瀏覽著莫札特的相片、信函、練習用的樂器、樂譜以及舞台歌劇藍圖等，這些都是莫札特留給人世的精神資糧。

莫札特有過不同凡響的童年。三歲即在鋼琴鍵盤上玩和聲，四歲學習演奏小提琴，才華縱橫的他學樂譜時，總是比姐姐南娜

樂來得快，五歲時還能作曲，六歲就和姐姐隨著薩爾茲堡宮廷樂師的父親到慕尼黑選帝侯宮廷中演奏，獲得侯爵的贊賞。之後，他在父親的策劃和陪同下前往歐洲各地巡迴演出，足跡遍及歐洲各國，很快地吸收了異國音樂的養分，從他小提琴協奏曲的創作上來看，行板或快板速度變化多端，不斷穿插小調，混合了不同民族色彩，交織成一種極為豐富而有非凡的樂章。

在創作上不斷求新是莫札特當時得到大半個歐洲掌聲的原因之一。在薩爾茲堡期間他的作品頗豐碩，其中還包括了為薩爾茲堡市長哈夫納的音樂晚會而作的《哈夫納小夜曲》與歌劇《牧羊國王》。偏偏一個名揚半個歐洲的音樂演奏家和作曲家，在大主教高羅雷多眼內卻僅僅是一個卑微的管風琴師。

我彷彿看到年青的莫札特不得志的身影，從他那充滿沮喪和憤懣的眼神，意味著他沒走出創作路上受挫的陰霾，在低微的收入之下，處處受到大主教的約束，導致與大主教起了衝突，造成他永別家鄉的原因。

回顧莫札特在維也納十年中，他為了生活不斷努力作曲寫歌劇，膾炙人口的作品如《費加洛婚禮》、《後宮誘逃》、《唐・喬凡尼》等多部歌劇、《魔笛》與豎笛協奏曲等四十多首交響曲，都是此時的代表作。在莫札特的生命中，好的日子太短了，心力交瘁的他在創作《安魂曲》中逝世，那年他才三十五歲。

記得德國朋友總愛說，天使用巴哈的音樂歌頌天主，而天使們之間卻用莫札特音樂對話！這是我所聽聞中最美的讚許。

室內很安靜，我反覆咀嚼朋友的話，微笑地走出莫札特故居。至於愛慕莫札特音樂的人們，他們自1920年起成立了每年一度的薩爾茲堡音樂節演出莫札特作品，讓它散落於城市每一個角落，讓它成為世界音樂水準的重要參考指標。在歐洲，2006年具備了特別意義。舉凡莫札特生前足跡所及之地皆紛紛推出音樂節、展覽和禮品，大張旗鼓慶祝莫札特誕辰250周年紀念，薩爾茲堡、維也納、布拉格被稱為三大「莫札特城」。元月，薩爾茲堡這個美麗的城市拉開了「莫札特年」序幕，隆重推出「莫札特音樂周」。跟著整年陸續舉辦38項文藝活動，而到了七月下旬，莫札特的22部歌劇在音樂戲劇季節演出，那時正是慶祝「莫札特年」達到高潮的時候。

此際，走過大街小巷，總有動人的旋律伴隨著，濃郁的浪漫氣息揮之不去，原來這就是薩爾茲堡，非常莫札特。

捷克　心動布拉格

方麗娜

當我想以一個詞來表達音樂時，我找到了維也納；而當我想以一個詞來表達神秘時，我便想到了布拉格。

——尼采

春天去布拉格，別有深意。因為惠風和暢的春天裡，布拉格的故事透著淒美。

從維也納乘火車去布拉格，大約需要四個小時。旅途中，我和先生共同睜大眼睛注視著從奧地利進入捷克境內——由資本主義國家過渡到這個前社會主義國家所呈現出的諸多反差。雖然兩國之間，山重水復的自然風光幾近相同，但捷克境內的教堂和房舍明顯破舊。年久失修的橋樑，沿途小鎮的寥落，多少顯示出捷克在國家治理方面的落後和財力不足。經過四個小時的行程，客車徐徐進入布拉格，車廂裡陡然飄出了斯梅塔那（Bedřich Smetana）的交響詩《我的祖國》中的《伏爾塔瓦河》——抒情而優美的旋律，宛如從波希米亞密林深處奔湧而出的河水，一路浪花飛濺，在春光下蜿蜒流淌。

走出車站，酒店的司機舉著牌子來接我們。跟著他一路穿過熱鬧的市區，來到一家玲瓏小店。辦了入住手續，我和先生拉著箱子來到三樓客房。沒想到小小的酒店，房間竟是出奇的寬敞和舒適！裝修的格調也非常精美。先生放下箱子，把衣物規規矩矩掛在櫃子裡之後，立刻躲進廁所裡抽了一支菸，出來時神仙般地踱在鬆軟的地毯上，瞬間找到了在家裡的感覺，手舞足蹈地扭了一陣子；繼而打開窗子伸出頭去——下午的光線正好，布拉格街上的景緻一覽無遺。我和先生刻不容緩地換了衣服走出酒店，沿著石塊鋪就的中古小道，去尋找那條風情萬種的步行街。

我們沿著步行街溜躂，各種建築之間的小巷古樸俏麗，蜿蜒曲折；擺放著各種精美禮品的商舖鱗次櫛比。小街當中，不時有

人一邊放著動聽的音樂，一邊玩弄手中的木偶，聲情並茂的表演，吸引了一波一波的遊人。作為布拉格標誌性建築的老市政廳，經過幾個朝代的興替，模樣被歷代當權者由著性子改來改去，已經演變成一個混搭多座哥德式與文藝復興結合的建築群。市政廳東面是哥德式的提恩教堂，教堂上有兩座塔尖高80米，如一對情侶相依，名亞當與夏娃。廣場的正中央，矗立著捷克宗教改革的先驅者——胡斯的塑像。當年，他曾在老城廣場的伯利恆教堂傳道，由於他公開指責教會的黑暗統治，主張宗教改革，於1415年被教會以異端罪名活活燒死。廣場上，夕陽斜掛，雲蒸霞蔚。背靠著神秘城堡的幾處酒吧，頗具情調，吸引了我們的腳步。先生扯著我，轉著圈兒在密密麻麻的客人中間尋找空位。性感迷人的捷克女服務生為我們覓得一處座位。先生立馬要了兩杯皮爾森啤酒（Pilsner Urquell），迫不及待地啜飲一口，閉上眼睛愜意地感嘆：「啊，捷克啤酒！」有道是：「捷克，有世界上最好的啤酒和最具萬千風情的美女！」

教堂上有兩座尖塔高80米，如一對情侶相依，名亞當與夏娃。（麥勝梅　攝）

第二天一早，我們被廣場西南角上一口奇妙的古鐘所吸引。就在時間落在9點整的一剎那，古鐘發出奇異的鳴響；緊接著，鐘盤左右的骷髏、死神和懷抱古琴的樂神隨即出現一系列機械運動，生動有趣，愛煞人也。因此，每個正點的古鐘下面，都會被來自四面八方的遊客圍得水泄不通。在布拉格的逗留期間，我和先生每天都不厭其煩地到這個古鐘跟前來，專為聆聽它的鳴響，並領略那些個動感十足的畫面。

穿過聖像林立的查理老橋，我們從縱橫曲折的古巷來到昔日的皇家之路。恍惚間，我看到了奧匈帝國的皇子——魯道夫（Crown Prince Rudolf of Austria），正躑躅在眼前這條熙熙攘攘的小街上，並且在附近的一家麵包店裡結識了他的初戀情人——一位秀麗的捷克平民少女。但是，作為奧匈帝國皇位繼承人的魯道夫，他這樣特殊的身份，哪裡容得了和這樣貧賤女子的談情說愛？結局注定是一場無法言說的愛情悲劇。而皇子魯道夫，從這條街道迷失之後的若干年，在他即將登上皇位的前夕，卻不明究竟地在奧地利西南的一處森林裡自行結束了他年輕的生命。

漫步在猶太區的有心人，決不會忘卻一個人，一個對中國乃至世界文學影響至深的人——佛朗茲・卡夫卡。這個如雷貫耳的名字，如今就鑲嵌在他經常光顧的那家咖啡館的招牌上，連同旁邊那個小小的圖書店。我不失時機地坐下來，打著喝咖啡的幌子，其實是為了凝視門上卡夫卡那清瘦而憂鬱的眼神，並且企圖走進卡夫卡的內心，再一次體驗他那一系列扭曲的虛構和變了形的荒謬世界。

由卡夫卡，會想到捷克另一位小說家——米蘭・昆德拉。其實捷克前總統哈維爾，也是位聲名顯赫的作家。我不瞭解這個總統作家，但余秋雨為他們做了總結：對於人類的生存處境，卡夫卡構建了冷酷的預言，昆德拉提供了斑斕的象徵，而哈維爾，則投入了政治的試驗，三者都達到了旁人難以企及的高度。——布拉格實在令人刮目相看！

布拉格也是音樂的，莫札特都說，布拉格人是他的知音。1787年的布拉格曾經掀起過一場席捲全城的「費加羅熱」。當時有人評論：「有高度音樂修養的捷克觀眾，尤其是布拉格觀眾，比維也納觀眾更能欣賞莫札特的天才。」十幾年前，我和先生曾相識在奧地利的多瑙河邊，我們在瓦豪附近的梅爾克修道院的教堂裡，聽過一場妙不可言的音樂會。音樂會的曲目是捷克音樂家德沃夏克（Dvora）的《新世界》。當時，我在那場宏大的音樂場景中，感受到了鄉間的微風和淳樸，以及作者那深藏的熾熱情感——既流暢自然又充滿了優美的細節。如今，布拉格作為歐洲音樂重鎮的輝煌，已經被維也納所替代，但歷史的印記和昔日的情調，依然閃爍在波光粼粼的伏爾塔瓦河；無數音樂大師的靈感和激情，依舊在布拉格數以百計的音樂廳裡和街頭藝人的指間恣意流淌著。

1968年的春天，布拉格街頭的風是陰森可怖的，是充滿了血腥的。四十年前的歐洲，曾經是青少年文化引領風騷的時代，大眾媒介使人們的感受向廣闊的全球範圍延伸。始於1968年的巴黎學生風潮，一度席捲歐美大陸，也由此引發了捷克青年點燃的「布拉格之春」運動。然而，這場由捷克大學生發起的革命行動，被計劃周密的蘇聯坦克瞬間碾為齏粉。

曾經，在幾度和煦的春風裡，我不止一次地渴望：讓明媚的春光點亮布拉格留在記憶中的灰暗，並且滌盡伏爾達瓦河畔那層沉澱已久的血腥與悲情。儘管，這只是我的一廂情願。

風來撒繽紛，雨後化煙塵，不為秋碩果，葉落喚春魂。

——《布拉格之春》

鮭魚之樂

穆紫荊

那一年的夏天，我沿著黑森林大道去看望住在巴登符騰堡州的婆婆。在黑森林裡，來到了著名的風景勝地特里貝格（Triberg）。那是一座籠罩在黑森林裡的秀麗山巒，山上有瀑布從山澗順流而下，當我們順著林間的小路往山上走時，迎面而來的風，已是透著明顯的清涼了。

隨著小路的漸漸深入，潺潺的流水聲，也漸漸地入耳。雖然在樹林的掩映之下，還看不到一絲瀑布的蹤跡，然而，那清清而舒適的涼意，那活潑而跳動的水聲，卻已像是一張看不見的綿網，順著樹蔭爬滿了遊人的全身，灌濕了遊人的耳朵。我看見那沿路的青苔，在樹根和石頭上越來越濃，越來越厚。我看見那蠕動的蝸牛，在路邊的石頭和草葉上，越來越肥，越來越大。終於，當我走到小路的盡頭時，一道漂亮的銀色瀑布，三折兩彎的在遊客的眼前傾瀉而下。曾看見過萊茵大瀑布之寬闊的我，驚訝於這一道瀑布的狹長而豐滿。當然，在德國除了萊茵大瀑布外，是沒有任何一道瀑布可以用寬闊來形容的。然而，面對著它的窄小我還是被它那豐厚不息的水流感動了。

特里貝格的山道，被鋪設得平展而舒坦。之字型的坡道，省去了人們抬膝攀登的辛勞。遊人們從外面炙熱的陽光，走進這一片綠色的清涼，然後，閑庭踱步於流水和光影之間，不知不覺之中，或漸漸地高去了，一層一層的接近了高高在上伸手不及的藍天白雲，或慢慢地低去了，一彎一彎地面向了無聲無息順著山道默默流淌的小溪。

我無意於高攀，於是便順著流水來到了小溪邊。清清的溪水，投映著水邊的石頭和枝蔓。我從溪邊摘了一片綠色的葉子，把自己的心願托付給它，然後把這片綠葉輕輕地放入水中，它立刻快速地順著水流一路地前往，猶如一條活潑而歡樂的鮭魚。我一邊跑著一邊用相機去捕捉它的身影，幾乎每次它都從我的鏡頭

裡逃脫。令我感嘆自己的愚拙。然而，正當我要收起相機準備任它自由而去時，它卻突然停住不動了。原來，在溪邊的石頭上，有一片紅棕色的樹葉靜靜地躺在那兒。樹葉的顏色讓我想到了秋天。如果那是一片從去年秋天便掉入溪水的樹葉，那麼不知它經歷了多少的沖刷和奔波，直到在這一處尋到了歇息。我的那片綠色的樹葉，就為了這一片紅葉停住了，不再向前。如果連一片樹葉都懂得要惺惺相惜，更何況我們這些在生活裡奔波不息的人呢？在特里貝格的小溪邊，在這小溪裡的兩片樹葉前，我也如同一棵樹般地生出了來自年輪的滄桑和霜鬢。

劉禹錫說：「山不在高，有仙則名，水不在深，有龍則靈。」特里貝格附近的山貌，高高低低從海拔600到1300米，不算很高，然而它卻因了有一個得過諾貝爾文學獎的名家曾經在這裡住過而在遊客的眼裡，生生地多出了一層特別的遊趣。在山道邊的一塊碩大的披掛了點點青苔的石頭上，我讀到了一塊說明牌。牌上說，1922年，歐奈斯特·米勒爾·海明威來到此山租了一條小溪以盡其釣鮭魚之樂。海明威生於1899年7月21日，自殺於1961年7月1日。推算他來到德國的黑森林時，年僅23歲。然而這一次黑森林特里貝格的經歷，明顯地在他的記憶中留下了深刻的印痕。以至20多年以後，當他進入中年，開始動筆寫他以後稱之為自己最為喜歡的那部小說《雪山盟（The Snows of Kilimanjaro）》時，他在書中還特意記下了這年輕時的一幕：

「戰後，我們在黑森林裡，租了一條釣鮭魚的小溪，有兩條路可以跑到那兒去。一條是從特里貝格走下山谷，然後燒著那條覆蓋在林蔭（靠近那條白色的路）下的山路走上一條山坡小道，穿山越嶺，經過許多矗立著高大的黑森林式房子的小農場，一直走到小道和小溪交叉的地方。我們就在這個地方開始釣魚。」

我要去看海明威釣魚的小溪，於是我便沿著另一條陡直的路，爬上樹林的邊沿，然後翻過山巔，穿過松林，便看見一片草地。在草地盡頭有一座橋，橋下有一條小溪，溪邊生長著白樺樹。小溪很窄，然而水卻極其清澈而湍急，它們輕輕而快快地流動著，在白樺樹的根邊沖出了一個一個的小潭。

海明威在書中還特意記錄到了一家客店，他說當時「那店主人這一季生意興隆。這是使人非常快活的事，我們都是親密的朋友。第二年通貨膨脹，店主人前一年賺的錢，還不夠買進經營客店必需的物品，於是他上吊死了。」那間客店今天卻已變成了一

1922年，歐奈斯特、米勒爾、海明威來到此山租了一條小溪以盡其釣鮭魚之樂。（穆紫荊　攝）

個百年老店。可憐了那當年因為通貨膨脹便上吊自殺了的客棧老闆。他可能想像不到，如今的客棧因著這百歲的盛名，變成了遊人必到此一歇的去處了。

在客棧的咖啡廳裡，賣著著名的號稱是真正的黑森林蛋糕。我們從山上下來後，便也自然的到那裡休歇。品嘗那號稱真正的黑森林蛋糕，果然也是非常的與眾不同。首先，在蛋糕上，並沒有我們通常所見的十二個大而黑的櫻桃。而是一圈小得如珍珠般的紅櫻桃。其次，蛋糕上的慣奶油厚得難以形容。似乎是通常的三倍之多。而在這一層厚厚的慣奶油裡，加入了很多的櫻桃酒。普通的或者說外地仿冒的黑森林蛋糕，通常只是在蛋糕裡埋入了在櫻桃酒裡泡過的櫻桃。（有的馬虎者甚至連泡都不泡）而慣奶油裡卻往往是沒有的。而在這裡的黑森林蛋糕，不僅是埋有在櫻桃酒裡泡過的櫻桃，甚至連覆蓋其上的慣奶油裡也是充滿了一股濃郁的櫻桃酒的香味。讓人整個的從上醉到下。

吃過看過以後，似乎特里貝格便只如此了？然而也不然。我所感受的特里貝格，除了它所帶有的海明威的足跡，除了它那貌不驚人的狹小瀑布，更多的迷人之處，是在於它的那份鬧中取靜的悠閑姿態。

特里貝格的山腳下，纏繞了一條鄉間公路，大的旅遊巴士，小的私人轎車，沿途停滿了泊車場。由遊客而衍生出來的大大小小形形色色的旅遊品紀念商店也如一顆顆珍珠般的鑲滿了山腳。從那裡，你是完全聽不到一絲瀑布聲的，你也看不到一絲林中的蔭涼。你所感受到的，只是一份熱鬧而又略帶一點俗氣的熙攘。

然而當你跟著那些晃動著的人頭，三三兩兩地消失於一條條沿山而上的小道時，你無法預知在那裡面等待著你的卻是一條銀色項鏈般的美麗瀑布和灑滿了綠色濃郁的森林老道。這一切的美麗和動人，是如此的深藏而不露，讓你走過時並不覺得，只有走入時才會被迷住。如同一條並不顯眼的鮭魚，只是自在地潛在水裡活潑地遊著。這樣的一份毫不張揚卻內含芳香的魅力，是特里貝格讓我難以離開的原因。它那有山，有水，有色，有味，然而卻安靜優雅的姿態，給過客的我留下了難以忘懷的印象。

走進特里貝格，猶如一條鮭魚流入了小溪，所享有的只是一份如歸如爽的自在。

德國

迷失在夢裡

穆紫荊

在德國中西部靠近法蘭克福的地方，有一個以秀麗的自然風景著稱的陶努斯地區（Taunus）。每一年，它所吸引的來自法蘭克福和萊茵——美因茲區域的遊客大約有二千至二千五百萬人次。在一個充滿了玫瑰芬芳的夏季午後，我和一對來自上海的藝術家夫婦驅車小遊。藝術家夫婦對德國的民間房屋造型有著特別的興趣，故此吩咐我不要去大城市，只管挑小村小鎮走。於是我便帶他們駕車穿行於陶努斯地區的田野農舍。在路過一個叫上魏澤（Hochweisel）的小村時，藝術家在車內一眼瞥見了路邊的一所私家花園。向我要求道：「停！我下去拍個照。」

原以為只不過是對花園裡的景色拍幾張照片，頂多三五分鐘的事情。不曾想，藝術家這一去，就久不見了蹤影。過了大約二十多分鐘的光景後，我也去了。如此，我便在無意中一腳踏進了那個從此讓我無法忘懷的花園，因為無人能夠想到，我們所走進的這個花園，竟然是1998年在德國上了金氏大全的著名3H手工藝坊。

這個私家花園的主人是住在上魏澤的華德・魏剛（Walter Weigand）先生。他繼承了父輩的祖業是個木匠。因此他不僅把住家的房子全部用木頭打造，並且還用木頭打造出螺旋木雕的窗框和多菱形的塔樓。他從小就喜歡手工藝裡的童話世界，只是退休之前始終無法實現這一夢想。於是，退休以後他便開始把自己的家打造成一個童話世界。

首先，在花園裡，他用各種廢木料和樹枝做成了各式的人類和動物模型。比如賣花姑娘、掃煙囪的男人、織毛線襪的老奶奶和抽煙斗的老爺爺，還有兔爺爺和採蘑菇的兔奶奶以及貓頭鷹、乳牛和大鳥等等。他們形狀各異，神態生動。或站或坐地在真實的花園裡，配了石凳和胡桃樹的枝蔓，讓人置身其中便如同走進了一個現實中的童話世界。

令我十分驚訝的是那些造型所體現出來的華德・魏剛先生所具有的豐富的想像。他用生銹的彈簧條做賣花姑娘的頭髮，乳房的正中是十幾個乒乓球做成的項鏈。她的身邊站了一個掃煙囪的小夥子，小夥子的左手上，站了一隻白色的鴿子。鮮花和鴿子，歷來是人生裡一首令人嚮往的旋律，讓人一看便不知不覺地陶醉了。我們在裡面轉來轉去，感覺彷彿是回到了兒時所讀的一本本童話書裡。而此時，華德・魏剛先生則興致勃勃地為我們打開了另一間貌似倉庫式的房子。

原來，真正讓他在金氏大全裡出名的還並不是那些陳列在花園裡的角色，而是他藏在倉庫裡的足足有二百平方米大的用手工做出來的小鎮模型。這些模型全都以木頭按照一比二十的比例做成，把上魏澤全鎮的建築和地區概貌都逼真地展現了出來。連房子的磚瓦和牆壁的顏色，都一模一樣。這種以前只有在戰爭片裡看見過的地形模型，到了這裡變成了一個五彩繽紛的小人國世界。連運動場上所擺的足球隊和隊裡兩營對陣的足球隊員們也是各式各樣。有倒在地上的，有正在揮手奔跑的。想像著這位當時已經退休的木匠，是懷了如何的一顆童心和執著走遍了全鎮。拍照、丈量、推算、詳細地記錄下每棟房子的資料。然後回到家裡又是如何的一塊塊的把木料鋸了挫了，一塊塊的把鋸好挫好的半成品釘了漆了。其韌性，其耐力，真是令我感嘆。

我問他：「這個模型您花了大約多少時間？」他笑了說：「這個問題幾乎是人人都會問的。我花了大約三年的時間。」三年，說起來不能算長，因為那畢竟是個有著二百平方米大的立體模型啊。可是一個人如果在三年的時間裡，只是磨著一件事情在做，那可真是要算長的。在今天這個時代裡，誰還會有如此的耐心，用如此多的時間來只為了一個愛好來只做一件事情？

二百平方米大的用手工做出來的小鎮模型。（穆紫荊　攝）

今天的這個時代，很多人要玩什麼就到商店去買，而越來越多的人，是現在連商店都懶得去了，要買什麼只要上網便都解決了。如此想來，這華德・魏剛先生，在那二到三年的時間裡，不顧家裡的一切，埋頭泡在自己的作坊裡面，用兩隻手做出那些除了他自己還不知道有多少人會有興趣一看的「破爛」。那真是很需要一個人的耐力和執著的

今日的華德・魏剛先生，已經年過八十。左手也不靈便了。然而他的腦子還很好，對我所帶去的兩位上海藝術家夫婦，不斷地說著英文。如此便也省去了許多我的翻譯。我驚訝於他的英文單詞還蹦得如此的伶俐，因為畢竟是一個年過八十的老人，而且還是一個以木匠為生的手藝人。

我如此說，並沒有任何要貶低手藝人不擅長外語的意思。只因為我曾認識本村的一個油販子，每年開了裝滿了柴油的油罐車穿街走巷。有一天，當他到我家裡，給我們的供暖系統加油時，不知何故，我們說到了孩子的外語。只見他笑著對我說，我這一生只會兩種語言：「德語和黑森州方言，這就夠用了。」言下之意是，他的孩子將來繼承他的家業，也同樣不需要學什麼外語的。

我相信這話對於一個隻身在家門口賣手藝的人來說，是的確如此的——夠了。因此，基於木匠華德・魏剛先生年過八十了，還說得一口頗能溝通的英語，這不得不讓我想到在他年輕的時候，他的英語一定是相當不錯的。如此的想著、聽著、看著、感嘆著，老先生又為我們拉起了懸掛在牆上的一個個深色垂簾。在那垂簾之下，我們看到了很多由他自己從村裡收集來的各家的老照片。一張一張黑白泛黃的照片，全部都被他整整齊齊地鑲在了木質的鏡框裡面，默默地陪伴那些木製的小鎮模型。這些照片裡的人雖然都無聲無息，然而他們的神態，他們的目光都變成了小鎮生活一幅幅極生動的寫照。令我感嘆著一個木匠所要表達的創意：木製模型是生活的框框，而那些照片和照片裡的人，才是生活裡的內容。當一個人在擁有他的夢時，他希望的這個夢，絕對不會只滿足於一個空洞的軀殼，而一定是一個充實的現實折射。

也由此，我們在展覽室的邊上，還看到了一間陳列了很多人物玩偶的房間。裡面大大小小形象逼真的玩偶，穿戴了各種各樣的衣物和首飾。令我對這位老先生再一次產生了驚訝。因為這些形象實在是太生動和逼真了。讓我甚至產生一個幻覺，就是那裡面的人物玩偶，都是一個個走進這裡的好奇的遊客變成的。也似乎我自己也正在變成這其中的一個。比如在一輛古老的童車前，站了一位正彎腰慈祥地照看著童車裡的小嬰孩的老奶奶。我一腳跨進去時，嚇了一跳，以為那是個真人。因為無論是從頭和身體的比例，還是從腳和手的粗細，一眼看上去都和真人沒什麼兩樣。特別是那老奶奶臉上的神態，一如她正對著嬰孩在喋喋不休。

要說一個木匠，在這個世界上是有很多，然而要說一個木匠，同時又是一個富有想像力的藝術家，在這個世界上我看卻不是很多。更何況還是一個上了金氏大全的木匠加藝術家呢。那就更加的算是鳳毛麟角了吧。而如此鳳毛麟角的一位，卻在離法蘭克福大約四五十公里之遙的陶努斯山巒後面的上魏澤小鎮裡生活著，不由得讓人感覺如同一個童話故事般的令人難以置信。很多來德國只走大城市參觀的遊客，難免錯失了親眼目睹這一成人世界裡的童話夢的機會，不能不說，是一大遺憾。

終於，當日落西山，我們不得不離開的時候，我再一次用最後依依不捨的眼光，把那棟房子又看了一遍。不想，這一看，竟被我發現了在房子的門楣上，還刻了一首詩。詩的大意是：誰在這裡迷失了自己，他其實是並沒有迷失自己。誰在這裡沒有迷失了自己，他卻是迷失了自己。迷失是沒有錯的。這首詩道出了一個人間的真義，就是一個成人在兒童時代的幻想，應該被永遠的保留在心裡，而不應該讓其在成人世界裡消失。因為只有在兒童世界的幻想裡能夠迷失了自己的人，他才不會在成人的世界裡迷失了他自己。

這就是參觀3-H手工藝坊後給我帶來的收穫和沉思。

風情襲人

穆紫荊

似乎沒有哪一座城市像弗萊堡（Freiburg）那樣吸引我百去不厭。幾乎每次當我來到巴登－符騰堡州時，都喜歡到弗萊堡去看看。這座城市的老城以它特殊的風情始終吸引著我對它的興趣。走在老城的街道上，一條一條小巷以各色的姿態，招引著遊人向它走去。有的沿巷掛滿了葡萄的枝葉，開滿了一間一間的酒吧和咖啡館，有的光禿禿的在窄縫間只有兩面高高的牆，然而牆內卻有一盞接一盞的古老街燈。無論是在葡萄架下，還是在沉默的燈下，都有一道小小的水渠，沿道伸延著。水渠裡面流淌著清清的渠水。生生地把一條寂靜而不變的小巷，變得生動而活潑了起來。

走在老城的街道上，一條一條小巷以各色的姿態，招引著遊人向它走去。有的沿巷掛滿了葡萄的枝葉。（穆紫荊　攝）

很多時候，人們在走路的時候，是不太顧及腳下的路的。在走路中的人們所關心的往往只是時間。在某時某刻要到達哪裡，在某時某刻又要回到哪裡。至於腳下所踏的是柏油路，還是青磚地，是沙石小道，還是軟軟的青草，只要能夠讓人走過去，只要能夠讓人到達目的地，它們似乎便是無關緊要的。然而，住在弗萊堡的人們卻不是這樣認為的。他們以為走在腳下的路，是和看在眼裡的風景，留在心裡的感受同樣重要的。因此他們在老城的青磚路上，沿途都用灰白或者甚至彩色的石塊，鑲拼出了一個一個富有含義的圖案。比如在裁縫舖前，地上所展現的就是一把裁衣服的剪刀，而在賣蜂蜜的店前，地上所展示的就是一隻蜜蜂。對於某些著名的建築，還特意拼接出兩組年份，而更多的時候是各式各樣的花，花，花。在弗萊堡走路的人們，不是走在辛勞的人生路上，而是走在了辛勞但卻鋪滿了花朵的人生路上。這一份與別的城市所不同的獨特情懷，是每每吸引我一去再去的原因。

走在弗萊堡的街道上，你如同步步生花似的漫步過一段段的人生之路，兩邊的櫥窗是路上的風景，而腳下的路是浪漫的情懷。路是青磚鋪成，平坦之間充滿了大大小小的溝溝縫縫。然而在那些溝溝縫縫之上，所展現到人們眼裡的卻是一塊一塊美麗而又有寓意的圖案。如同一個一個的印章，給每一段路都敲下了一個只屬於這一段路的標誌。就如同我們在人生裡所走過的溝溝坎坎，在記憶裡所留下的最終只是一個美麗或獨特的紀念。

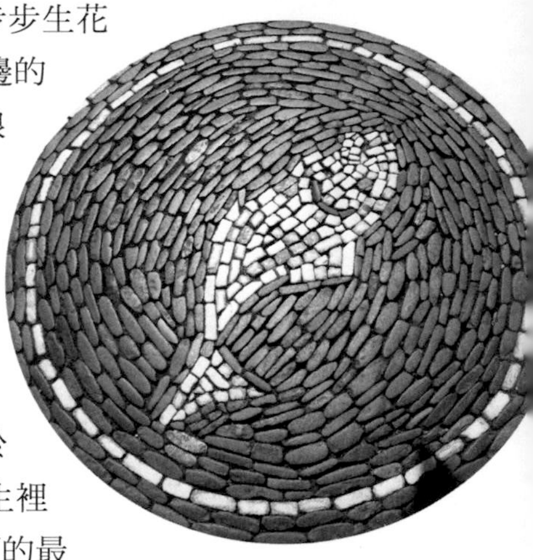

所展現到人們眼裡的卻是一塊一塊美麗而又有寓意的圖案，如同一個一個的印章。（穆紫荊　攝）

弗萊堡的路是充滿了情調的，弗萊堡的大教堂也是優雅而不失平和的。因為在它的面前，所展現的常常是熙熙攘攘，熱熱鬧鬧的農貿市場。水果鮮花蜂蜜，香腸奶酪蔬菜，形成了一道教堂前特別生動多彩的畫面。它像一朵色彩豔麗，形態多姿的花，開放在通常是令人感到肅穆而又沉重的大教堂前。讓置身於其間的人們，似乎同時置身在生活的陽光之下。

所有沉重的負擔，在這一瞬間，似乎都顯得微不足道了。因著教堂的堅固和永恆，讓人們看到生活除了自己，還更有一位掌管著世上一切秘密的上帝。而五彩繽紛的市場，則向我們展示了生活的多彩多姿。那些在市場裡走動著的人們，大多是生活在這個城市裡的人，這往往給一個旅遊者帶來了一份置身於平和的腳踏實地的感動。因為從他們挎在臂腕上的購物籃裡，你感受不到人們對物質追求的浮躁，你所領略的只是一幅日常的生活圖景。這一幅圖景，讓你的心暫時有了一種感受居家小日子的溫暖。在市場上我最喜歡的是一個草編攤位。秋天去的時候，攤位裡是稻草人和稻草風箏。夏天去的時候，變成了薰衣草和紅玫瑰做成的馨香包。而且大多都是心型的。看著美，聞著香，摸著卻倍感樸實無華。

這一份樸實，卻同時又被一道道沿街的水渠裝飾出了一份與眾不同的典雅。弗萊堡古城以水渠著名。城市裡面的每個街道都被流動著的清澈渠水環繞。如果想快快走向對面的櫥窗，或者拍照取景時過於專注而不仔細注意腳下的話，是很有可能一腳便踏入了水裡變成一隻穿了鞋子的鴨子。不能忘懷的是有一年夏天，陽光格外的豔麗，我繞著弗萊堡老城的大教堂隨便地走著，不知不覺地便走進了一條不怎麼引人注目的小巷。在路過小巷的一個窗前時，我意外地瞥到了用粗大的德語所寫的藏書票一詞。當時的我還以為自己是因為心裡有藏書票便眼裡出幻覺了，不由得停

下腳步，向櫥窗玻璃裡面望去，確認自己的雙眼所看無誤以後，便抬腳推門走了進去。

我所走進的是一家普通的刻章刻牌店。店裡只有白髮老闆一人。當我說明來意後，他開始抓頭皮了。因為我並不是要做他的客戶來刻章或者刻牌，我是想要收購他所刻的藏書票樣板。抓了一通頭皮，最後他說因為我是中國人，便同意了。這倒又讓我奇怪了。問他為什麼呢？結果他有點諾諾地告訴了我一個他心中的憂愁：他說他在中國有一個好友，一直叫他到中國去，可惜的卻是他怕坐飛機。他從來都沒有坐過飛機，也根本不想要坐飛機。為此，他說話的聲音，略略的低沉下去。看得出，他為了這一無法完成但是卻很想完成的心願而不知所措，令我也不知如何才能安慰他好。因為我知道雖然也是有火車的，然而，他有如此的一個店，叫他把來回的時間扔在路上就半個月是很不現實的。於是，我便對他說：我把他和他所刻的藏書票放到我的博客裡給中國人當然也包括他的朋友看如何？他大喜，二話不說便把兩整版的樣板成交給了我。看得出當他把它們交給我的同時，也交出了他心裡情繫中國的一個負擔。我捧著這兩版意料之外的所得，差一點沒在店門外瘋掉。

在老城一圈圈兜完以後，通常我都喜歡找一個小而有特色的飯店，坐下來，吃一頓不貴但是卻又很有德國南方特色的菜肴。在弗萊堡你可以品嘗到撒了小葱丁的鮭魚濃湯、細而帶有辣味的煎腸、用雞油菌做餡的大餃子、洋葱燻肉薄餅，以及澆了櫻桃醬汁的奶油香草冰淇淋。這些小小而別緻的風味往往讓人在吃飽喝足以後，即便是什麼都沒有買，也生出了不虛此行的滿足之感。

同時，作為一個中國人，值得一提的是在弗萊堡還有一個名叫木蘭的中國商店。因為這個店地處中心，往年也幾乎都是每次必去。有一年，因為給車子多添了一個導航儀。人走車停，導航

儀不敢留在車子裡，於是便一路想著給導航儀找個合適的外套。找來找去，在德國的各種商店裡都沒有找到，卻在這木蘭小店裡找到了一個絲質的綉花小包。一試，大小剛剛合適。這個包又輕又薄，還極其雅致美觀。本不知它的用途到底是女人的錢包呢還是化妝包，反正用來裝了那導航儀卻是綿綿地包緊如同定做的一般。拉鏈上還有一個絲做的穗頭，悠悠地蕩著，在人的眼裡生出了萬種的風情，就如同這弗萊堡的風情一樣。

因此我說走在弗萊堡，如同走在一個浪漫而有風情的夢裡。讓第一次去的人在一份陌生裡感受著一份親和，讓一去再去的人在一份熟悉的親和裡感受著隨季節不同而不同的舒適。這就是每每說起弗萊堡時，在我心裡所勾起的對它的喜歡和對它的感嘆。

德國

我們騎車去！

高蓓明

2003年金秋的一天，我同丈夫說：讓我們騎自行車順著多瑙河作一次旅行吧。丈夫點點頭，事情就這樣決定了。

從德國的帕紹（Passau）起沿著多瑙河直至奧地利的維也納全程為330公里，是一條非常出名的多瑙河自行車之路，途中有許多美麗的風光，還有不少的名勝古跡。我們在10月3日德國的國慶節那日踏上征程，中間在6個不同的旅館過夜，最後到達維也納，結束了一次輝煌的史無前例的假日。這期間，每日早上有車來我們住的旅館取行李，晚上當我們到達下一個旅館時，行李已於我們先期到達了。

10月3日

一早從家出發，我們坐火車去了帕紹，下午在那裡指定的旅館內領到了兩部自行車、一張地圖和一本免費券。晚上我們去市內逛了逛，吃了頓晚飯，帕紹很美，有許多大教堂，這裡是三條著名的河流匯聚之處，它們是多瑙河（Donau）、因河（Inn）和伊爾姿（Ilz），我們住的旅館就叫三條河旅館。

我們騎車去。（麥勝梅　攝）

10月4日

今天我們要騎59公里，我們的目的地是阿峽赫（Aschach），一個小漁村。早上在旅館裡吃得很好，一共有3個家庭參加了這個節目，雖然如此，我們卻各管各的，相互之間沒有任何關係。一個家庭很年輕，一對夫婦加一個十來歲的小男孩，一個家庭是一對五十開外的夫婦，再加上我們。那個年輕的家庭騎車總是騎得飛快，每次在路上碰到時打個招呼，一轉眼就沒影了；那對年紀大的夫婦，那女的可能體力不濟，常常看到他們在路上休息，或在向人打聽，哪兒有火車或者船可以乘。我心裡想，若是這樣的話，何必要作自行車之旅呢，拖著自行車再去坐火車和船不是多此一舉嗎？按照地圖上的標誌我們先擺渡去了一個小漁村。不要小看了這張圖，它可不一般，東西標得非常的詳細，哪兒有渡口，哪兒有景點，哪兒有飯店旅館和營地廁所，還有自行車道和換自行車的點都標得清清楚楚，這是專為騎自行車旅遊的人量身定做的，據說小孩拿著這張圖也不會迷路，一路上我們全靠了它才能順利地到達目的地。在漁村我們參觀了一個十分古老的鄉村教堂，在村口的咖啡館裡休息了一下。

那兒的渡口很小，一個女人帶著條狗在船上，來來往往地擺渡，以此維生。這第一天我就出了洋相，我的那部自行車在到達目的地前不久，輪胎壞了，丈夫只好不斷地給輪胎灌氣，每灌一次氣，可騎上十來分鐘，我可憐的丈夫，做了不少的工，總於熬到了換車點，此後我倆的車再也沒出過問題。這一天在途中我們還看到了著名的多瑙河大灣（Schlögener Schlinge）。

10月5日

今天我們前往林茨（Linz），一共要騎39公里，這是所有行程中最輕鬆的一天。林茨（Linz）是一個有名的多瑙河沿岸城市，按理我們在這裡可以免費坐纜車上山觀景，可是天不作美，下了整整一天的雨，把我們的興致都澆沒了。在林茨（Linz）住的那個賓館非常地好，是個商務賓館，裡面來來往往的賓客都衣冠楚楚，我們穿著雨衣雨褲，腳套雨靴，還推著兩輛自行車，一付狼狽的樣子，站在門口猶豫了良久，不敢進去。

客房裡的浴缸很大，我將浴缸放了滿滿一缸的熱水，同丈夫泡在裡面，嗨，一天的疲勞全都消散了。這裡的早餐特別豐盛，各式各樣的魚，鮮魚鹹魚，生魚乾魚，好像劉姥姥進大觀園，看著眼花撩亂，吃著全不懂鮮味，都攪在一起了。我後來看那一天的照片，看自己穿得像個大熊貓，房間內的高級沙發上攤滿了我們濕濡濡的衣服，猶能回憶起當時那種狼狽不堪的情景。

10月6日

今天我們前往霈爾格（Perg），途中要經過著名的修道院聖佛羅立瑞亞（ST.Floria），儘管我們有免費的參觀券，但我們只有兩人，不符合人家要求的團體人數，再加了十來塊歐元，由一個老太太陪著進去看了一下，裡面有許多油畫、金銀器皿、木雕，都是好東西，老太太還帶我們去了地下室，裡面有一堆幾米高的骷髏山，說是都是嬰兒的骷髏，到底從哪裡來的，我也沒聽懂。一路上老太太不停地抱怨，如今的年輕人沒信仰，教會後繼無人，連著名的男童合唱團都招不足人。這一天本來應該騎52公里，我們貪玩，又去了恩斯（Enns）附近的農田，在那裡休息，丈夫還同路邊的一隻貓玩了很長的時間。這一晚我們住的是一家農莊風格的旅館，一進門就是個吧檯，每人得到一杯迎客酒，房間的傢具都是粗粗實實的厚木，住著很舒服。

10月7日

今天我們要去馬麗亞塔菲爾（Mariatafel），那裡是奧地利盛產葡萄酒的地區，我們要騎62公里，途中要經過格萊恩（Grein）。非常高興的是，我們在Grein看到了世界上最古老的劇院，看上去很舊，地方很小，卻也有兩層，椅子是非常簡陋的木質椅，無軟墊。因為下雨，參觀的人很少，女講解員看到我們很高興，也難得有人對此懷有興趣，所以很熱情，為了感謝她，我們在那裡買了不少的紀念品。這種木椅可以翻上去，用鎖來鎖住，從前的看戲人會買一把鎖將自己訂的位子鎖住，因為他們看戲是連續看的，每個人都有固定的位子。格萊恩人愛戲劇的傳統可追溯到18世紀以前。我們這天的旅館是在葡萄山上，很陡，騎車是上不去的，我們到達山腳時就給旅館打電話，不一會兒有個年輕的女人開了一輛車來接我們，車後有個小車斗，放自行車，人坐前面。那女人很熱情友好，一路上不停地和我們聊天，看著陡陡的山路在那裡彎來彎去，和窗外的葡萄梯田，心情真是好極了。從我們的旅館房間推窗望去，遠處的多瑙河像一條帶子在谷中蜿蜒伸展，我們的身後是教堂的鐘樓。鐘聲噹噹地敲起來，藍天白雲之下好一派田園風光，我真想擁抱它們，投身進去，這一世我什麼都不要，這就夠了。夜色漸漸地暗下來，我們在飯廳靠窗吃飯，放眼望去，遠處是星火點點，多瑙河上有一些船兒在慢慢地匍行，船上有一串串的燈泡，就像一串串的瑪瑙點綴在水上，多瑙河真是一條有許多瑪瑙的河。

10月8日

上山容易下山難，今天要下山去克雷姆斯（Krems）。看著陡陡的山路，我沒了勇氣，只好推著自行車下去，腳是無法穩住的，一路跌跌撞撞地衝下了山。在去克雷姆斯的途中，我同丈夫

失去了聯絡，他每天早晨總是很興奮，將車騎得飛快，忘了我完全跟不上他的速度，這樣的狀況總要將近中午才會調適過來。那時手機才剛剛使用，兩人都設置不當，我打他沒反應，他打我我聽不到，最終在埃默斯多夫（Emmersdorf）的火車站才碰上頭，為了慶賀我倆的重歸於好，我們騎往徐埔里茲（Spritz），在那裡美美地吃了一頓。途中我看到一對男女，自行車壞了，那男的滿頭大汗地在大太陽底下修車，女的卻站在一邊吃吃地笑，我心裡想，這倒楣的男人。這也算是多瑙河自行車之旅的特有景色吧。這一天的旅館位置很僻靜，前面是葡萄山，後面是修道院，我倆七拐八拐地問了很多人才找到，旅店是一個農家小院外帶一個餐館，環境十分美麗。這一晚三個家庭第一次聚到一起吃飯，飯菜很鮮美，可能材料都取自自家的菜園吧。幾個大男人高興地喝了不少的酒，然後互道晚安，各回自己的房間睡覺去了。這一天我們騎了55公里。

因為是秋天，景色十分地美麗。有時我們會沿著修道院斑駁落離的外牆快快地騎過去；有時又穿過農家的果園，一路地欣賞，那兒有蘋果樹、梨子樹，蘋果和梨子掉在地上，紅的、黃的、綠的，就好像一塊天然的調色板擱在地上。我們盡情地讓秋風吹拂在臉上，讓樹葉兒掉在頭頂，讓多瑙河藍色的波浪留在心底。有時我們必須在堤壩上頂著風騎，一次突然刮起了大風，堤壩又特別地窄，我騎著騎著人不自覺地就掉下來了，差一點掉進了多瑙河。還有一次我從堤壩上衝下來，一時找不到路，嗖地一下拐進一個運動場去，速度太快，只好就勢環運動場繞場一周，讓丈夫好好地譏笑了幾天。有時我們坐在多瑙河邊的椅子上，欣賞落日暮色，晚風陣陣吹來，涼意滲入心肺，讓藍色的多瑙河圓舞曲從心底升起來。

10月9日

終於我們要到達終點站維也納了。從克雷姆斯騎往維也納是57公里，我們有兩種選擇：一種是騎到郊外，將自行車還掉，坐火車進城；一種是騎進城裡，在旅館還自行車。我們選擇了後者。那天的路程特別地長，好像我們的心腸戀戀不捨，要將這一路的美景收下帶回家，這一天我們騎了75公里，晚上八點半才到達旅館。看到小服務生將我們的自行車推入地庫，我大大地舒了口氣，終於擺脫了重負，這輩子再也不要見自行車了。「三百六十五里路啊……」不是有個歌如此唱過？

這一晚倆人累得無心出外吃飯，丈夫差遣我去覓食，我購得兩張維也那肉餅（Wienerschnitzel），像鍋蓋那麼大，我們把它們捧在手裡邊啃邊樂，心裡像戰士一樣地驕傲。

第二天我們去了美泉宮，看了西西公主的房間，晚上坐11點鐘的火車回德國。

令人難忘的多瑙河自行車之旅就這樣結束了。

德國 我心中的瑪瑙

高蓓明

德國的南部有個小城叫茂瑙（Murnau），我與它的相遇實屬意外。

1998年的新年，原打算去爬德國最高的山峰楚格峰。97年12月30日下午到達那裡時，我和丈夫遍地尋找旅館，找了3個多小時，仍無結果，那天整個加爾米施（Garmisch）和帕滕基興（Partenkirchen）地區的旅館全部爆滿。後來經人指點，我們又開了一個多小時的車來到了茂瑙，那裡有家旅館叫Angerbraue，還有空房間。這是家頗為不錯的老房子旅館，價格公道，旅館附設有餐館，味道極鮮美。老房子的建築獨樹一格，從它的側面看是一堵巨大的牆，其上部的兩邊似兩排相向而行的階梯，直爬到屋子的尖頂。在茂瑙有很多這樣的民居，但就數這家最好看，現在這一塊區域都劃成了歷史保護單位。我們住的房間很大，還有三人沙發，廁所和浴室在室外的走廊上，一看就知是未經改裝過的原汁原味的老民居，窗子剛好臨街，那天晚上，天下著矇矇細雨，茂瑙的街上店門早就關上了，路上也沒了行人，只有聖誕節留下的黃色燈光一圈一圈地照在濕漉漉的石板路上，影像和真像混成一片，聽汽車在路面上唰唰地駛過，將水珠劈向四面八方，人的思緒飄蕩得很遠很遠。在這樣的一個夜晚同丈夫棲宿在這家陌生的旅館，各人想著各人的心事，等待新年的到來，真有一種漂泊的感覺。

稍事休息後，我們下樓去到餐館用晚餐。餐館裡粗粗實實的傢俱旁已坐滿了人，五彩窗格上人影和燭光幢幢，滿耳是嗡嗡的人語聲，這裡有很多的女人。巴伐利亞的女人是很會喝酒的，晚上她們絕不會守在家裡看著孩子做家務活，她們自顧自地來到酒館，在那裡抽菸喝酒，同男人聊天；巴伐利亞的菜肴也是出名的好吃，我們要了生菜色拉，像東北刀削面似的蛋麵（Eierspaetzle）和碎豬肉片，澆上濃濃的稠汁，還喝了點南部的啤酒，然後上樓睡覺去了。

茂瑙的周邊有一大片沼澤和五個淡水湖，這裡風景美麗宜人，是國家自然保護區，也是上世紀初前衛畫家「藍色騎士們」常來之地，留有很多他們的印跡。丈夫好像對此不太感興趣，所以我們第二天就去徒步旅行，我們沿著最大的一片湖施塔費爾湖（Staffelsee）行走，湖邊很靜，人烟稀少，靜默的樹林在水邊無聲地佇立，天上的雲彩不時在頭頂飄過，時兒像棉絮，時兒像鱗片，我們越過田野，田野或黃或綠，遠山在黛青中漸漸地退去。走累了，靠著農人的麥跺坐下息一息，讓陽光灑滿全身；路上不時會看到農人搭建的簡易木棚，不知裡面收藏著什麼稀奇的寶貝；有時也會碰到一條木質長椅，坐在上面放鬆一下，吸一口純淨的空氣；偶爾會看到路邊有座祭壇，耶穌被掛在木十字架上，頭上有一個小屋頂，腳下放著一束鮮花，巴伐利亞的人們很虔誠，大多是天主教徒，他們要比德國北部和中部的人們更感知幸福，據說這和他們的信仰有關。這一天我們邊唱著《徒步之歌》邊走了24公里，德國民族是一個喜歡徒步漫遊的民族，這個「徒步之歌」在德國家喻戶曉，唱起來詼諧有趣，生動活潑，歌名直譯為：徒步是米勒先生的愛好。米勒是德意志民族的一個大姓，意為磨坊主。另有一個民歌中也唱到：德國人必須徒步，必須徒步。這次徒步歷時6個小時，在茫茫的暮色中我們又走回了旅館。

茂瑙給我的印象好極了，我把心丟在了那裡，臨走時我說，我要再來。

2001年的深秋，我和丈夫果真又來到了茂瑙，為的是尋找一段陳年往事。這次我們住在葛李斯布勞（Griesbraue），當年表現派畫家康定斯基和他的學生情人茗忑（Muenter）從慕尼黑私奔到這裡時，就住在這家旅館。現在旅館裡所有的房間都掛著「藍色騎士」的畫，清晨醒來，坐在床上，金色的陽光照進屋裡，牆上有光影斑駁，簾子在掀開的窗邊輕輕地搖動，康定斯基

的畫就站在那裡對我微笑。康曾在這家旅館畫過一幅畫，畫面上是他的學生情人M站在陽光底下作畫，茗忑的對面是一位姑娘，手扶一棵細枝，那是當年旅館老闆的女兒，身著火紅的裙子，映襯著碧綠的草地，背景是紫色的山巒，粗狂的筆觸，濃鬱的色彩，真是表現畫派的特色。我向眼下的老闆娘打聽，這幅畫今在何處？老闆娘告訴我，這幢房子已被轉賣了三次，她的丈夫是直系，分到他們手中時，房產已被分割，原來康和茗忑所住的房間已經不存在了，至於這副畫的下落，她不清楚。

我深為她可惜，這麼重要的事情，她竟不放在心上。

第二日，我們去參觀了康和茗忑的愛情小巢——俄羅斯小屋，這是茗忑為了她和康的愛情在1908年買下的，他倆在這裡一直住到1914年戰事爆發為止。小木屋坐落在偏離市區的地方，淡黃和紫青的外牆，桔紅的瓦頂，屋前是一小方菜園，康曾在這裡種過菜，有一張黑白照片為證；最有名的是底層的樓梯，側面有康畫的抽象畫；那個地下室被稱為「萬寶庫」，是因為茗忑在二次大戰期間將康的價值百萬的畫都藏在這裡，躲過了納粹的搜索，康因著戰事離德回俄，之後另結新歡。茗忑在死前把這些畫都捐給了慕尼黑市，並得到了榮譽市民的稱號。這是件頗有爭議的事，因日後康索要這些畫時，茗忑不給。「問世間情為何物，怨恨相纏幾時休？」他們的故事就像羅丹和他的學生情人克勞黛的翻版，只不過茗忑最後沒有變瘋進瘋人院。有一幅茗忑的畫，見證了那一段浪漫故事，畫上是康和茗忑坐在桌邊喝茶聊天，左面是那個著名的樓梯，背後是個壁爐，壁爐上放著康收集的藝術品，畫面上的生活是多麼地美好甜蜜。康的好朋友法藍茲馬克（Franz Marc）就住在離這兒不遠的村莊，我們後來也去了那裡參觀，他常常騎著馬來這裡拜訪，法藍茲和康就是在這裡擬定了著名的《藍色騎士宣言》，這個團體的成員，常在附近的山區作畫，我們也走過那些地方，他們當年畫過的風景依舊沒變，美得醉人。在茂瑙有以茗忑命名的廣場，卻找不到以康的名字命名的路，按理康的名氣要比茗忑大得多，茗忑只是因著康的緣故留下芳名。是不是德意志人在為他們的女兒抱不平呢？這次在茂瑙時，我們又去了另一個淡水湖寇歇湖（Kochelsee）散步，晚秋的景色，處處是金黃，馬兒在田裡吃草，樹葉在秋風中飛舞，遠處的山巒，層林盡染，層紅層黃又層綠，麥穗兒沉甸甸地彎下腰肢，淡淡的秋日掛在雲頭，紅色的野果子吊在樹梢，野鴨子在澤邊覓食，在這樣美好的秋日裡，修女們離開修道院來這兒散步。我們還去了沼澤地行走，那兒的風景更美，軟塌塌的泥地裡鋪上了木板，人走在上面搖搖晃晃的，使不出勁道，路標上指出全程共12公里。

這一次我們又去看了一下原來所住過的旅館，可惜它正在裝修，心裡有一絲淡淡的憂思劃過，那個房間也許不再有鄉氣了。臨窗的街道如今已禁止車輛通過，茂瑙已成了旅遊名城。我很懷念那個晚上在這裡聽到的好聽的雨聲，和汽車在積水上劃過的聲音，這些東西如今不會再有了。

茂瑙不僅風景美，菜餚美，人熱情，茂瑙還有自己的悠久文化。比如，這裡的玻璃畫就很出色，民間藝人將顏料塗在玻璃上，作成一幅幅畫，因著玻璃透光的緣故，色澤變得更加純淨鮮台。現代藝術家在這裡擷取了前人的經驗，推陳出新，在畫壇上開拓出一片嶄新的天地。我在這裡買了一幅題為《晚禱》的玻璃畫，畫面上是一個農家在晚餐前作祈禱時的情景，男主人不在家，只有農婦和她的五個孩子在飯桌旁，三兒二女，最小的一個還抱在媽媽的懷中，孩子們有站著的，有跪在椅子上的，氣氛祥和，這個家看上去雖然不富裕，但很溫馨。每次我看到這幅畫就會想到茂瑙和在那裡度過的日子，茂瑙的中文發音與瑪瑙很近，且讓它變做一塊晶晶瑩瑩的瑪瑙常駐我的心間吧！

丹頂鶴

高蓓明

在德國的東海岸，有一大片水草豐茂的淺灘，那一片地域叫做前波莫瑞（Vorpommern），那裡是丹頂鶴棲息的地方，也是受國家保護的自然公園。那裡就像一塊吸引候鳥的磁鐵，每到秋天，成千上萬的鳥兒們，在飛往南方過冬的途中，來到這裡暫時休息，補充營養。這裡的水草種類豐富，又有安靜的沼澤水灘，候鳥們白天四出覓食，晚上就在沼澤地棲息，就是應著這樣的一個主題，我參加了由Studiosus組織的一個觀鳥旅遊團。

Studiosus在德國是個久負盛名的旅遊機構，他們的節目很有特色，導遊都不是專職的，全是由各方面的專業人員組成，他們多半是大學教授、作家、演員、博士等等，當導遊僅是他們的副業，或說愛好。他們用自己豐富的專業知識，向客人介紹各種人文景觀，歷史淵源和自然生態。

2006年10月初的一天，我們旅遊團的成員從各自的家鄉出發，來到了斯特拉爾松（Stralsund）。

這裡從前屬於漢莎聯盟城市，老城中有著聯合國世界文物組織保護的景觀。晚上我們聚集在旅館的大廳裡，在導遊的安排下，大家各自作了自我介紹，諸如自己的名字、工作、愛好和住在哪裡等等。這也是Studiosus的傳統，也是它不同於其它旅行社的地方，這樣的活動使得我們團員之間像似生活在一個大家庭中，人與人之間的距離一下子被拉近了。

這一天的晚上，我們先去了一個鳥類保護中心，那裡的工作人員為我們作了個圖片報告，讓大家瞭解一下候鳥的習性，飛行路線，種類等等，以及德國政府在保護自然和動物方面所作出的努力，會後大家還提出了許多的問題，由專家一一作答。我提了一個比較幼稚的問題，因我是個城市人，對候鳥一無概念，事先也沒有在家好好閱讀這方面的資料。德文中有兩個詞Storch

和Kranich，中文解釋都是「鶴」，我僅知道我們這次來觀察的是Kranich，而不是Storch，但它們的區別在哪裡呢？前者是丹頂鶴，後者是白鶴。丹頂鶴因它頭頂的一塊紅斑而得名，羽毛以黑白灰相間，異常美麗，身高在一點二米左右。那麼Storch又是什麼呢？那是一種體態較小，全身羽毛潔白的鶴種，也稱送子鶴。德國人家誰要是生了小孩，就會放一個Storch的模型在家門前，鄰人就會得知並前來祝賀，這便是他們的傳統。

接下來的一天，我們旅遊團的成員組成了一支特別行動隊，向丹頂鶴集結的地方進發。我們驅車來到了一大片田野，路邊有一個個小木亭子，人不能在外面活動，都要躲進這些小木亭子裡去，人在這裡也不能大聲喧嘩，以免打攪了丹頂鶴。這個打攪並不是我們人類生活中的意義。導領員向我們解釋說，如果丹頂鶴受到驚嚇，會影響到牠們的進食，嚴重時甚至會影響到它們沒有足夠的體力飛往南方，也許在半途中就會死去，這是因為丹頂鶴能夠一次不停頓地飛行兩千多公里，即在嚴峻的情況下，牠們會兩天兩夜不停頓地飛行，聽上去夠怕人的。牠們在每年的十、十一月間離開故鄉——斯堪地納維亞半島飛往南方過冬，途中經過德國的東海岸。

早在19世紀人類就開始研究丹頂鶴的飛行路線，途經德國的丹頂鶴飛行的方向主要有西線和北線兩條，西線飛往西班牙，北線飛往北非。在德國這個中間驛站它們大約要積蓄60%的能量來完成接下來的飛行。小木亭裡有一個個的小窗，我們團員大都自備望遠鏡，在這裡觀看丹頂鶴的活動。你在這裡所看到的景象是終生難忘的，當丹頂鶴一群群地飛來，遠遠望去，就好像天空中有一隻大手，將一把把的黑芝麻從空中撒向大地。

丹頂鶴喜歡到收割過的麥田、玉米地裡來覓食，牠們既是食肉動物也是食草動物，牠們喜歡食小蟲子，也喜歡食掉在田裡的

碎玉米粒和麥粒。動物保護人員掌握了牠們的習性，就給牠們提供條件，在牠們到來之前，早早地就將地收割好，以便它們覓食。

我們這次一共去了3個地方觀察丹頂鶴。其中的一次我們來到一片開闊地，在丹頂鶴聚集的對面，人們搭了一個很高的觀察台，那裡是觀鳥愛好者愛去的地方，他們都有高倍望遠鏡，長長的鏡筒像一台台小鋼炮，他們會幾小時幾小時地守候在那裡。

在城裡長大的我，對於觀鳥和釣魚這樣的事很久都不能理解，德國民族是個熱愛自然的民族，在這裡生活久了，也能慢慢地理解他們，在自然界中人類自得其樂。那些人很友好，招呼我使用他們的長炮鏡筒觀望，一開始我還真不會看，經過他們的指點，果然看到很多的丹頂鶴在鏡頭裡涌動，一粒一粒地似小綠豆那樣大。有一次我們的汽車在路上跑，丹頂鶴就在不遠處的田地裡走動，汽車唰唰地從路邊駛過，它們並不感到害怕，但是汽車不能停下，人也不能走出來，如是那樣的話，它們會很害怕。我們的司機將車開得很慢很慢，讓我們能夠仔細觀看。

在海岸邊人們還可以看到丹頂鶴晚歸的情形。落日下，丹頂鶴一群群從我們的頭頂飛過，紛紛地降落在淺灘中，晚上它們是站在水中睡覺的，丹頂鶴是一種容易驚醒的動物，這樣使它們能及時地發現敵人。飛行時它們很有組織地排成八字形，每一群大約有二十至三十隻，八字形的排法能最大程度地減弱風的阻力，又能方便聯絡。它們一邊飛一邊不停地叫喚，為了保持住隊形，又無法回頭觀望，它們必須要這樣做，而且父母和孩子也是不能分開的，父母在前，孩子在後，父母聲聲地呼喚它們的兒女，孩子們要及時地應答，以免父母擔憂，這種場景真令人感動，自己多想成為一隻飛鳥，在天空中自由地翱翔。這裡每天有研究人員數鳥，多的時候一天會有二千到三千隻，它們一般會在這裡呆上一周，養壯身子，然後繼續飛行。從八十年代中期起，整個秋季約有4萬多隻丹頂鶴從這裡經過，隨著人們不斷地努力，自然生態不斷地改良，有越來越多的丹頂鶴來到這裡，九十年代是六萬多隻，本世紀起達到了十五萬隻。

丹頂鶴為何如此地受到人類的喜愛呢？原因是多種多樣的，首先當然是它們美麗的外表，其次是它們對愛情的忠誠，它們終生守著對方，不換伴侶，只有死亡才能夠將它們分離，真像德國人在教堂舉行婚禮時，在上帝面前宣誓的那樣。丹頂鶴發出的聲音非常地好聽，就像小號吹奏的樂音，它們還會表演雙重唱，這種時候常常是因為它們找到了一處好的棲息地。它們還會將聲音從前面一個個地往後傳，就像戰士傳口令，可見鳥類是很有智慧的。據研究人員說，丹頂鶴的聲音有各種不同的意義，如祈求、愛慕、警覺、聯絡等等。丹頂鶴在交配期間多半會在晨霧中翩翩起舞，舞姿優雅，被稱為「神秘的華爾滋」。

德國政府在保護動物方面作得真是不遺餘力，他們支助著一群研究人員，作候鳥的觀察工作，每年在這個時候，那些工作人員還會在這放飛一些帶上標誌的鶴群，不同的顏色表示不同的集團，相鄰國家的研究人員會互相協作，便於觀察丹頂鶴的生存狀況、壽命、飛行路線等等。在一些丹頂鶴的頭上，他們還會裝上一台小型的發射器，用作隨時的跟踪，這樣一台儀器價值1萬歐元左右。由此對政府所下的投資可見一斑。政府還支助在梅克倫堡—前波美恩（Vorpommern）建立了一個「挪亞方舟」，那裡常舉辦有關的展覽和發表會。

我們在那裡參觀時，看到很多美麗的照片和實物，也有繪畫作品，其中竟有一幅中國畫「松鶴延年」。丹頂鶴似乎在所有的國家都是吉祥的象徵。在中國的文化中，它們是長壽的象徵；在日本有新年折紙鶴的傳統，以祈祝新年吉祥；而在德國的文化中，它被喻為幸福、自由、智慧和崇高。有許多的文學題材涉及

到丹頂鶴：詩歌、傳說、童話、電影、小說等等。德國的偉大作家歌德在他的作品《浮士德》中寫到：越過曠野，越過大海，丹頂鶴向著家鄉飛去……。

對了，假如你乘坐德國漢莎航空公司的飛機來德國旅遊，那麼你第一眼在機身上看到的就是丹頂鶴美麗的身姿，但願丹頂鶴在你的生活中留下美好的印象，也但願人類成為動物的好朋友。

丹頂鶴（Kranich）（Duemmer 旅遊局提供）

巧遇拿破崙

池元蓮

歐洲的美不單是在其文化色彩濃郁的城市，歐洲的美也在其風光明媚的鄉間。

在我先生健康尚好的時候，我們最喜歡的度假方式是駕著開篷跑車，在西歐的鄉間作遙遠遊。我們一向選擇地圖上用綠線呈現的風景幽美之路作為旅程，高速公路是絕對不走的。這樣，村過村，鎮過鎮，不但能盡情享受鄉間的美色，而且在路上總會遇到很多有趣的際遇，有如在路上拾到珍珠。

下面所寫的就是一個有如路上拾遺珠般的巧遇。

當我們的車子到達德國與比利時的邊境時，天快黑了，那裡的地方又比較荒涼，該找過夜的下榻處了。就在這時，路邊出現了一家旅館。

一眼看過去便肯定，旅館是一棟百年以上的老建築物，石牆壁上有粗大的黑木條縱橫交錯其間。窗戶外掛著花架子，鮮花垂吊。屋前放置著幾部老式的木造拖拉車，車上放的是巨大的破輪子和舊得發黑的大酒桶。但是，旅館最吸引人的是那塊懸掛在屋簷下的招牌，上面寫的是：「拿破崙旅館及餐館」，牌上畫了當年拿破崙越過阿爾卑斯山的著名畫像。

旅館的內部和客房已完全現代化。但無論我走到那裡，都見到牆壁上掛的幾乎全是拿破崙的畫像和圖片。當我們下樓到餐廳吃晚餐的時候，我忍不住，要問接待台後的女士，他們為什麼會有那麼多的拿破崙畫像。

女士回答說：「這裡以前是拿破崙的皇家驛站。拿破崙也曾經在這裡過過夜呢！」接著，她又加一句：「我們的餐廳就是當年拿破崙的馬廄。」

在餐廳裡的客人只有寥寥數桌，看來都是本地的常客。我一邊用餐，一邊放眼瀏覽餐廳四周的佈置，實在特別。餐廳的面積相當大，看來可容得下數百匹馬；天花板不高，保留了幾百年前

的粗壯棟樑；從天花板吊下來的燈全是古老的煤氣燈燈罩；餐廳的牆壁、窗框、棟樑上放滿了小物件，有的是古董和古物，有的則是現代的小玩意兒。

在黑黝黝的古木天花板下，在燈光朦朧的古燈下，週遭緊堆密集的小東西產生一種埋沒空間的作用，使我能想像到二百年前馬廄裡人嚷馬嘶的情境。

當我上樓休息時又發現，樓梯旁邊有一道門，門上有牌子寫著：「波拿巴提房間」。波拿巴提（Bonaparte）是拿破崙的科斯嘉家族的姓。我們在二樓的房間恰好位於它的上面。在入睡前，我不斷地想，拿破崙在這驛站住宿過的次數一定不少。最可能的兩次應是1812年的夏天和冬天。

是年的六月，拿破崙率領六十萬大軍浩蕩蕩地東征俄國。在這個小驛站歇宿的他是一個神采奕奕、雄姿英發的征服者。那年他年方四十二，正站在他的統一功業和個人生命的頂峰。

在功業方面，拿破崙統一歐洲的願望已經到達行將完成的那一刻。那時，他所統治的疆土的幅度包括法國、比利時、荷蘭、德國的大部分和義大利的北部。當年的歐洲大王國如奧國、俄國、丹麥、瑞典均是他的同盟。（今日歐盟的和平統一歐洲，是當年的拿破崙所意想不到的。）

在個人生命方面，拿破崙多年來渴望要兒子的願望已經在一年前達到了。自從他在1804年加冕做了「法國第一帝國」的皇帝之後，便開始擔心，萬一他去世，皇位沒有繼承人，他十多年打下的江山不是要破裂了嗎！他的第一任妻子約瑟芬雖然跟她的前夫生下一子一女，但與他結婚多年卻無所出。約瑟芬的年紀已四十出頭，生孩子的希望已差不多等於零，要子心切的拿破崙終於要求離婚。

拿破崙所要娶的新妻子必須適合兩個條件：除了年輕可生育之外，還要是一位能提高他身價的女子。拿破崙自己出身於科斯嘉的平民家庭，在他得勢後，他的政治敵人在他背後把他叫做「科斯嘉小傢伙」。拿破崙對此耿耿於懷，認為只有跟歐洲的皇家通婚才能鞏固他的帝位和聲望。他的第一個選擇是俄國沙皇的妹妹，但婚姻談判拖延太長，於是把目光轉移到奧國的皇家公主瑪麗露意斯的身上，這次的婚姻談判順利成功。新妻子也沒有使他失望，婚後次年果然產下一個兒子，剛做父親的拿破崙自稱是世界上最快樂的人。

可是，躊躇滿志的拿破崙對沙皇有不滿意的地方，存心給後者一個教訓，於是發動大軍，準備入侵俄國。在征途中經過這個邊境驛站時，拿破崙心裡沒有一絲疑問，他此去一定會大勝而回。在驛站的房間裡，他一定是胸有成竹地向他手下的將軍元帥們陳述他最擅長的沙場戰略。

半年後，拿破崙又路過這個小驛站，但他的命運作了極端性的改變。此時的他與半年前的他判若兩人，他心情沉重，心事重重。因為他是從俄國大敗而回，打敗他的是俄國的冬天。他在莫斯科前果然打了一場勝仗，可是進到莫斯科，發現那是個空城，他的兵士找不到糧食。當天晚上全城發生大火，致使他的士兵連紮營住宿的地方也沒有了。眨眼間，俄國的寒冬到臨，而且是一個異乎尋常的寒冬。拿破崙只好退兵回法國。

大軍在冰天雪地的大平原上撤退，人與馬皆缺糧，飢寒交迫，沿途又不斷地遭到俄國騎兵的伏擊。兵士傷的傷、亡的亡、病的病。到最後，出發時的六十萬雄糾糾大軍只剩下一萬名士兵，軍衣襤褸、裹傷帶病、失魂落魄地走出俄國國境。此時拿破崙又獲得情報，巴黎謠傳他在俄國陣亡，局勢動搖，他便披星戴月地趕路回巴黎去。當他趕到這個驛站換馬時，他一定是披著他的軍官大袍，在他的房間裡來回踱步，深思苦慮，回到巴黎要用什麼樣的策略來挽救大局。

拿破崙曾說過：「野心永遠不知足，即使是站在偉大的頂峰。」他自己在1812年的夏天站在偉大的頂峰，但他的野心不知足，結果在同年的冬天從頂峰摔下來，以後走的都是下坡路。他的被逼退位；他與愛子的永別；約瑟芬的病逝行宮；他的被放逐到愛爾巴島；他的捲土重來，在滑鐵盧作最後一場歷史名戰；他最後在聖海倫島上度其放逐餘生都是日後事。

第二天早上，我們在旅館吃過早餐便開車上路。夜間下過雨，旅館前的僻靜鄉村路濕漉漉的，有一種荒涼感；可是，我對它肅然起敬，它是被人遺忘了的歷史之路。它曾經見過多少世面！曾有多少戰馬的馬蹄和兵士的步伐在它上面經過！旅館前面的破輪子和舊酒桶也突然顯得神氣起來，說不定，它們曾經跟隨拿破崙上過戰場。

我會永遠記得這間邊界小旅館，它充滿歷史的影子。在那裡我不但巧遇拿破崙，還有緣與他同宿一舍，是一生難忘的經歷。

魔鬼無法毀滅之都——紐倫堡

謝盛友

歐洲大陸剛剛在1815年結束拿破崙戰爭，突然天氣反常，1816年歐洲無夏季，德國等地在8月出現霜凍，根據文獻資料歐洲約有20萬人死於這次天氣反常，那時歐洲廣泛糧食短缺，出現普遍饑荒，各地都有搶奪糧食的情況。

在饑餓中爬滾的德國作家霍夫曼（1776-1822）卻獲得靈感，完成童話故事《胡桃鉗與老鼠王》。

一個聖誕節平安夜，在紐倫堡市政廳，參議員杜塞梅爾送給他的教女克拉拉一個胡桃鉗，作為聖誕禮物。大鐘敲了十二下，大廳裡黑影聳動，突然間一大群老鼠闖進了客廳，到處亂竄，偷吃糧食，並開始攻擊克拉拉。這時杜塞梅爾突然出現，告訴克拉拉，胡桃鉗能保護她，接著又神奇消失了。此時大廳裡閃起五顏六色的光，聖誕樹不斷長高，胡桃鉗活過來了，並領著他的一群玩具同老鼠兵作戰。但老鼠們很強大，胡桃鉗的軍隊處於劣勢。克拉拉撿起一把劍，衝向老鼠王並給了它致命的一擊。老鼠們抬著它們的國王敗走，勝負已分。

胡桃鉗也受了重傷，突然奇蹟出現，胡桃鉗康復了，而且變成了一個英俊的王子，並要帶克拉拉去糖果王國。

這個故事，後來被俄羅斯大作曲家柴科夫斯基，譜寫成芭蕾舞劇《胡桃鉗》，而名揚天下。它是聖誕節的傳統節目，老少皆宜，而且常演不衰。

看芭蕾舞劇《胡桃鉗》時，你應該想到這故事的源頭。到紐倫堡一遊，你一定要親眼看一看市政廳。

告別霍夫曼的浪漫，當你走出市政廳時，左邊就是杜勒的故居，他1471年生1528年卒於此，你可以盡情地欣賞他的《騎士、死神、魔鬼》銅版畫，紀念館內部的陳列，能使你瞭解杜勒當時的生活狀況，同時這裡還收藏著他的大量作品，二樓還有工作人員做版畫演示，你還可以免費獲得一幅杜勒版畫的複製品，頗有紀念意義。

杜勒紀念館周圍的地域叫做杜勒廣場，沿著廣場，你會走到凱撒堡（Kaiserburg），那是霍亨施陶芬王朝的皇帝紅鬍子腓特烈在十二世紀時所蓋，15到16世紀建成現在的模樣，你可以看到一個深約60米的古井和雙重結構的禮拜堂，上到塔頂的時候，你可以遠眺全城的風景。凱撒堡附近的男爵堡（Burggrafenburg）是11世紀時Salier家族統治時，所蓋的第一座皇家城堡，另一側已經作為青年旅館之用的建築，則是由當初的皇家馬廄改成的。16世紀，城堡曾加強防衛工程，城墻上都帶有槍眼，所有宮中的工作人員都住在外圍城堡的半木造屋裡。傳說中將被處死的強盜Eppelein，策馬一躍，神奇地越過了凱撒堡的城牆得以逃脫。

今天在城堡邊有很多溫馨舒適的小酒館，你走累時，可以在這裡小坐，享受紐倫堡著名的香腸加啤酒的美味。

也許真的像紐倫堡之子杜勒，在其作品《騎士、死神、魔鬼》中的預言，紐倫堡果真如此難以擺脫魔鬼的蹂躪。

歷史上，紐倫堡是「德意志民族神聖羅馬帝國」皇帝直轄的統治中心城市之一。也是因此原因，納粹黨企圖借助紐倫堡的歷史傳統，為其抹上一層燦爛的金色，於是紐倫堡在納粹德國時代成為納粹黨一年一度的黨代會會址，紐倫堡在希特勒德國時代風光無限，並因此使該城淪為英美盟軍的重點轟炸對象，頗具中世紀古風的老城區就此夷為平地，雖戰後重建，亦不復當年風采。

第三帝國著名的反猶太紐倫堡法案就是在此處出爐的，掀起了種族清洗的腥風惡浪。第二次世界大戰後，清算納粹戰犯罪行的紐倫堡審判也在此舉行。此後，紐倫堡漸漸歸於平淡，回復到地區中心城市的角色。

紐倫堡老城區的中央市場，每年聖誕節前幾周就會開始舉辦聖誕市場活動，而紐倫堡的聖誕市場，一般被認為是德國歷史最悠久、規模最大的傳統聖誕市場。在聖誕市場中，你可以品嘗熱

德式薑餅（Lebkuchen）（王雙秀　攝）

紅葡萄酒（Glühwein）與德式薑餅（Lebkuchen），據說這是14世紀中期就有的點心，可算是歐洲最古老的了。德式薑餅是用堅果粉加上各種香料製成，直徑約8厘米大小的圓點心，上面裹上巧克力和砂糖，入口時一般，但越嚼越有味道，就像你遊覽過的魔鬼無法毀滅之都紐倫堡一樣，讓你回味無窮。

德國　班貝格：黑格爾與拿破崙在此相遇

謝盛友

我把餐館的窗戶打開，依窗外望，班貝格雷格尼茨河對岸的州立圖書館，曾經是拿破崙的行宮。

黑格爾遇到拿破崙

1807年，37歲的黑格爾是《班貝格日報》的總編輯，他親眼看到了雷格尼茨河邊的拿破崙。那時的拿破崙皇帝正率領他那支不可一世的法國軍隊與普魯士征戰，然而奇怪的是，黑格爾卻似乎對這位「敵人」充滿崇敬之情。有一天，身材矮小的拿破崙騎著高頭大馬，趾高氣揚地從黑格爾以及其他班貝格市民面前經過時，站在街邊角落裡的黑格爾發出了這樣的感慨：「我看見拿破崙，這位世界精神，在巡視全城。看見這樣一個偉人，真令我產生一種奇異的感覺。他騎在馬背，從此出發，要達到全世界、統治全世界。」

黑格爾這句感嘆變成了傳世名言。

當年的黑格爾生活潦倒，得到歌德的關照，在耶那找到一門教書的差事，不過月薪才100塔勒（當時德國的貨幣）。拿破崙大軍壓城，士兵到處燒殺無數，黑格爾為了搶救自己的作品，帶著未完成的《精神現象學》手稿逃亡，後來尼特哈默（Niethammer）幫助他找到《班貝格日報》任總編輯的肥差事。但是，黑格爾由於不滿巴伐利亞的獨裁統治，更加不滿巴伐利亞的新聞檢查制度，當《班貝格日報》總編輯一年後就辭職不幹了。尼特哈默再給他找到紐倫堡文理中學校長一職。黑格爾在班貝格完成了他的《精神現象學》，但是，他的生活仍然拮据，這時他和家庭傭人的私生子出生，他還是盡職撫養自己的兒子，但後來兒子仍然認為黑格爾這個父親「無情」，最後父子決裂。

黑格爾認為，法國大革命是人類有史以來第一次在西方社會中引入真正的自由。但正因為是絕對的初次，它也是絕對激進的。因為在革命消滅了它的對立面後，革命所喚起的暴力高潮，無法自我平抑，結局是無路可去的革命，最終自食其果，得之不易的自由，自毀於殘暴的恐怖統治。所以，黑格爾又說：「歷史往往會驚人的重現，只不過第一次是正史，第二次是鬧劇。」

千年古城班貝格老市政廳。（謝盛友　攝）

千年古城班貝格

班貝格（Bamberg）名城位於德國巴伐利亞，是一座千年古城。聯合國教科文組織1993年認定班貝格老城為世界文化遺產。

這座古老的大主教之城和皇帝之城矗立在七座綠崗之上，正處於法蘭克地區文化景觀的心臟。班貝格城市的重要地位是海因里希二世皇帝（卒於1024年）給予的，他把班貝格建成主教管區，從而把這座城市提升為了他的政權勢力範圍的中心點。

聳立的建築物如大教堂、老市政廳、新主教府、聖米歇爾修道院，它們和雷格尼茨河的眾多水道及橋樑一起，勾畫出班貝格的城市容顏。不管走到哪裡，人們處處體驗到浪漫的氣氛，而老城更以其獨有的魅力使無數訪客為之著迷。在保持其中世紀結構的基礎上，班貝格被建成一座典型的巴洛克城市。幾乎沒有受到戰爭的破壞，今天的班貝格成了德國首屈一指的老城大全。

這座有著千年歷史的花園城市，也是一座河流島嶼城市和一座山城，這些特色使整座城市成為一個文物保護區。保存完好的古建築、沒有改變的中世紀城市布局和城市風景河流的交相輝映，使班貝格作為世界文化遺產當之無愧。

1047年羅馬教皇克萊門斯二世（Papst Clemens II）逝世，安葬在班貝格主教堂，這是唯一安葬於國外的羅馬教皇。1648年班貝格大學成立，著名物理學家歐姆（Georg Simon Ohm）1812年至1817年在此任教，他於1826年提出歐姆定律。

班貝格因有世界一流交響樂團而聞名於世，樂團經常到中國大陸、台灣、香港、新加坡演出，2008年與朗朗在北京演出，好評如潮。卡拉揚曾任班貝格交響樂團指揮，他的學生、中國交響樂團總監湯沐海曾在此留學並曾任班貝格交響樂團指揮。

班貝格城號稱法蘭克的羅馬，雷格尼茨河與美茵河在此交匯。從10世紀開始，班貝格城就是斯拉夫民族彼此聯繫的要地，12世紀是班貝格城的繁榮時期，當時它的建築風格對於北德和匈牙利產生了巨大的影響。它還是18世紀晚期歐洲啟蒙運動的中心，南德的偉大哲學家黑格爾和浪漫主義作家霍夫曼就曾住在這裡。

大戰期間，班貝格古城很幸運不曾遭受戰火，所以今天整個城市山丘眾多，並深入到雷格尼茨河兩條支流，城內到處還留著中世紀的景觀。灌溉的河谷裡，河水橫穿過市中心。班貝格古城也建於是東法蘭克地區巴本貝爾格伯爵家族的7座山上，連續多個世紀是天主教會強大的中心，且擁居住地，後由皇帝御賜給巴伐利亞大公亨利希。

班貝格逐漸變得富有、強大，教會的和世俗的公爵們在這裡聚會，亨利希二世大帝把班貝格稱為「世界的首都」。教會的強大地位在城市面貌中得到了清楚的表現：到處都有教堂的尖塔插

其中有一座德國中世紀最著名的雕塑——「班貝格騎士」。（謝盛友　攝）

入天空。在眾多的上帝之家中，班貝格大教堂以其高聳的四座尖塔突出了自己的地位。這四座尖塔散發著羅馬式建築藝術的氣息，而整座建築的風格又具有羅馬式向哥德式過渡的特徵，大教堂正是班貝格的標誌。

大教堂內部樸實無華，令人賞心悅目。其中有一座德國中世紀最著名的雕塑——「班貝格騎士」。迄今為止，人們仍不知雕像的作者是誰，也不知道那位驕傲地望著遠方的青年的身份，但雕像的精美傳神卻征服了人們。教堂內還有祭壇及壇下建造此教堂的亨利希二世夫婦的墳墓。

大教堂旁邊是教區博物館，陳列著從墓中挖掘出來的古代服裝。教堂廣場比較大，周圍還有歷史博物館、新宮殿等建築。班貝格城中還有當年宮廷大臣伊古拉斯・帕蒂嗄和康科爾迪的宅第建築，都是德國巴洛克風格的傑作。漫步城中你會感到整個班貝格城本身就堪稱一件藝術作品，如同一本活生生的歐洲建築畫冊。浪漫主義、哥德式、文藝復興和巴洛克式等多種風格像輪一樣貫穿著整座城市。而除去那些眾多的宗教建築及雄偉的貴族宅第，還可見幽深的小巷、石板路與古樸的民居，沿雷格尼茨河前行，則可見一排排美麗如畫的漁民之家，這使得班貝格城又有「小威尼斯」之稱。

班貝格這座雷格尼茨河畔的城市也是文化之城。在1802年被巴伐利亞合併後，班貝格變成了一個最重要的文化熔爐。黑格爾在這裡撰寫他的精神現象學，霍夫曼則在這裡編纂他的荒誕故事。每年8月底，全城會舉行包括集市和其他娛樂活動在內的熱鬧非凡的慶祝活動，歡度教堂落成紀念節。每年夏季舉行的卡爾德隆戲劇節也同樣是吸引觀眾的磁石，人們不僅可在露天觀看迪倫・馬特的《老婦還鄉》，還可欣賞到「法蘭克的羅馬」著名之子E. T. A.霍夫曼的作品。

同時，班貝格又以其啤酒釀造之美而出名，也是一座啤酒之城。著名的班貝格「煙啤」，是用山毛櫸木頭燻出特有香味製成的帶有強烈澀感的一種啤酒，也是只有班貝格才有的特色啤酒。城中啤酒釀造廠眾多，有人曾一本正經地宣稱，有三條河流經班貝格：雷格尼茨河、運河，以及啤酒河。

班貝格正是以其美麗如畫的風景，百科全書式的建築及豐富多彩的文化呈現給世人一派閑雅靜謐、富於魅力的中世紀古鎮風貌。

世界文化遺產城市班貝格是歐洲規模最大，保存最完好的舊城群體之一。今天，古老的皇城和主教城煥然一新，昔日風韵依舊，魅力不減。大教堂，新宮殿和舊宮形成了一個高貴調和的建築群體。14世紀，大膽創新的市民在流經城市的雷格尼茨河中建起了老市政廳，成為班貝格的一大珍奇景觀，也因此成為城市的標誌。城內曲徑幽深的小巷，分分合合的雷格尼茨的水流令人流連忘返。

他們不顧黑格爾的存在

國內科技部的代表團來班貝格，由我陪同，他們個個都是廳局級幹部，我帶他們從大教堂一路走來，到達黑格爾故居。「噢，這就是黑格爾，他對馬克思影響很大，來來，來來，我們照個相。」

「進去裡面看一看嘛，黑格爾和家庭傭人的私生子就是在這裡出生的。」

「那有什麼了不起，陳良宇還有十六個情婦呢。不用了，沒有時間。」廳局級幹部繼續談論他們的「北京幫」、「上海幫」，陳希同、黃菊、陳良宇。

站在黑格爾面前，他們根本不顧黑格爾的存在。

華格納之城——拜羅伊特

謝盛友

拜羅伊特連接浙江紹興

魯迅1881年出生在中國浙江省紹興市，周樹人與周恩來同宗，祖先是北宋理學始祖周敦頤。魯迅出生後的第三年，即1883年，德國作曲家華格納（Wilhelm Richard Wagner）在拜羅伊特（Bayreuth）逝世。華格納和魯迅把中德這兩個文化名城連接在一起。2002年4月24日，拜羅伊特市・紹興市友好合作意向書簽字儀式在拜羅伊特市舉行，紹興市市長王永昌和拜羅伊特市市長迪特姆龍茨分別在意向書上簽字。同年10月，拜羅伊特市行政長官費甫率團訪紹並參加中國紹興黃酒節活動。

華格納與拜羅伊特

華格納1813年出生於萊比錫，出世6個月，在警察局當職員的父親就去世了。他母親不久改嫁給一個演員兼劇作家。之後全家就搬到繼父工作的德勒斯登。華格納在繼父關照下，受到了最初的藝術薰陶，他對戲劇和音樂十分感興趣。1827年，全家又遷回萊比錫。在萊比錫布商大廈劇院，他第一次聽到貝多芬第九交響樂，深受感動。1831年，他進入萊比錫大學學習作曲，一年後，他創作了具有貝多芬風格的《C大調交響曲》。

1832年，經他哥哥介紹，到維爾茨堡任合唱指揮。同年他創作了他的第一部完整的歌劇作品《仙女》。之後，他又先後在馬格德堡和柯尼斯堡擔任音樂指揮。

1836年第一次結婚，次年前往當時俄國的里加任一家歌劇院的音樂指揮。1839年因為債務，乘船逃往倫敦。1840年至1841年在巴黎度過。1842年返回德國德勒斯登，任薩克森王國宮廷樂隊指揮。

1849年在德累斯登參加五月起義，失敗後被通緝，此後12年在巴黎等地流亡。在巴黎期間，認識了李斯特，並娶了李斯特的女兒為妻。1861年通緝令解除後，回到德國，住在威斯巴登的Biebrich鎮。1865年開始，得到了巴伐利亞國王路德維希二世的贊助。

華格納從1872年至1883年他去世這段時間都住在拜羅伊特。現名為華格納大街48號的華格納故居旺弗里德（Wahnfried）自然成了拜羅伊特最大的一個參觀熱點。旺弗里德別墅建於1874年，是一座開間很大，帶有晚期古典主義風格的兩層小樓。華格納逝世後，他的後裔一直住在這裡，以後拜羅伊特市從家屬手裡購買了這所房子，1976年華格納博物館在此成立、對外開放，這裡保存了大量有關華格納的文獻檔案，是世界上研究華格納的一個中心。在博物館的正面有華格納的大恩人巴伐利亞國王路德維希二世的半身塑像，而在庭院的另一面則是華格納的墓地。華格納的別墅是由巴伐利亞國王路德維希二世贊助建造的。二戰之後，別墅被改造稱華格納博物館。

巴伐利亞國王路德維希二世一直是華格納最重要的支持者和保護人，華格納有多部作品是獻給他的。而路德維希二世也是華格納狂熱的崇拜者，他以華格納歌劇的內容為主題，修建了宮殿新天鵝堡，其內部有齊格弗裡德屠龍的金像，描繪《特里斯坦與伊索爾德》（Tristan und Isolde）故事的掛毯，以《湯豪舍》（Tannhäuser）故事設計的山洞和節日大廳，而且他計劃將這一城堡作為禮物獻給華格納，當作歌劇《帕西法爾》（Parsifal）的背景。他資助了華格納修建拜羅伊特節日劇院，並且作為貴賓出席了開幕演出。

拜羅伊特市政當局與華格納精誠合作、全面配合。對華格納來說，拜羅伊特為他提供了安居樂業的兩大物質基礎：一所大房

子，一個大劇院。華格納對拜羅伊特市的感激之情體現在他把最後一部歌劇《帕西法爾》獻給了拜羅伊特。從世俗的觀點看，拜羅伊特市也從支持華格納的藝術事業中取得了豐厚的回報：大大提高了拜羅伊特在全世界的知名度，各大洲華格納的崇拜者紛至沓來，極大地促進了該市旅遊業的發展。在拜羅伊特旅遊局的網頁上，打出的旗號就是「拜羅伊特——華格納城」。

拜羅伊特音樂節（Bayreuther Festspiele）

拜羅伊特的節日演出劇院位於城北的綠丘上，建於1871—1876年。該劇院有1800個座位，音響效果極佳。這個劇院的獨特之處在於：專門建一個劇院，處處考慮到華格納歌劇（特別是《尼伯龍根的指環》）演出的需要。一個劇院只演一個音樂家的作品，這在世界上所有的劇院中是極為罕見的。

每年7、8月間舉行的專演華格納歌劇的拜羅伊特文化節形成了德國夏季文化演出的一個高潮。屆時，各國政要、經濟界大亨、文化界名人以及全世界華格納的愛好者都聚集在拜羅伊特。文化節為期5至6周，演出30場，最多可售票58000張，但每年欲購票者達150萬之眾，所以需提前6年申請購票。

自從911恐怖襲擊以後，劇院結構有些改造，屋頂上改造成可以降落直升機，車庫有加強防彈系統，而且政要的通道直接到達自己的座位。據說，每年的演出，德國直接間接要動用5萬警力。

1876年該劇院落成，8月13日首次開幕，德國皇帝威廉一世、巴伐利亞路德維希二世、李斯特、聖桑、柴可夫斯基等都參加了這一盛會，觀看了《尼伯龍根的指環》的演出。當時，華格納對演出事必躬親，作了全面指導。此時此刻，他的事業也達到了頂峰。

自1973年起，音樂節的主辦者為拜羅伊特理查德・華格納基金會，基金會成員有德意志聯邦共和國、巴伐利亞州、拜羅伊特市、拜羅伊特之友協會、巴伐利亞州基金會、上弗蘭肯基金會、上弗蘭肯和華格納的家族成員。基金會的負責人為拜羅伊特市長。音樂節從1986年起由拜羅伊特音樂節有限公司承擔。

華格納、尼采、希特勒這三個人被拜羅伊特連接起來。

據說希特勒曾叫人在拜羅伊特為他專門演出華格納的作品，當時他感動得流淚，恨不得上台與這位天才音樂家執手親談。很多人在聽華格納音樂的同時要提到他的思想，無可否認音樂家本身的性格與思想對其創作作品有著很大的影響。華格納的青年時期，其思想主要傾向於「德意志」，他受到費爾巴哈和巴枯寧的影響，寫過許多狂熱激進的文章，甚至參加過德勒斯登的革命。1848年革命失敗以後，華格納逐漸接受了叔本華的悲觀主義論調以及尼采的超人論等思想，以及後來戈比諾（Arthurde Gobineau）的雅利安種族主義理論。晚年的時候，華格納也受到宗教神秘思想的影響。

華格納與尼采曾是關係很好的朋友，他們的友誼維持了十年，當華格納改變其音樂風格之後，尼采與他決裂，稱他是一個狡猾的人，稱聽他的音樂使人致瘋。1878年1月3日，華格納將《帕西法爾》贈送給尼采，尼采寫了最後一封信給華格納，並回贈自己的新書《人性，太人性的》，1888年，尼采寫作《華格納事件》和《尼采對華格納》正式的表述出自己對這位昔日好友的看法。

華格納是否一個狂熱的拜金者並不能說清楚，但他至少是有著拜金傾向的。仔細閱讀他的生平，我們能知道，當他在幼年聆聽過貝多芬《第三交響曲》和韋伯的《自由射手》後，並打算終生為藝術奮鬥時，是很指望著從中獲得名利的。1876年《尼伯龍

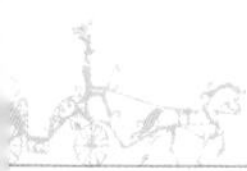

根的指環》在拜羅伊特節日劇院的首次演出，是華格納名譽的頂點，尼采也出席了這場演出，但他看到的就不是宏大的演出而是聽到了「吵鬧而讓人討厭的音響與華格納最狂熱的戲子的本質」：尼采當時對華格納的贏得的掌聲和歡呼聲是很厭惡的。

如果巴哈是深不可測的大海，那麼華格納就是延綿不絕的群山。華格納是那種刻意去創造奇蹟的人，幸運的是，他成功了。他刻意要突破和否定貝多芬以來的浪漫主義傳統，因此他將音樂的指向瞄準漫無邊際的混莽，在他的音樂中你很難找到一個歇腳點，你必須隨著他揮灑不盡的才華飛揚，如同漫步在雲端。

華格納還刻意成就了一樁壯舉：經過他和有關當局的協商，他得以實現全世界所有作曲家都做不到的夢想，就是舉辦一個以自己作品為主的音樂節——拜羅伊特，他活著的時候，就享受到其他作曲家享受不到的榮耀，像國王一樣被尊崇。

三訪海德堡隨感

黃雨欣

德國名城海德堡曾被無數詩人謳歌誦咏、被無數藝術大師臨摹描繪。除了眾所周知的王宮古堡，還有那樹木繁茂的海黛山川、那和緩沉靜的內卡爾河水、那滾倒在碧綠的草坪上嘻笑打鬧的孩子們、那明媚陽光下跑步的大學生和掛在人們臉上明媚的笑容……這一切的一切都會牽絆你離去的腳步，難怪連歌德都會把他那顆浪漫的心毫不吝嗇地留給這座美麗的城市。

海德堡對我來說，就像一個孩童面對一本色彩紛呈內容精彩的童話書，每一頁都會令我驚喜贊嘆，一遍一遍涉足那些美麗的地方從不厭倦，就像孩子臨睡前聆聽的美麗童話，那些字句即使已經倒背如流仍然喜歡聽，因為這裡面有頓悟有感動更有嚮往的地方。雖然已經是第三次來到海德堡，可每次的感覺都不一樣。

一訪海德堡——古堡探險

第一次投身海德堡的山林還是幾年前的初春，對德國地理環境還不甚瞭解的我本來是和幾位文友在曼海姆有個小小的聚會，分別時我們坐在地處城郊高地的一家小酒店裡，一通高談闊論之後，我不禁遙望遠方那鬱鬱葱葱的青山出神。朋友告訴我說，那裡就是海黛山，山腳下的城市就是聞名遐邇的海德堡，那是誕生哲學家和藝術家的搖籃，是歌德把心遺失的地方，那裡美得……這麼說吧，拿起相機不用取景，隨便一按快門就賽過明信片。

聞聽此言我忙抬腕看錶，離上火車的時間還有兩個多小時，就匆匆忙忙地揮別朋友，臨時改變主意踏上了開往海德堡的地鐵。好在地鐵站離小酒店不遠，好在從曼海姆乘地鐵到海德堡不到二十分鐘。出了站台，我把行李存放在步行街口的一家中餐館裡，然後循著同胞指點的路徑攀上了通往古堡的深山。

那時的海德堡剛剛下過一場清雨，山上樹葉的顏色似乎都要隨著水珠滴落，頭頂明淨的藍天，腳下雨後的城市也是那樣的清

爽，還有那玉帶一樣緩緩流淌的內卡爾河水和那橫臥在內河兩岸那座古樸的老橋……我就這樣一路攀登一路欣賞著沿途的風光，不知不覺就忘記了時間。終於攀到古堡時，才猛然想起還要回到曼海姆去趕火車，只好滿心不甘地返身下山。因為要趕時間，便嫌走那徐徐緩緩的盤山路太慢，索性越過山上護欄，試圖在陡峭的地方找到一個下山的捷徑。哪曾想，那看上去堅硬的山地，經過雨水的浸泡竟然鬆鬆軟軟，而且又濕又滑，一腳踩下去，整個人立刻失去了重心，軲碌碌直奔山下滾去。傾刻間，我真是絕望到了極點，心想：完了，我命休矣！求生的本能使我一路翻滾一路手舞足蹈地胡亂抓撓，逮到手裡的時而是一把草根，時而是一把樹皮……終於，慌亂中抓到了一棵幼樹枝，那根樹枝實在是太細小了，被我揪得搖搖欲墜欲斷不斷的，我屏住氣息，拽著這根羸弱的樹枝手刨腳踢地又逮著了樹幹，剛要定一下神，可怕的事情又發生了，這時我看見幼樹的根正一點點被我拔出來，顯然它已承受不住我身體的重量，我忙騰出一隻手又抓住旁邊的一棵略為粗壯的樹，然後以最快的速度把懸掛的身體移過去，再拔腳踩到樹根部，空出手來再向上尋找下一棵能支撐我的大樹……就這樣，我竟然借助樹的力量一步步又攀援到山頂，此時我的雙手掌心已被那些大大小小樹的枝枝杈杈磨礪的血跡斑斑。

沿著盤山路下山的時候，我特意留心了我遇險的山下，想知道，如果當時自己沒有抓到那顆小樹會最終滾落到什麼地方。當我看到就在小樹下方不遠的半山腰，竟然是一處兩丈多高的石崖時，不禁倒抽了一口涼氣：歌德把心留在海德堡算什麼，我今天險些把命丟在這個美麗的地方。如此說來，第一次的海德堡之行雖然短暫，短暫得以小時計算都嫌奢侈，卻是一個終身難忘的探險經歷，海德堡的山川古堡使我迷失，海德堡的如蔭樹木又將我拯救。

二訪海德堡——曲徑通幽

一個偶然的機緣使我幾年後重返海德堡，和上次的行色匆匆正相反，這回是像候鳥一樣，有計劃有規模地選在一年中最寒冷的時候，拍打著翅膀，從德國的北端執著地飛向南方；和上次的單槍匹馬正相反，這回老鴿子的翅膀下還護著幼鳥。此行不是旅遊、不是探險，而是像當地住民一樣，租一處公寓安頓下來，在這個童話般的城市體驗一段閑適愜意的人生。

海德堡的冬天雖不像北方那麼嚴寒，可聖誕節的顏色也是潔白的。幾場雪花飄落後，空氣更加清冷，也把隨處可見的樹木松柏襯得更加翠綠，綠樹上又覆蓋著一層薄薄的白雪，那是非常爽心養眼的顏色。

太陽出來的時候，我喜歡漫步到河畔去吹吹內卡爾河的冷風，讓眼前明鏡一般的內卡爾河水蕩滌掉終日擁塞在頭腦中的繁雜。然後到老街去拜見那些已經作古的名流雅士。在這條見證歷史的街上，每走幾步就會遇到掛有紀念牌的民居，這些房子雖然看上去平常，卻往往是中世紀時不平常人物的住處，比如化學家本森，比如詩人萊瑙，比如音樂家舒曼……走累了，不妨到彌漫著浪漫情懷的大學生咖啡屋坐坐，據說這家幾代主人都是年輕人自由戀愛的理解者和支持者，當年，為了幫助家教森嚴的姑娘向學府裡心儀的青年學生傳達情意，老店主可努塞爾先生還獨創了一種香濃細膩巧克力餅，人稱「大學生之吻」，流傳至今。巧克力固然香甜，可那裡濃鬱的咖啡和獨具風格的蛋糕更令我回味無窮。

穿過大學廣場，沿著聖靈教堂對面的小路又回到河岸，每次走到古橋頭，我都會上前撫摸那隻在此守候了三百多年的智者靈猴，遵循傳說，我撫摸了他手中冰冷光滑的銅鏡又撫摸他同樣冰冷光滑的手，心中祈禱自己諸事如意重返海德堡。遇到遊人不多的時候，我還會把頭從靈猴空空的下頦處伸進去，試著透過他深邃的目光打量眼前的一切，也希望能沾染到他的智慧和靈氣。同時，我還領悟到為什麼靈猴的目光如此深不可測，是因為那裡原本就空空如也。

告別了智者靈猴，踏上橫跨塞納爾河兩岸的古橋，來到河的對岸，這裡有一條通往哲學路的蛇行小道。小道狹窄陡峭，兩旁又被高高的石牆嚴嚴實實地遮擋著，沿著蛇行石階盤旋而上，看不到前後的行人，只聽得見別人咚咚的腳步聲，那感覺就像被拋棄在深深的古井中一樣。堅持攀登著走完這艱難的一段，雖然已經累得氣喘吁吁，然而，見到頭上豁然出現的那一線藍天，精神就會陡然振奮起來，不由得加快了攀登的腳步。這時，頭上的藍天會越來越敞亮，周圍的景色也會隨著你的攀登而逐漸浮現出來，直到腳步被期待中更美的景色牽引著，終於穿過這條艱難的小道來到著名的哲學路上，高高在上地俯瞰著依傍在海黛山下的海德堡城，俯瞰著古老的運河和河裡的遊船，還有河兩岸川流不息的車流……對面的古城堡是那樣的清晰，卻又和它身後的山峰渾然一體，讓我一時分不清是古堡屬於群山還是群山屬於古堡。站在這裡，我終於明白了為什麼說海德堡是產生詩歌的地方，是誕生哲學家和藝術家的地方，明白了自己對「哲學路」這個名稱的誤解，原來「哲學路」不一定就是當年哲學家們散步的小路，而是無論誰來到這個地方，面對眼前如夢如幻的景色都會陷入哲學家般的思索。美好的事物總會激發人們創作的靈感和表達的欲望，這種感覺僅僅充盈於心還遠遠不夠，它需要與世人分享，那麼，最好的辦法就是把這種感覺寫出來、吟誦出來、描繪出來、放聲唱出來……

三訪海德堡——旅途頓悟

古橋頭的那只靈猴果然靈驗，我不斷地拜訪他撫摸他，不出半年，我真的又踏上了這塊人傑地靈的土地來到他的面前。像以往一樣，我撫摸他手中的銅鏡祈禱再次相見，我撫摸他的手祈禱健康平安。實際上人們說撫摸靈猴的手是祈禱財富的，經過了世事滄桑，我已頓悟，究竟什麼才是真正的財富？對我來說答案只有一個：健康平安！所以每回來此拜訪靈猴時，我都會拉著他的手默默地祈禱我的財富：健康平安。

拜過靈猴，我又踏上了通往對岸哲學路的古橋。雖然通向這條具有傳奇色彩小徑的道路不止一條，市中心還有一條修得非常現代的緩坡公路直達那裡，沿著那條大路上去要容易得多，沿途

我又踏上通往對岸的古橋（麥勝梅　攝）

還能一直欣賞到美麗的風景。可我和以往一樣，仍然選擇了那條崎嶇陡峭又陰森的蛇行石階小路。不是為了尋求刺激，而是喜歡體驗那種經過了氣喘吁吁地跋涉才得以欣賞美景的感覺。沒經過艱苦努力就能得到的東西，無論多麼寶貴都不懂得珍惜，只有自己出力流汗辛苦換來的才更覺得珍貴。

天色將暗時，我們回到住處歇息。這是臨時租用的度假公寓，一切陳設都非常簡單卻很實用。為了旅行便捷，我們一家出遊，全部的家當也不過就一隻小旅行箱，燒飯時，沒有中式的切菜刀就用公寓的長把刀替代，不方便精工細作就將蔬菜攔腰切上幾刀扔進鍋裡，沒有切菜板就把用過的牛奶包裝盒剪開，裡面的錫紙板堅韌耐用。後來，我們還用這套代用廚具包過一次美味可口的餃子呢，蔥花是用剪子鉸碎的，擀杖嘛，當然還用老辦法——啤酒瓶。幾隻粗瓷茶杯早晨用來喝咖啡，午間用來喝茶，晚上用來裝啤酒，幾個硬塑飯盒又盛飯又盛湯有時還用來裝牛奶。

回想起來，那的確是一段非常簡單也是非常快樂日子。其實，人類生存的物質需求真的是很簡單的，然而在現實生活中，我們往往為了追求物質享受而忘記了享受最簡單的快樂。很多時候，快樂似乎和金錢無關，和地位無關，和學識無關，和財富無關，它僅僅發自於我們率真的內心。

北德「新天鵝堡」之行

黃雨欣

今年的復活節雖沒有像往年一樣遠行，但還是渴望將自己的身心在大好春光裡流放，遂不顧幼崽纏身，呼朋喚友地約上一幫同道者趕大清早的火車，前往具有北德「新天鵝堡」之稱的什威林（Schwerin）。

什威林是德國梅克倫堡——前波莫瑞（Mecklenburg Vorpommern）的首府，因城市被大大小小的七個湖泊環繞，所以又被稱作七湖之城。既然是北德「新天鵝堡」，顧名思義，當然像坐落在德國南部真正的新天鵝堡一樣，也是以皇宮聞名。德國旅遊書上介紹說：什威林皇宮當時作為軍事要塞始建於公元973年，1160年被薩克森最強的公爵「獅子里昂」占領，並得到第一次擴建。大約二百年後梅克倫堡大公阿魯貝利希選擇此地作為行宮。而今則是該州議會的辦公地點，也是德國唯一設在皇宮內的州議會。

由於這座城市坐落於水的環抱中，七大湖泊像七塊翡翠鑲嵌在周圍。其中尤以德國第三大湖什威林湖最為耀眼。出發時柏林還是細雨濛濛，兩個多小時抵達什威林後，大家驚喜地發現，這裡竟然碧空如洗。我們一行人笑語喧聲地步出站台，映入眼簾的是明淨的湖水和繁茂的樹木，還有保存完好的普魯士時代的建築，據說那都是十九世紀的天才設計師喬治・阿道夫・戴姆勒（Georg Adolph Demmler）的傑作。當年戴姆勒曾受命改造了什威林皇宮。同時他也是當時什威林市政規劃的官員，所以我們今天在什威林看到的有很多古建築都是出自他的手筆。

穿過古老的步行小街，美麗的什威林皇宮赫然聳立在藍天白雲下，皇宮四周被明淨的湖水環繞，事實上，皇宮就是建在水中央的一塊寶島上，和陸地的連接僅僅憑藉著一南一北兩座長長的吊橋。一方通向皇家外花園，一方通向市中心。必要時放下吊橋和外界取得聯繫，平時則收起吊橋自成一體，此時的皇室就是名副其實的孤家寡人。湖水中清晰地映著皇宮的倒影，和暖的陽光

斑斑駁駁地蕩漾在湖面上，恍惚間，我們宛如置身仙境一般。難怪人稱什威林皇宮是坐落在北德的「新天鵝堡」，果然名不虛傳。如果說什威林碧綠色的湖泊是翡翠，那什威林皇宮就是一顆倒映在水中璀璨的夜明珠。

我們此行受到了當地旅遊局的熱情接待，年輕的旅遊局長是一位典型的北德英俊小夥子，他以朋友的身份邀請此行來訪的朋友乘坐城市觀光車遊覽了整個市容。同樣年輕的中國部負責人小劉不辭辛苦為我們擔當了導遊的重任，一個個優美的故事從他口中娓娓道來，他引人入勝的講解更增加了這座城堡童話般的色彩，使一土一石一屋一木都具有歷史的感覺。

在皇宮入口處有一大一小初看似兩棵、細看又是一棵纏在一起的奇特的樹，人稱「連理樹」。很顯然，他們最初是兩棵各自獨立的樹，不知從什麼時候起，他們開始了天長地久的糾纏環抱，像一對難捨難分的戀人。佇立在樹下的人，難免被這浪漫溫情籠罩著，當聽說在此樹下留影的人都可以得到永久的幸福時，我們紛紛迎向它們，就像迎向自己的幸福。

皇宮的內花園雖然不是很奢華，可那色彩莊重的中世紀拱門與神情凝重的雕像和嘩嘩作聲的噴泉相映成趣，給人一種古樸典雅的寧靜感。尤其令人稱奇的還是皇宮裡規則地排列成幾何圖形的水道，那是城堡內部的排水和供暖系統，即使是今天，皇宮花園裡那些被澆灌得鬱鬱葱葱的植物，也是得益於這些既古老又先進的水利系統。看到這些，讓人怎能不贊嘆日耳曼民族祖先的智慧。

那幅愛之女神和愛之天使的油畫更加使人流連忘返，它的奇特之處並不在於畫面的逼真和完美，而是無論你從哪個方向而來、無論從哪個角度觀察，天使的眼神都在追隨著你，天使手中的箭頭都在瞄準著你。這幅畫似乎在警示世人，哪怕跑到海角天

涯，你都逃脫不了愛神之箭，不管你是王宮顯貴還是布衣平民，愛情的機會人人均等，只要你行走在人世間，或早或晚，總有一天你會被愛情一箭穿心。

還有那雕樑畫棟金碧輝煌皇宮穹廬，那華美的造型、那細膩的質感，我們誰也沒有猜出是出自何種材料，說出來讓你不得不佩服建築大師的妙手神工，那不是金、不是銀、更不是石膏和木頭，誰能想到，象徵皇族威嚴的宮頂穹廬竟然由紙張造就！

我們在什威林最古老的飯店—紅酒莊（Wine House）用過豐盛的北德風味的晚餐後，趕在夕陽西下之前返回柏林。幸運的是，在通往火車站的小路上，迎面竟然遇到了傳說中什威林皇宮的「護衛使者」——因身材矮小而終年頭戴高帽的小精靈，雖然明知道那不過是當地旅遊局用來吸引遊客的招數，我們還是當仁不讓地蜂擁而上，簇擁著「護衛使者」按動了快門。據說每年6、7月份的什威林有城市慶典，屆時會在皇宮門前演出露天歌劇，還會在什威林湖畔賽龍舟，別看這個城市不大，但要真正瞭解它還真要花點心思呢。

追尋德國古老英雄史話

鄭伊雯

翻閱德國史料之際，常閱讀到「條頓堡森林」、「條頓族」這些名詞，究竟這些名詞的地點位在何處呢？今日有何風貌呢？行萬里路的樂趣，有時也就在尋幽訪勝實地走訪之餘，逐一驗證讀萬卷書的穹蒼史蹟。

歷史上，羅馬帝國經過多年征戰，終於在西元前58年將疆域拓展到萊茵河。當羅馬人引進法律與稅收制度時，也引起日耳曼人的不滿，對日耳曼來人說收稅是對待奴隸的方式，他們又不是奴隸，為何要繳稅呢！但在當時羅馬人武力高壓統治之下，日耳曼人還是順從羅馬人居多，各部族敢怒卻不敢反抗，一直到德國第一位民族英雄現身反抗，羅馬人才知日耳曼人的強悍。

此位民族英雄，就是來自日耳曼——舍魯西部落（Cherusci）的首長——賀爾曼（Hermann，拉丁文名為Arminius）。賀爾曼知道現階段日耳曼人的武力根本無法對付羅馬人，所以他必須佈局設陷。首先，他先策動北方部族的反動，鼓勵羅馬軍團出兵討伐，逐步把二萬多人的羅馬軍團往北引到「條頓堡森林」（Teutoburger Wald）。這一森林的地形正是山川縱橫，地勢高低起伏，高大茂地的橡木林居中生長，人與馬當然可以暢行無阻，但羅馬軍團馳騁的戰車就無法發揮作用。於是，人與車拉成長長的行軍路線，羅馬大軍在此地勢峽谷漸漸落入賀爾曼的圈套中，強盛的軍團最終被打敗。

歷史上以「條頓（Teuton）」之名來稱此民族，稱他們是驍勇善戰的條頓族。西元83至85年，羅馬帝國為了防範日耳曼民族的襲擊，順著萊茵河做為天然屏障，於沿岸設立一座座軍事鎮守的堡壘，修築一條如長城般的「防線」（Limes）。當時，統領萊茵河一帶的行政中心就設於古城特里爾（Trier），由萊茵河連接莫色耳河（Mosel），成功地建立起嚴密的帝國防線區，用以堅壁清野東邊的日耳曼各部落的侵擾。

現今所見，設立於萊茵河沿岸諸多城堡的前身，即是羅馬帝國的軍事設施，連波昂（Bonn）與科隆（Köln）這些大城市的起源，也與羅馬帝國的屯兵殖民發展有關。如現今在萊茵河畔的地名，名稱中有「……漢（……Heim）」的城鎮，大都是昔日的羅馬農場發展而成，許多城市之名也是從拉丁文而來。

就因條頓森林曾是征戰殺伐之地，今日在條頓堡森林附近的地名，如「骨頭路」（Knochenbahn）、「謀殺鍋爐」（Mordkessel）似乎都與昔日的浴血征戰息息相關。曾認識一位來自鄰近小城的德國友人，他的姓氏是「冬戰場」（Winterkrieg），也總令人想起那血淋淋的殺伐氣息。

到底條頓堡森林位於何處呢？地名沒變，就在帕德波（Paderborn）與比樂菲爾（Bielefeld）之間的山林。1875年在此地塑立了座巨大的賀爾曼青銅雕像，高達53.46公尺，真是仰之彌高呀！

春雨走訪，趁著陽光露臉春暖花開的好時節，趕快再次前往欣賞英雄的盧山真面目。原來，賀爾曼英雄高大雄偉的身影還威風凜凜雄鎮一方，臨高遠眺，果真山林起伏足以計誘羅馬軍團，殺他個片甲不留，留名千史而不朽。

雖因尋訪英雄丰姿而來，真正的英雄也需活動訓練而成，就在賀爾曼雕像的山後，設有一座戶外攀爬公園。初次拜訪，天雨路滑實在無法盡興遊玩。再次拜訪，念茲在茲就是要來玩這樹上攀爬玩意學泰山囉。

先聽教練講解與實地練習之後，就可以登高挑戰，依序爬上二層樓高的樹上，開始迎接挑戰，不管是走單繩、過獨木橋、跨越高空障礙，從最初的害怕腿軟，最後玩到欲罷不能，是當天耗到最後一刻才甘願下樹的父子三人組。實在手癢腳癢的我，恨不得縱身攀高涉險，奈何我家老三的的年齡與身高皆不符資格，只好老媽子留守樹下，陪他玩玩低階的遊樂兼拍照。

若非現代的人們徒以人工之力，於陡峭的岩層間鑿上小石階安上小鐵梯，望之卻步的高聳是極難讓人親近褻玩的。（鄭伊雯　攝）

位於於條頓堡森林以北的「巨岩區」（Externsteine），具有奇特的地貌。

崢嶸而奇特的巨岩，就在平緩的丘陵坡地中，於林深之處聳然竄起這麼一座巨大的奇岩怪石，平整的岩面歷經千百萬年來的風化消損，留下的是堅硬的岩石肌理，就這樣地森然羅列在寧靜的小湖邊，安詳而奇特的氛圍，總讓人敬畏凜然。若非現代的人們徒以人工之力，於陡峭的岩層間鑿上小石階安上小鐵梯，望之卻步的高聳是極難讓人親近褻玩的。

因其難以攀登、因其難以想像，於是這大自然的山崖特殊景觀，就被賦予神聖的氣息，早從凱爾特人、日耳曼人、羅馬人等都曾在此崇拜祭祀，是散居此地部落人民間的神聖之地。即使日後基督教思想取代了舊有的異教徒思想，此地亦納入基督教文明的聖地，民族幾番遷徙、信仰幾番輪替，聖地依然是聖地，百川納流不減其神聖之威。

鄰近條頓堡森林的帕德波（Paderborn），久聞其盛名，此次趁著復活節的假期，再次瞻仰德國第一位民族英雄容顏之際，我特別前來一遊以悠久天主教歷史聞名的千年古城。

古城雖然於古羅馬帝國與日耳曼各蠻族交易之時，早已有聚落民居。但真正建城緣於卡爾大帝在此建立行宮，成為法蘭肯王國君主巡視領土的行館封邑地之一。行宮就是君王的宮廷、法庭與軍事指揮站等最高指揮中心，君王們在此接見各地外交使節與各地諸侯貴族與領袖們，接見各地的求見者，與公侯伯爵、大主教與修道院長等討論各領地之事，主持軍事法律等重大糾紛的仲裁等。因此，帕德波的建城歷史，總會溯及一千二百多年的豐功偉業，這樣的建城歷史的確悠久古老。

但能夠讓帕德波在歷史中留名，至今依然顯赫之因，還有另一件重要大事。那就是，天主教的中心領袖羅馬教皇曾到此避難請求協助呢！由呂麗琇所著的《德國史》一書中，寫到當年李奧三世（LeoIII，795-816在位）就任羅馬教宗之初，受到另一批陰謀叛變人馬的攻擊，教宗不但受傷還被囚禁在一處修道院中，幸得另一伯爵的協助，得以逃出羅馬，翻山越嶺地逃到帕德波行宮，來向卡爾大帝求助。卡爾大帝不但安頓了教宗的身心，還派兵護送教宗安全地返回羅馬，次年並且親自前來主持叛變與宗教仲裁的大事。正因為卡爾大帝幫助李奧三世教宗弭平叛變，於是教宗李奧三世加冕卡爾大帝為羅馬皇帝，不但為教宗自己安排了最有力的後盾與支持者，也透過查理曼帝國的擴張一併推廣基督教義，所以帕德波的重要貢獻直指羅馬天主教廷。

卡爾大帝除了在帕德波建造行宮之外，也建造大教堂（Dom）與修道院，設立大主教區，設置學校推廣教育與基督教義等，此舉一併讓帕德波的城市因為大主教堂與學校而得以長久發展，也讓帕德波以虔誠與神聖的天主教城市而聞名。當然，對虔誠的天主教徒而言，此千年古城是神聖的；對講求創新與跟得上時代的教徒而言，此城過於保守與傳統；而對年輕一代來說，來到帕德波除了看教堂之外，還有什麼值得欣賞的呢？

沒錯，我們就是特別愛看大教堂。帕德波的大教堂，雖然奠基於777年，於九世紀時擴建，又於12、13世紀大型擴建成今日的模樣，高聳巨大的石材賦予教堂莊嚴堅定的古老氣息。建於11世紀中期的禮拜堂，右邊有塊玻璃籠罩處就是教堂始建於799年的

庇護過羅馬教皇的千年古城大教堂。（鄭伊雯　攝）

遺跡，原本開挖出一處以為是卡爾大帝的石椅之處，後來才知僅是石階而已。

右後方的古老的小禮拜堂，由方堂拱廊所形成的迴音效果真的優美動聽，我們造訪時正有美妙的歌者高聲迴唱，所謂「餘音繞梁三日不絕於耳」的誇張形容詞，真實地感受聆聽之後，真是一點也不誇張的貼切形容呢。

當然此城教堂無數，我們走出大教堂之後，進入帕德波大學的教堂，真是閃耀奪目的金碧輝煌，其亮閃閃的光芒讓我家小孩直說，他下回還要再來拜訪這座教堂，欣賞如此亮晶晶的祭壇與仔細瞧瞧天花板上書寫的姓名。

一處因君王遠見而建造的古城，一處因教廷歷史淵源而盛名的古城，一處因濃厚宗教氣息而聞名的古城，即使週日的午后只容許我們拜訪的城中大教堂與一二座教堂身影，然在大街上走走看看建築風貌，一座古城風采就此收納在記憶匣中，雖不知何年何月能再次走訪遊玩，然遊盡千山萬水之餘，帕德波寧靜的宗教古城氛圍，足以供我細細品味蘊藏久久。

德國

遙想德國聖人使徒的足跡

鄭伊雯

冬末下著雪雨的午后，灰暗陰霾的天氣，真教人打不起精神來。打開電腦網路，看著即時通訊上的友人名單，有位網友表示著「目前有空」，就這樣與遠方的友人敲下了一場異地問候的簡短談話，我的心緒也就這樣飄移到那靜謐安祥的宗教古城，一座對德國虔誠教徒們具有神聖地位的朝聖之城，瀰漫著古老而悠揚韻味的古城，那遠方友人所居住的城市——富爾達（Fulda）。

富爾達老城區的美麗古宅。（鄭伊雯　攝）

儘管富爾達古城規模不甚大，景觀也不是富麗堂皇的風格，但行走其間，總有一股寧靜安祥的氛圍盈滿我胸懷。要了解此城的意義，得要深入德國天主教傳教史上的聖人——聖卜尼法斯（St.Bonifatius）的傳奇故事之中。於德國史書籍中記載著這樣的史實：聖人原名溫佛利得（Winfried，672-54年），教宗賜名卜尼法斯（Bonifatius）意為造福者。719年教宗格列歌二世（GregorII）委任他傳教，先後到圖林根與黑森（Hessen），721年來到弗里茨拉，蓋了修道院。聖卜尼法斯畢生奉獻給教會，五十多年來風塵僕僕地到各處傳教，對日耳曼異教徒的傳教工作不餘遺力，732年被任命為大主教，746年擔任麥茲（Mainz）該地的主教。西元754年六月，這位八十多歲的傳教士決定到北海邊的東弗利森（Friesen）傳教感化異教徒，但在那全部隨從與這位聖者全遭殺害，遺體被運回富爾達（Fulda）修道院安葬，此後「日耳曼的使徒」聖卜尼法斯的墓地成為德國宗教朝聖之地。

正如在《中世紀的旅人》這本書中指出，置身在中世紀，旅行是多麼辛苦的一件事，但偏偏身負傳教使命的主教們，還得舟

安放聖徒的富爾達大教堂（鄭伊雯　攝）

大教堂內聖徒的安眠聖地。（鄭伊雯　攝）

車勞頓地趕赴各教區視察探訪解決糾紛，尤其是各地君王一聲命令與徵召令一下，教區主教們就得募集物資武器隨君征伐去也，真是辛苦不堪的大差事呢。

而於德國首位犧牲奉獻的傳教聖徒聖卜尼法斯，就與當時的卡爾大帝彼此互相支援幫襯共創大業，隨軍四處行動的卡爾大帝把王都定在阿亨（Aachen），而聖卜尼法斯的傳教工作率先深入德國中部地區，從現今的圖林根首府愛爾福特（Erfurt）開始篳路藍縷，感化當時多神異教信仰的日耳曼蠻族部落們皈依上帝的懷抱，他首先於742年在此設立一個獨立的主教區，不久該區被併入規模龐大的麥茲（Mainz）教區來管轄，於是教區幅員廣大的主教們就得南來北往四處宣教去了。

就連位於「德國童話大道」路線上的小城——弗里茨拉（Fritzlar），也因著聖人事蹟而留名千古。據說，西元724年聖卜尼法斯曾在此砍倒一棵日耳曼異教徒用來崇拜雷神托爾（Thor）的橡樹，而開始建立起本篤會的修道院，及至聖卜尼法斯被封為麥茲城主教之後，弗里茨拉一直屬於麥茲大主教的管轄區。往後，聖卜尼法斯受到卡爾大帝之後法蘭肯王國君王們的重用，此小城也一直是法蘭肯王國的重要城市之一。至今，弗里茨拉已有一千二百七十餘年的建城歷史了。

當時，而聖卜尼法斯的傳教中心就從愛爾福特（Erfurt）開始感化早期的日耳曼異教徒，於西元742年首先設立主教區，後來併入麥茲主教區的統轄範圍，古城重心當然首建於八世紀的大教堂（Dom），高聳的尖塔旁另一座教堂是埋藏另一位聖人聖塞維魯斯（St. Severus）的聖塞維魯斯教堂。然而，歷史悠久的大教堂歷經昔日東德政權的統治，對於大教堂的重視與維護不若德西地區來得重視傳統，雖然許多建築古蹟與古窗依然存在，但許多神聖的祭壇與華美的聖物早已付之闕如。

愛逛教堂的我，對愛爾福特大教堂內部景物，視線遊走之際，讓我印象深刻的，倒是二幅古畫。首先是一幅中世紀風格的祭壇畫中，畫中聖母輕輕撫摸著一頭動物，這棲息在聖母懷中的動物是什麼呢？

是馬嗎？不是的，是獨角獸呢。

為何畫作中會出現聖母與獨角獸呢？原來這也別具意義。

話說，希臘神話中掌管狩獵女神的黛安娜，不只恩寵森林中的所有動物，獨角獸更是她最愛的寵物。相傳，只有內心純潔善良的人，才能見到此種傳說中的生物，更得要有純潔無暇思無邪的童真少女，獨角獸才願意與之親近呢！那既然戴安娜可以與獨角獸一同嬉戲，可見象徵貞潔的黛安娜內心也是非常純潔，也難怪神話中的阿克特翁王子才那麼驚鴻一瞥黛安娜的玉體，就被詛咒變成鹿身，慘遭自己親人放箭攻擊，還被自家的獵狗咬死。

自古諸多畫作上若要表明畫中少女的童真，只要再畫上一頭獨角獸就足以證明了。那為何聖母像前要畫獨角獸呢？這寓意就很明顯了，象徵聖母的純潔無瑕，處女聖靈懷胎的神聖信仰囉。

聖經中也曾形容耶穌基督如同獨角獸般降臨，獨角獸可以說是耶穌的化身，當獨角獸把正義且無邪的角放在聖母瑪利亞的腹前，也正代表著聖母接獲聖告，以純潔的童女懷胎產下耶穌聖子。於是這幅出現在愛爾福特大教堂中的聖母與獨角獸的畫作，不但表示出聖母的聖潔之意，更是明顯地昭告信徒們，此教堂所信仰的教義為何呢。正因為獨角獸象徵著永恆、不變、純潔與堅定的各種光明面的寓意，那此座奠基於中世紀、位於德國中部傳播天主教信仰的重要教堂的代表之一，那傳承著傳統與保守的天主教思想的意涵不就極為明顯了。

而在大教堂的巨大石壁上，還有幅高大的《旅行者的守護神》的圖畫呢！

這幅作品乃是1499年繪製在教堂石壁上的大幅油畫作品，名稱為《聖克里斯多福》在該教堂的簡介中，提及當聖人傳教時越過溪流幫助人們的景象，而成為旅行朝聖者膜拜的聖人，有如保護旅行者的象徵。

對我這位很喜歡觀看教堂的異教徒而言，實在不是很清楚其中的典故。回家後，特定查閱相關典故，原來這位原名為「歐佛羅」（Offero）的天主教殉道者，長得十分高大，堪稱巨人之列。他曾在眾人無法涉水前進的溪流中，運用自己高大的身體揹人過溪，行善助人。有一次，他在涉溪途中揹到一名小孩，但這小孩卻是沉重不已令他難以承擔，詢問之下，這才知道該名小孩正是身負全世界重責大任的耶穌基督。當下，耶穌以河水為歐佛羅受洗，改名為克里斯多福（Christopher），名字意為「背負耶穌之人」，也因其傳教與殉道的聖績，列名為天主教救苦救難的聖人之位，專責出外旅者的守護聖人。於是，繪畫中聖人出現的形象總是，身柱枴杖、赤腳涉水而過的模樣，如愛爾福特大教堂出現的這一幅15世紀的壁畫一般。對於常愛旅行的我而言，平安快樂的旅途，祈求聖者的施恩賜福，此後就成了我常虔誠肅穆的衷心祈禱了。

思緒繞了個大圈，點滴尋訪記憶深處的聖人蹤影，一晃眼間又是千萬里的旅途遨遊，眼見窗外鄰人的聖誕窗台佈置閃爍著溫馨的光環，就在這12月份的聖誕感恩時節中，敲著與網友的問候話語，思緒遊移在宗教氣息如此濃密的諸多朝聖古城，遙想著如此富有宗教氣息的古城在聖誕節日裡不知有何風貌呢？

德國　旅途中邂逅的驚喜

鄭伊雯

秋雨蕭瑟，秋風冷冽，愛玩的心依然充滿著期待，整理數天行囊逕自奔赴尚無所知的遠方，究竟遙遠他方的城鎮市集，能有何種風情？留給旅人的行囊能裝下何種回憶？

未知數，就是一種迷人的吸引力。

從家中出發，沿途並沒有訂下任何旅店的落腳處。一來想這步履行走在易北河邊，夏季裡單車旅行盛行，沿途一定很多小旅店；二來開車移動也方便，找間房沒那麼難的。臨到傍晚，接近維特堡（Wittenburg）了，在前一小城繞行並沒有找到我們中意的住宿點，再開往寇藤（Köthen）看看，此城也有一座城堡，希望我們能找到中意的地點。沿著單行道的標誌繞呀繞、找呀找，一到市中心的商店區，天色微暗中一眼就瞧見這棟可愛的古老建築。

天色微暗中一眼就瞧見這棟可愛的古老建築。（鄭伊雯　攝）

看它寫著「Altdeutscher Hof」，心想應該有房間可以住宿。一問，果然有客房，但只有少少的三間，我們還算運氣不錯，再隔一天就全被預訂光了。

這間老宅院始於1598年，由商賈Lucas Brumby所建。1874年即改成小旅店與當地的小啤酒廠。1900年之後的整修把原本的木造衍架結構露出來，成為今日所見的風貌，1945年改名為老德國宅院（Altdeutscher Hof），我喜歡這種古老的氣息，料想他們應該有不錯的晚餐可享用，而我家老爺喜歡的就是他們從2003年恢復至今營業的當地自製的小啤酒廠。

在旅途中夜晚散步就這樣與靜夜中的巴哈偶遇了。（鄭伊雯　攝）

正當我們一邊吃、一邊拍照、一邊做筆記的當下，我瞄到店長與服務生不斷地往我們這瞧，他們一定心想「這是哪裡來的食客呀？行徑真怪異唷！」。但他們不便打擾我們用餐，一定滿腹疑問吧。隔日，該位年輕的女服務生對我們倒是有問必答，因為這些小城最迫切的問題，就是家鄉的年輕人無處可就業。寇藤小城雖然有間高等學院，有一群學生族群，但是市中心就那二三條街的商店，沒有多少工作機會的。她自稱很幸運，能在家鄉找到旅店的服務業工作，還能待在家鄉就業，她樂在其中。

寇籐的名人足跡

那寇藤又曾有哪位名人駐足過呢？答案是，音樂之父巴哈啦。巴哈在四處謀職時，曾在此地的王侯城堡內謀職停留，當時就在此處創作了他的六首《布蘭登堡協奏曲》。虔誠信主的巴哈，生育眾多孩子的巴哈，為了生計也須四處謀職，賺得微薄的收入撫育家庭孩童，巴哈停留在寇籐期間並非最得意風光之時，然而四處輾轉流浪遷徙，生活的困頓轉化為創作的能量，也方能成就日後巴哈的盛名。

車行途中，原本只是要找個可以留宿的可愛小城，隨著地圖上標示有著宮殿的優美標誌，先來到福來堡（Freyburg）。車行途中，一路蜿蜒相伴的景觀，不時出現成排葡萄架的酒鄉特有景緻，原來此一居於薩勒河（Saale）和及其左邊支流烏斯圖特（Unstrut）河的丘陵坡地，這是德國最北邊的葡萄栽植區。

穿越小城，繞到葡萄園邊停車，沿著小階梯走向該城的教堂時，抬頭一看，前方牆壁上大大地寫上這幾個字「Friedrich Ludwig Jahn Schule」。嗯！誰呀？還有一間為他命名的學校。

來到德國健身之父的故鄉 就是這樣被這招牌吸引了。（鄭伊雯　攝）

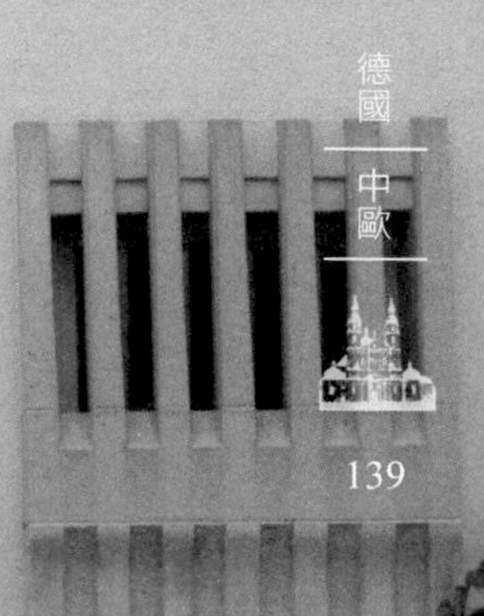

回頭展讀資料，唷！原來是德國體操之父（Turnvater）楊恩（Friedrich Ludwig Jahn）的故鄉。楊恩生於1778至1852年間，正是拿破崙法軍佔領德國諸多領土之時，與當時的學術圈對德國統一與強盛的呼籲息息相關，德國知識圈產生一股德國浪漫主義的思潮之後，楊恩率先建立第一座體操場所（Turnplatz），也首先在高級文理中學（Gymnasium）推行體操運動。所謂強國需強兵，楊恩便以這樣的信念，開啟德國年輕人健身強國的社會改革之路。

原來這位體操之父正是來自福來堡，今日該城還設有揚恩紀念博物館，我們雖不在福來堡多加停留，卻因此多知道一處名人之城，也是小小的意外收穫。

瑙姆堡的哲人故居

在福來堡不想住下，繼續來到瑙姆堡（Naumburg），原也是為了找尋住宿點而來。看看壯觀的大教堂，也想進去大教堂內參觀哩。一邊翻翻明信片與看看入場參觀的票價時，驚見我喜歡的藝術家畫作這裡也有收藏，礙於時間實在不夠用，只好選擇先到教堂的聖物地下室，觀賞我心儀的藝術家作品。之後，帶著有點遺憾又很驚喜滿足的心情，開始找落腳處了。

看過二間旅店後，比較價錢後所找到小旅店，除了價錢合適之外，只有八間房舍的小旅店一樓就是傳統的德國餐廳，我又可以深入民間嘗鮮比較傳統美食。冷冽微雨中，點上一碗菇類濃湯，請老德享用紮紮實實的豬肉肋排餐讓我拍照，小孩點上美味的煎魚排，一頓愉快的旅途晚宴愜意地展開了。

隔日，原本還想再去欣賞聖彼得與保羅教堂中，雕刻自13世紀的大教堂贊助者埃克哈特（Ekkehard）和烏塔（Uta）的哥德式風格浮雕作品，可惜週日12點前不開放，只好繞道別處晃晃。突然瞥見有一牌子寫著「尼采房舍」（Nietzsche-Haus）。唷呀！此地的名人是尼采（Friedrich Nietzsche，1844-1900年），走，去瞧一瞧！

此處尼采故居是尼采母親的房舍，他童年與青少年時期都在瑙姆堡的這棟房子內度過，少年的求學就在離瑙姆堡不遠的舒爾佛特修道院中學校（Schulpforte，1858-1864年）內學習，之後轉往萊比錫與威瑪等地執教研習。詢問管理的女士說，尼采的母親一直住在這裡，所以尼采每年的寒暑假與年假都會回來陪伴母親。這座瑙姆堡的房舍是尼采的親情所繫，行腳全歐洲講學研究之際，仍會回到這心繫的故鄉，這裡可是尼采度過一生中最長的時光。

瑙姆堡的尼采故居。（鄭伊雯　攝）

但一代哲人的晚年，卻如這張照片的病歷所寫，住進了精神病院，思維的辨證反思的確艱難，我還是囫圇吞棗就好了。回頭翻閱尼采的生平，一生飽讀神學、哲學、文學的艱深學說，一生伴母陪妹，一生未娶。既有戀情不遂，姻緣難尋的不如意；也有親情牽繫、知音難尋的無奈；更有埋首理論創見，卻遭政治力運作引用標榜的汙點（納粹政權曾經標榜尼采的強人學說）。尼采之於德國，尼采之於世界，尼采個人的生平足跡，尼采個人的晦澀情事，尼采個人的精闢學說，我雖不甚理解，旅途偶遇的驚奇邂逅，雖不為哲人而來，卻為哲人感傷而去，這旅途的感懷遙想，足以點滴蘊藏心中，久久不忍離去。

德國

呂貝克周末賞秋

譚綠屏

秋高氣爽的呂貝克，趕在寒冬長夜的蕭索涼寂之前，格外誘人地發放出清麗的秋波，吸引著四面八方的遊人情不自禁地信步前往賞秋。漢堡中華婦女會鼓勵會員們携夫帶子全家出動，熱熱鬧鬧地聚合在漢堡中央火車站，乘坐上45分鐘的專列，來到漢堡東北方向的古老小城呂貝克。

古城雖小，卻曾經有傲人的經濟發祥時期。二戰重創之後的復建，即使是局部的修復和比較簡化的裝璜，仍可窺得昌盛時期不可一世的繁華光影。

古城之小，足可以步代車。在整潔如新又古風久遠的舊城街區，頂著濛濛細雨和雲邊透出的微微陽光，大家開始了不疾不徐的漫步之旅。

走出呂貝克火車站，過街回頭看，第一個驚喜就叫人忍不住舉起相機。不大的火車站竟藏身在一座古雅氣派的磚砌建築內。

不大的火車站竟藏身在一座古雅氣派的磚砌建築內。（譚綠屏　攝）

沿正前方向一直往東走，來到呂貝克的城市象徵——霍爾斯登城門（Holstentor）。寬闊的大街汽車奔馳，草木豐盛的廣場整潔如新，滋潤的空氣一派宜人景緻。要不是眼前這座二戰中僥幸保存下來的雙子塔門樓令人仰慕地雄渾印證著13世紀的磚砌結構、哥德式的門洞，誰能想像我們正踏步在千年古道之上。

不遠就是老城中心壯觀瑰麗的市政府大廈。由彩色瓷磚裝飾的磚砌結構，興建於13至15世紀。其典型的哥德式拱形門廊組合，成為北歐許多市政廳效仿建築的模式。八百年來不變，這裡一直是政府辦公的風水寶地。站在露天新市集廣場（Neumarkt）可一覽無遺整座大廈。可別錯過這兒可是合拍團體照的好景地。

廣場邊角一台銅塑的立體精緻地標圖，供人饒有趣味地細細揣摩辨識景物方位。提供呂貝克「七座尖塔之都」美稱的七個教堂尖頂在這裡一目了然。廣場臨街有一家老字號蛋糕點心店，每天下午四時之後都有半價的糕點出售。附近的一家杏仁糖（Marzipan）製作專賣店打出呂貝克的牌子，享譽全歐。

呂貝克的制高點，著名的聖瑪麗亞大教堂（St. Marienkirche）位於市政廳北側。由高達125米的一雙尖頂塔組成。40米高的中堂據稱為世界最高的磚砌結構拱頂。 1200年由商賈政要決定開建，使用本地燒制的青磚和紅磚代替天然石料，相當長時間成為波羅地海地區教堂建築的範本。教堂內有世界最大的機械管風琴，以12生辰星座排列的精美天文鐘，還有許多聖經故事栩栩如生的壁雕。特別令人觸目驚心的是南尖塔樓下地面的大吊鐘殘片，靜靜地控訴著戰爭的殘酷，不滅的燭火中閃動著無數無辜喪生的幽靈。我想這就是常使來客感到精神壓抑的原因所在。二戰時聯軍的炮火炸毀了五分之一的城市建築，巍峨的聖瑪麗教堂在劫難逃，1942年3月被擊中焚毀。大火燒紅了長夜。1959年政府在原地基殘牆上重建完成，直至1980年中堂屋頂的小尖塔修復，整座教堂的重修才算竣工而面貌一新。

聖瑪麗教堂的東北角方向，臨街排列著山牆樓屋。其中一座白色帶雕塑的精緻四層建築，有一個不同凡響的命名──「布登勃洛克之家」（Buddenbrookhaus）。呂貝克出生的作家托馬斯・曼（Thomas Mann）以它描寫呂貝克生活為背景的同名小說《布登勃洛克家族》，1929年榮膺諾貝爾文學獎。

呂貝克這座僅有20萬多一點人口的城市，孕育出兩位獲得諾貝爾文學獎的大作家。另一位是1999年獲獎的君特・格拉斯（Günther Grass）。他的錫鼓《Blechtrommel》被拍成電影。80年代初大陸知名作家丁玲訪德時看了這部影片。其中文譯本早為中國讀者熟悉。

我們魚貫進入號稱歐洲最古老的餐廳「海員協會」（Schiffergesellschaft）。並不開闊的大門立在當地特色的棕色臨

後院藏有歐洲風格幽雅別緻的花園餐廳，倒是相當開闊，秋意籠罩而倍顯恬靜。（譚綠屏　攝）

街山牆中央，後院藏有歐洲風格幽雅別緻的花園餐廳，倒是相當開闊，秋意籠罩而倍顯恬靜。溫暖時節這裡日日高朋滿座。我們又魚貫走出密集盈客的餐廳和窄門。

隔著一個廣場就是聖靈養老院，也是當今保存最完善的中世紀僧侶宿舍。前廳空置，牆壁裝飾著聖靈故事雕塑。看守老人熱情招呼大家。每年聖誕節前這裡有熱鬧的聖誕市場和各種藝術表演。

已是午後時刻，大家重回到「海員協會」餐廳小憩，圍坐在厚實的長條木桌旁，品嘗海味或咖啡茶點。借著熒熒燭光，觀賞滿牆海洋油畫和大大小小手工精細的海船模型。

由於集體行動，我沒有能夠去呂貝克的木偶博物館，只是在巷口遙遙觀望一眼，搶拍了一個遠景。這家博物館收藏著中國古董木偶。20多年前我應邀在這裡修復殘破的中國木偶，工餘時抓緊畫了一批水墨木偶畫被博物館收藏。對漢堡人來說近在眼前的呂貝克之遊竟一拖再拖。20多個寒暑過去，青石小巷古道，仍同昨天一樣絲毫沒變。

呂貝克小城四邊河水環繞，地形有如一隻頭腳潛水的烏龜，龜背上街區橫豎四方排列像龜紋。雖然早已不是昔日皇家重鎮和經濟樞紐，但其豐厚的文化沉澱，精心的文物修繕，不愧成為聯合國科教文組織授予的世界遺產保護之城。小小城區保留了古代建築上千處，宛若一個中世紀博物館。如有閑暇，大可小雞啄米般一一細審細琢，在健步養生中大長見識品味。遊客到晚上睡前還會欣喜地發現逛了一整天街市，白襯衫衣領依然潔淨。

不棄一磚一瓦，不放一木一石，呂貝克在戰後的廢墟上還原出自身最亮麗的本色，笑傲於世界文化遺產之林，豐容靚飾，經久不衰。如果當初一切推倒改建摩登樓宇，呂貝克也就煙飛灰滅，無處可尋。

波蘭

奇蹟之都

林凱瑜

波蘭的首都華沙，在第二次大戰時，被打成平地，但，最神奇的是在華沙之南的一個城市——克拉克夫（Kraków），她竟沒遭受到任何的破壞，人人都說克拉克夫是個神奇的城市，那麼她的奇蹟在哪兒呢？

自從我知道這個故事以後，就吵著老公陪我去，他總是好啦，好啦的拖著，一直到2009年7月他住在克拉克夫的侄子結婚了，老公才不得不帶我去。克拉克夫（Kraków）在華沙的南方約300公里，從華沙的中央火車站坐特快火車大約兩個半小時就到了，開車得五個多小時，很累人。尤其只他一人開，我不會開，可話說回來，要是我會開，他也不讓我開，他怕死，嘿，嘿，就這樣我們決定坐火車去了。

大戰時，這座城市是唯一沒被戰火夷為平地的文化古城。（林凱瑜　攝）

在火車上老公又給我講述了克拉克夫的歷史，從14世紀起到17世紀止，她一直是波蘭的首都，這時候也是波蘭的強盛期。波蘭人稱克拉克夫是個奇蹟城，她的奇蹟在於她的幸運。大戰時，這座城市是唯一沒被戰火夷為平地的文化古城。這時隔壁的一個70多歲的老爺爺也開話了，他說：「克拉克夫的古蹟隨處可見，據說德俄兩軍一直要徹底毀滅她，也好幾次計畫軍事攻擊，但，最後都因一些臨時意外而改變戰略，我們波蘭人認為這是上帝的旨意，讓文化古都屢次逃過劫難。」

克拉克夫的人文早在8、9世紀就有了斯拉夫人的村落，10世紀起，更成就了高度文化，歷史上也記載著她在13世紀時擊退了三次入侵的東方韃靼人，克拉克夫擔任了歐洲文化的重要角色。現在的克拉克夫是波蘭的第三大城，她是工業及文化重鎮。

在火車上聽著波蘭人東一句西一句的讚美這座古城，更激起我想快快遊覽這聖地之心，兩個半小時後總算到達了。出了中央火車站，看到的是矮矮的、灰灰的房子，一時有點難適應。老公的侄子來接我們，一陣熱烈的親吻後，才開車往他家去。這侄子一路上像導遊似的為我們介紹；這座城市的文化古蹟到處都有，市中心自中古時期建成之後，至今大多保持原來的風貌。從中央車站往東走能看到要塞（Barbaka）及舊城門（Brama Florianska），歌劇院在西邊，然後在往前走就到了市集廣場。克拉克夫大學（Uniwersytet Jagie Tořski）就在右邊，是波蘭最古老的大學，建於西元1364年，有名的科學家哥白尼就是畢業於此大學的。這所大學佔地廣大，有哥白尼的像豎立其間。大學的左邊有古教堂、老建築、博物館——啊，我終於知道為甚麼波蘭人以她為傲了。

廣大的市集廣場就是城市的中心地帶，侄子把車停在廣場的外邊，帶著我們走進去，廣場中央聚集了許許多多的攤販，有賣花，有賣玩具，有賣畫兒，有賣吃的等等，五花八門的東西都有。廣場的正前方矗立著深褐色的聖母教堂（Koscilol np. Marli），建於十四世紀，在高聳的鐘樓上每個小時就有人吹號報時，但這吹號總是像沒吹完中途停止。據說這是在十三世紀韃靼人入侵時，瞭望台上的一個士兵發現後，立刻吹號報警，但，號角尚未吹完就被射死，因為這位士兵才得已拯救城堡，為了紀念他直到現在還是以沒吹完整的號角做為報時。

國立博物館（Museum Narodowe）在最高的建築物——克羅斯大廳裡，博物館裡收藏不少波蘭名畫，除此附近還有一個查脫利斯基博物館（Czartoryski Muszeum）也相當值得進去看看，裡面展有達文西舉世聞名的畫。

聖母教堂（Koscilol np. Marli），建於十四世紀，在高聳的鍾樓上每個小時就有人吹號報時。（林凱瑜　攝）

我最喜歡的是廣場右邊的Sukiennice，那裡是琥珀的天堂。（林凱瑜　攝）

在廣場的角落有聖母瑪利亞升天教堂（Koscilol Najsw.Maril Panny），建於13到15世紀，教堂裡有一件晚期哥德式的傑作，在1477到1489年間，由維特．施托夫沃滋（Wit Stowz）雕刻成的祭壇。

我最喜歡的是廣場右邊的紡織品市場（Sukiennice），那裡是琥珀的天堂，兩邊的商店都賣琥珀，有的能讓顧客殺價，有的不能，有的店有品質保證書，有的沒有，有的是免稅店，有的不是。除了我最喜歡的琥珀外，還有皮店及木雕，波蘭的皮貨也很出名。還有我也很喜歡廣場上等待遊客的馬車，那些馬真高大，把頭抬得高高的，神氣極了，似乎在說歡迎入座，我的服務一定令你們滿意。我愛極了這些馬，不忍心讓牠們工作，所以沒入座。

廣場上除了這些古建築之外，還有一流的咖啡館加瑪・密哈立克瓦（Jama Michalikowa），常是藝術家聊天聚會的地方。在格羅得茲卡街的街口有一家數一數二的餐廳叫維耶任內克（Wierzynek），也常吸引不少遊客。在這裡得介紹一下好吃又有特色的波蘭美食給各位。波蘭人都喜喝熱湯，最有名的是紅甜菜湯（Barszcz），喝起來有點甜酸的味道，口感真好。第二種是白湯（Zurek），是由粗粿麥粒煮成的湯，湯裡加有蛋、香腸，很有地方風味特色。除了湯之外，還有波蘭餃子（Pierogi），種類有包熟肉餡的、蘑菇加高麗菜的、白奶酪加馬鈴薯的等。吃時得跟酸奶酪，或是炸豬油一起吃，大致上還不錯，但，就是餃子皮太硬，因波蘭人做餃子皮時習慣加蛋。最後一個有名的菜是酸白菜燴肉（Bigos），這道菜煮越久越好吃，也越香醇。

克拉克夫市不大，只要參觀幾個重要的名勝以後，再去郊外參觀幾處景點，便有意想不到的驚喜。宏偉的瓦維爾城堡矗立於山頭，風景秀麗，最吸引遊客的是古代國王加冕的教堂及鐘塔。

遊完克拉克夫市，坐上侄子的車，他告訴我們在中央火車站（Krakow Glowny）的正對面是巴士總站，有車去奧斯維辛（Oswiecim）集中營和去鹽城維耶立奇卡（Wieliczka）。

從克拉克夫搭長途巴士，約一個半小時就能到達奧斯維辛集中營門口，絕對別坐火車去，因下車的站離集中營門口有一大段路程。相信很多人看過美國導演史帝芬史匹柏拍的「辛德勒的名單」電影吧，就是在此拍攝的。在這個集中營屠殺了450萬猶太人，真恐怖。

這個鹽城維耶立奇卡是在離克拉克夫約13公里車程，它雖不是世界最大的鹽礦，但是相當有名的一座，因為這兒不但有將鹽開採資料收集整理成有系統的鹽博物館，也有雕塑藝術家用鹽礦雕出一座大皇宮，真的很壯觀，值得參觀。

這兩個地方都離克拉克夫不遠，來了克拉克夫就得去這兩個地方看看。我們打算侄子的婚禮後就去。

侄子的家離克拉克夫市20公里遠，那兒有一個小教堂，第二天的婚禮便在那舉行，一個小時後新郎新娘出來讓所有的親朋好友祝福，然後最親近的親人好友被邀請去吃喜酒，波蘭的喜酒跟台灣的不一樣的是他們又吃又喝又跳舞，老老少少都瘋狂地跳一夜舞，累了沒關係，那兒的飯館兒裡有房間可以睡覺，真是設想周到。

這趟古都之旅，真讓我永難忘懷，那傳統婚禮，那偉大的神奇的文化古都——克拉克夫，使我沉緬於她14世紀的神奇中，啊，她總是波蘭人最引以為傲的古城。

三會布達佩斯

于采薇

我一共來過布達佩斯三次。第一次是在一九八二年，那時我剛來德國，暑假與幾位同學開車去希臘玩，我們那輛二手破車，一路上走走停停，風星夜宿，過境匈牙利時，我才知道首都是布達佩斯。

那時的匈牙利，還是個共產國家，在我記憶裡，好像都是一片灰，灰色衣服的匈牙利人，畏畏縮縮的在街上晃來晃去，灰色制服的警察，背著武器，面無表情地來回巡邏，連在翻垃圾箱的狗，也是灰頭灰腦的！

我們經過一條好寬好寬的河，坐在駕駛盤前的堯克抓了抓他的長髮說：「這應該是多瑙河吧！」這麼灰！那裡是藍色多瑙河！我失望地大叫。「布拉姆斯一定是色盲。」不知誰接了一句

我們在城中毫無目標的開來開去，唸戲劇系的卡特琳娜說：「你們瞧！布達佩斯人穿得真的好土！」何曼叼著煙說：「這些房子也是破破爛爛的! 好多陽台都快倒下了，甚至長滿青苔! 我畢業後，給他們作城市計劃。」他是我們年紀最大的，二十七歲，已唸了好幾年建築。我也不甘示弱馬上回了一句：「我用我的畫筆，就這麼輕輕的一點，布達佩斯馬上就改樣了。」

經過一大片廣場，有一些雕像雖然有許多人在拍照，誰也不感興趣旁邊有所公園。我們下了車，坐在草地上，分了最後一瓶可樂。卡特琳娜的低胸大花裙，堯克的披肩長髮，何曼的嬉皮打扮，我的緊身牛仔褲，引起很多人注目。

這時有一個人走過來，彬彬有禮地說「要不要換錢？你們有車。去我家換，比市價高十倍。」我們當然一口答應，由兩個男生陪他一起去。臨走前，唸社會系的堯克作了個V字。

馬克斯萬歲！共產黨萬歲！荷曼用力踩著油門，叼著煙說：「等一下就好，今晚我們可以大吃一頓了。」我們就是這樣。等了一下，等了兩下，等到太陽下山，等到急得全身發抖，終於等

到了他們。遠遠的就看到堯克的披肩長髮，在銀白色的月光下，突然顯得好滑稽。他喘著氣說：「這個人一上車，就叫我左轉右轉的，最後開到城外一小村落裡，下了車，說了一句「謝謝我們送他回家」就消失得無影無蹤，連個鬼影子也找不到。」

何曼把煙蒂丟得遠遠的，咬牙切齒地接著說：「這布達佩斯，連一個德文路標都沒有，蠢！」

第二次去布達佩斯，是帶著15歲的女兒，坐了18小時的旅遊巴士，到達旅館後，我躺在床上已不能動了。安雅打開電視，看MTV那種繞嘴歌，喊個不停－砰！砰！砰砰！砰砰！我抱著發脹的頭，用盡丹田之氣，「關上電視！我們是出來是渡假的，我特別買了好幾本旅遊書，妳可以看看吧！」 她翻了兩下，把書一丟，翹著嘴巴說：「好無聊！既是渡假，就該讓我做我喜歡的事。」

第二天起來，我全身酸痛，拖著沉重的腳步去用早餐，喝了兩杯咖啡後，我才注意到安雅又穿了件露肚上衣。

「安雅！現在馬上給我換掉！」

「媽！你已經老了！」我感覺到血液一下子衝到腦門！

「我是為你好，你會得到腎臟炎、膀胱炎、尿道炎、子宮炎，到時我又得照顧你。」她突然改用中文說：「媽！小聲一點！每個人都在看你，讓我多丟臉！」

安雅終於同意去參觀國會大廈，出了地下車站，就看到了那高約九十六公尺新哥德式的磚紅色屋頂。這真不愧是佩斯城最大的建築物，裡面就有六百九十一個房間，二百座雕像、十八個大小庭園，無數的小迴廊、小尖塔，還有數不盡的壁畫、雕刻、壁毯、珍貴的骨董傢俱。建築材料許多採用黃金與大理石，金碧輝煌，看了真教人眼花撩亂。

我們坐在多瑙河畔，六月暖暖的微風吹來，碧藍色的河水，映著點點的晴空白雲，美得教人陶醉。 我指著對面的老城——布達市。

「安雅！妳看那半山上的白色城堡——漁夫堡，說多漂亮就有多漂亮。」

「媽！我肚子餓了，去吃麥當勞！」安雅不耐煩地白我一眼，我裝作沒看到，扳著手指，數著連接布達新城與佩斯老城的橋。

一——二——三——四——五——六——七——八——九我數著。真的有九條橋跨越多瑙河，連接布達與佩斯呢！

「Pizza hot好不好？我可以合分，妳胖，我給你大塊！」

「有獅子頭的那座橋叫鍊橋，白色的橋叫伊莉莎白橋，」我聚精會神地讀著觀光手冊，「在河中間的那個小島叫馬格麗特島，有花園、修道院，不過晚上最好少去。」

「媽！媽！媽！媽！我陪妳去中國餐館啦！」女兒說——但午飯是標準的匈牙利菜，有燉牛肉，澆著厚厚的濃汁，配著酸黃瓜、青椒、沙拉、馬鈴薯。飯後每人一杯義大利咖啡，精神又來了。

我們到Aiicsy-Zsllinsky街，這是布達佩斯最熱鬧的大道，已脫離共黨獨立十年的匈牙利，房子在粉刷，道路在拓寬，一片欣欣向榮之氣。經過國家歌劇院，聖史蒂芬大教堂、路德教堂，我提議進去看看。

「媽！這些都是老掉牙的東西，有甚麼好看。而且，德國到處都有！」經過李斯特博物館，我幾乎是低聲下氣地求她：「她是匈牙利最有名的音樂家，裡面有他的書籍、手稿、鋼琴……。妳小時學過鋼琴，彈得好棒呀！李斯特生前又是個有名的美男子，安雅，妳一定會喜歡看的。」

「媽！妳好虛榮只注重外表，再說，我早已不是小孩子了！」我望著她那抹得紅紅的嘴唇，擦得藍藍的眼睛，真想一巴掌打下去。

「可惜，現在是一九九九年，我們又住在柏林。」

「那妳來布達佩斯幹甚麼？」

「是妳叫我來的呀！我早就與妮娜、麗沙、阿爾備特約好租錄影帶，開睡衣Party……。」

五年後，我又坐飛機來到了布達佩斯。

踏出了乾淨摩登的機場，排隊等車時，機場服務員問了我要去的地址，寫了1600F，刷的一下，就來了一輛計程車，半個小時到了旅館，司機照單收費，彬彬有禮地幫我開門。有錢真好。

這次是為了開會而來的，節目安排得很緊湊，有許多專題演講，如匈牙利作協的、匈牙利觀光局的，還有從瑞士、土耳其、

泡溫泉，今天已成了匈牙利最盛行的國民運動……。（麥勝梅　攝）

奧地利、德國，法國來的會員……，也有觀光節目，好比馬術表演，一位騎士站在馬背上，可以駕駛八匹馬，飛奔而馳，只是到現在我還不知樂趣何在，好像站著騎腳踏車，八輛一起開？不過也因此，我卻記得牢牢的——匈牙利人是公元896年從烏拉山來的遊牧民族——馬扎爾人。

我們參觀了聖齊尼溫泉。泡溫泉，那是羅馬人在占領布達市時，發現了布達山下的溫泉所引進的文化。在土耳其統治的一百五十年中，更把此嗜好發揚光大，今天已成了匈牙利最盛行的國民運動……。

我們又參觀了歌德樂皇宮，這是西西（SISSI）最喜歡的皇宮，一部電影《我愛西施》讓她揚名於世，至今還被人津津樂道。

從十七世紀開始，哈布斯堡王朝就統治匈牙利，1867年，西西加冕為奧匈皇后，她努力學習匈文，她最忠心的女伴伊達（Ida）是匈牙利人，伊達與匈牙利自由派領袖安德臘西伯爵（Gyula Andrassy）、凡斯・帝雅客（Ferenc Deak）均有密切的來往，西西也間接地受到影響，所以西西極受匈牙利人的愛戴。

那段時期，布達佩斯大興土木，建了國家歌劇院、西洋美術館、現代美術館、匈牙利博物館等。當然還有最讓匈牙利人驕傲的歐洲第一個地下車道。二次大戰後，匈牙利像所有東歐國家一樣，受治於俄國，但第一個反抗共產黨成功的是——布達佩斯人。

1984年，成千上萬的東德人，投奔到布達佩斯的西德大使館，使館人滿為患，這條導火線，間接促使了柏林圍牆倒塌，兩德統一。

東歐的共產國家，也因此像撲克牌一樣，一張一張地倒了。現在人口一千八百萬的布達佩斯，除了城市建築稍嫌破舊外，走在街上的行人的打扮，與西歐城市沒甚麼差別。

今年五月一號，匈牙利加入歐盟，記者訪問布達佩斯居民，你們會想去西歐嗎？可以賺到三到四倍的錢，多數人都說，不，他們的答案很簡單，因為在這裡，可以講匈牙利話，跳匈牙利舞，看匈牙利文……。這也是我這次在布達佩斯最快樂的事，講中文，唱中文歌，聽中文演講。

回柏林的飛機上，與一會友同座，我與她不熟，她是中國來的，我是台灣生的，可是兩個人坐在一起，連呼吸聲都能聽到，所以我想，她和我一樣，很尷尬，很頭大，不知誰先開口，打破了僵局：「今天天氣——好——。」

一個半小時後，飛機降落柏林，我們已約好了去吃柏林最好、最便宜的壽司。如果海峽兩岸，都能像我們一樣，那該有多好！

東歐

Eastern Europe

烏克蘭・蘇俄

到基輔去（之一）車站

李永華

乘火車從我們居住的捷克小城到基輔去必須到「科林」市換乘國際列車。在小城的火車站普通售票口，就可以訂到任何通達各類國內國際任何區段的火車票。顯然買這種票的人不太多，售票員又問了一次，然後在鍵盤上敲敲打打一陣，才把火車票遞出來，隨後還附帶一句：先生如果你要臥鋪也可以訂鋪位，那可是不短的一條路。當然，那正是我想要的。

沒想到，1000多公里的國際軟臥鋪位，只相當於500人民幣的價格，按照這裡人均800美金月工資來說應該不貴。

捷克所有車站的管理竟和國內的鄉村小站差不多，是完全開放式的。人們可以從車站的四面八方到月台上去。只是進站上車時沒有人查票和剪票。儘管可以自由出入車站，但是極少看到有任意橫跨鐵路的。似乎大家有一種默契：那種橫跨鐵路省的事，與自己內心道德的損失比起來要不合算得多。在這方面歐洲人與國人有著明顯的區別。

車站

查票是上車以後的事。一般捷克的國內列車只有四、五節車廂，長的也不過十節。整列火車沒有乘警、列車長等「官人」，除了司機就只有一個檢票員，除非有特別的情況或者有實習生時會多幾個人。查票人一般都工作認真，少見與熟人計畫好故意逃票的。一方面他們國家小，旅行路線短，票價便宜，不大值得逃；更重要的是因為鐵路系統或者國家檢查部門有不定時的便衣檢查人員隨機抽檢，一旦發現有人徇私舞弊，就記入個人的社會檔案，以後很長時間之內都會影響到社會各個方面對於這個人品格的評價。他們這種利用制度和文化養成人們自覺意識與自尊心態的方法頗值得我們效仿。

通常車站與乘客數量相比顯得寬鬆得多。尤其是一些中小車站，除了每天很短的一段高峰時間之外，偌大的車站基本上是空的，顯得幾分寥落。由於車次多、路途短、公共汽車交通發達，使得因為轉乘而滯留車站的機會減少。沒有見到像北京車站裡的許多旅客歪歪倒倒一大片那樣，為了轉乘，在車站滯留半天半夜的。

晚上12點以後，就基本上沒有客車了。車站也就歸於沉寂。大概是為了以防萬一，捷克的火車站都設有一個小間的，放有帶扶手的座位的候車休息室，到了冬季，那裡能夠保持溫暖達20度以上，完全能夠幫助少量趕錯車的旅客度過冬季的寒夜。

這和幾天後在烏克蘭見到的情況很不相同。在烏克蘭一個總人口約100萬的城市，火車站的候車室只有七、八十平方米。裡面比較密集地擺著坐滿了旅客的連椅。靠牆的地方還有人站著或蹲著。候車室兩端各有一個食品攤，從那裡不斷有烹調的味道散發出來。不少人似乎已經等了不短的時間，顯得有些疲勞。有人吃東西、喝水、看雜誌、嗑瓜子。乍一看到還以為自己回到了國內，在小火車站候車。整個房間看上去很擁擠並有些雜亂。

而另一側約有500平方米的候車室則寬敞明亮，座位疏朗，還有電視機。裡面很少有人，因為門口有一個告示：休息室收費3個「赫利溫」（烏克蘭貨幣名稱，相當於4.9元人民幣比一個「赫利溫」）。那狀況頗似國內的候車錄像廳或者候車音樂茶座的意思。那知樓上更有沙發座位的高檔休息室，超過200平方米的大廳只有區區8個雙人沙發，十幾個座位。真不懂得就這樣乘一回火車，為什麼要分這樣多的等級。

科林是一個有五、六萬居民的城市，在捷克是一個「中等車站」。待我登上換乘國際列車的月台，天已經黑透了。好在這幾天天氣回暖，氣溫從零度上升到14度。溫暖潮濕的微風吹過，讓人感到一種春天似的舒暢。不遠處，幾位來送站的家人，一閃一閃地抽著煙，輕聲地向被送者囑咐著什麼。

歐洲的氣候因為大西洋暖流沿著地中海深入到腹地，整個烏拉爾山以西，都明顯地表現為冬、夏兩個雨季。由於極地寒流與大西洋暖流的交互作用，這裡的春秋季節會有多次反覆的升溫和降溫回合，因而顯得春季和秋季的時間比國內黃河以北的春、秋季長很多。記得在北京的時候，往往11月初前後會有連續的幾天冷風天氣，幾天之前還綠油油地掛在枝頭的樹葉，似乎一夜之間便枯黃委地。每逢那種肅殺的時刻來臨，便會令人好幾天不適應。

歐洲的秋冬季節來臨時幾乎沒有大風，只有連綿不斷的陰鬱和淅淅瀝瀝的霪雨。即便是一月份的冰凍季節，也常會下雨，所以很多樹、闊葉草、攀緣植物的葉子都不會一起掉光，枝頭上會留下許多淡綠、墨綠、杏黃、深紅、紫青色五彩斑斕的葉子，如同晚秋我們在江南山間看到的一樣。所不同的是，由於這裡雨量充沛，各種植物形成的植被不用任何人工栽種、修飾，就把這個國家一年四季都打扮地綠綠茵茵的。這與冬季在北京街頭看到那些經過精細種植的一片片枯黃的「綠地」形成了鮮明的對照。不必到風景區，在深秋季節的原野裡，你隨便舉目四望，遠遠近近的山林如同一幅幅在綠色被底上的潑墨畫：五顏六色、團團簇簇地相容其間，讓你能夠真正感受什麼是天然造化。尤其是在陰天的時候，那畫面在一層薄薄的霧氣籠罩之下，更顯得朦朧和神秘。此刻我站在科林車站的月台上，望著並不顯示顏色的暗影中的樹叢，不禁想：或許這會兒上帝正在舒服地閉著眼睛締造著那些美麗呢。

月台上沒有任何工作人員，更沒有賣小吃、飲料的商亭與推車。一排靜悄悄的燈和一個鑲著鐘錶的列車進出站電子看板在略帶霧氣的夜暗中安然地發出柔和的光。車站值班員只有在列車進站前一兩分鐘之前才來到月台上接車、發信號。

廣播裡一個毫無情感但並不令人討厭的女聲，反覆重複著將要到達的車次以及將要進車的月台，每逢有晚點的列車次，總是先說對不起，然後才報告列車晚點。好像列車晚點的責任應該由她負似的。即使再急迫的旅客聽到這種道歉也沒有辦法著急和抱怨。

當列車進站的時候，隆隆的聲音把車站搞得熱鬧起來。但是你聽不見嘟嘟的哨子響、聽不見老人孩子大呼小叫的喊聲、看不見急促的腳步和擁擠的人流。一切都靜靜的，如同緩緩的溪流，它安靜的像個乖女孩，但你能感覺到它在不停地向前走。

到基輔去（之二）列車

李永華

帶了兩個不大也不重的包上車，竟然出了一身汗。原因是這節國際車廂大概是為了將來掛、甩方便，掛在了車尾，而且憑票對號上車，其他的車廂不讓上。所以只能放棄上車再找車廂的主意，使勁跑到它停靠的地方。

按照習慣的想法，國際檔次的軟臥車廂應該是最高級、最先進的，至少應該比90年代初我乘坐過的北京到莫斯科的列車好一些。但是當我氣喘吁吁地登上列車後，我看到的一切就像進入了科幻片裡的時空隧道一樣，一下把我帶回到發生東方列車謀殺案的時代：暗淡的燈光下，過道裡典型的東方地毯上，繡有叫不上名字的各色花、葉和幾何圖案，深紫紅的底色，泛出一種高貴和神秘，淺褐色的木板牆壁和銀白色的門把手使整個環境更顯得幽雅、古老。窗紗和窗簾都已經很舊了，但是看得出它們是很精緻

到基輔的列車

的。讓人感到難受的是地毯上又鋪了一條稍微窄一些的布，大概是為了減少行人對於地毯的污染。這布有些髒，一付不能再洗乾淨了的樣子。像是小帆布或者早年國內鄉下大娘自己製造的粗布，紋理糙糙的。它的作用讓我想起文化大革命時期許多家庭有過的「小床單」。那時大多數家庭沒有客廳，來了客人就進臥室，坐在床沿上說話。雖說局促點，卻顯得親切貼心。因此，很多人家為了保護需要花不少「布票」才能買到的大床單，就用一窄條花布做成「小床單」，把床沿常被人坐的地方保護起來。

房間的門是拉開式的，當房門一打開，便會像船閘一樣把整個過道截成兩段，影響他人通行。明顯地沒有現在臥鋪車廂的推拉式門方便。除了普通門的功能之外，包廂的門上還有一個常在美國電影中看到鏈式防盜栓，那種可以保證房間裡通氣又安全的裝置。如果掛上它，任憑列車員、乘警誰也休想把門打開。

臥鋪房間裡是單面的雙層鋪，而不是通常對面雙排雙層的那種。就是說一個包房只可以容得下兩個乘客。讓人想起早先貴族們常使用的情人或者夫妻包廂。

床鋪很厚重結實的樣子，比通常見到的那種現代式的寬很多，不用擔心會掉下去。鋪面不是方便清潔的仿皮革面料而是深紫色絲絨面料做的。第二層吊鋪的那雙鍍鉻的吊鏈厚實別緻，掂了一下：好重。躺在這樣的床鋪上面，舒服之餘，你會感到有一種不可抗拒的力量拉著你的思緒向古時遊蕩……

鋪對面靠窗的一端是一個很標準的扇型小桌。桌面是實木的，可以打開。翻開桌面，下面是一個水池！分別有冷熱水開關。水池下面有一個小木櫃，打開門以後，裡面的燈就亮了，那容積正好放兩雙鞋。小桌上面半米高處也掛有一個小吊櫃，同樣是裡面有燈的。兩層的空間裡有些不同形狀的環型支架、凹槽，一看就知道是讓你放酒瓶和杯子的。

從小桌的一側到門口是一個拉簾式的布質軟衣櫥，裡面除了衣鉤和掛衣服的架子之外，頂端還有一個放帽子用的平台。想來多年前那些帶著插有長羽毛帽子的上層女士們旅行起來真是夠麻煩的。

床頭燈旁邊有一幅不大的古典油畫，在床頭燈的側光下顯得非常典雅。讓人想到設計者細緻的匠心。細看那畫卻是掛曆質量的印刷品。很想知道最初那裡掛的是一幅怎樣的油畫作品。欣賞過那作品的又是怎樣一些人。

整節車廂兩端各有一個衛生間。數了數，整個車廂除了廁所還有十個房間，其中一個工作間，裡面有茶爐、辦公桌。兩個列車員每人一間，真正供乘客用的只有七間包廂，也就是說只能有14個乘客。

列車服務員是兩個快樂的年輕人，勤快而和善。列車開動不一會兒，便送來了「臥具」。與國內一樣，包廂裡本來就有毯子、褥子和枕頭，所謂臥具不過是它們的套或罩。放下手裡的東西，小夥子用不太熟練的捷克語客氣地對我說：如果我有什麼需要，他很高興為我服務。他嗓音有些沙啞，摩登並且很有味道，聽上去也很實在。

在歐洲，不僅是在臥鋪車廂裡，就是普通的列車也看不到列車員立正、敬禮、自我介紹、表決心等國內常見到的形式。更沒有選舉列車群眾安全員、組織大家評選優秀列車員的活動。就連送開水、打掃衛生、整理行李架等基本工作也一律全免。大家對於列車員工作的認可和評價，都在他們各人認真維護公共衛生和對列車員的真誠、尊重和善意的交流之中默默表達了。

歐洲列車的另一個特點就是不報站名。無論白天黑夜，無論是列車廣播還是列車員，誰都不報告將要到達的車站站名。開始乘坐歐洲的火車時因為語言不通，報不報站名對我都一樣。後來就覺得不如國內隨時報站名的習慣好。可仔細一想，不報站名大概也有不報的道理：一來歐洲人經常出門旅行，一般來說行程和時間都不會很長，有自己把握下車時間的習慣和可能；二來不報站名與歐洲人更加重視自律、自主的心理特點有關；另外，歐洲人的平均文化水平較高，車內安靜、明亮、座位疏朗，他們喜歡在列車上閱讀，不願意被干擾、被打攪。列車不報站名，讓我鬧過笑話。曾經有幾次，我因為坐的位置不恰當，沒有看到站牌而坐過了站。每逢坐車回頭，列車員都示意不必補票，說坐回去就是。每次，我都被這種善意和信任所打動。與你從未相識的列車員，憑著他的直覺，用他的正直與信任，給你一種溫暖，一種感動。使你心底的正義、理解、善良得到很好的滋養，使你人格尊嚴和言行自律獲得絕妙的維護。

臥鋪車廂的情況不同，因為在你下車之前，列車員要把車票還給你，等於通知你準備下車。這一點倒是和國內完全一樣。

國際列車上的服務員提供茶、咖啡、煙。如此，我們喝綠茶的中國人便當不成他們的「客戶」。於是找個藉口喚來服務員，讓他代我斟幾次熱水，給他些服務費。其實服務員也不光是為一點錢，而是希望得到一種眷顧與尊重。

到基輔去（之三）基輔

李永華

我們是早上6點左右到達基輔的。畢竟是11月底，天氣很涼。我們憑藉軟臥車票，在車站「豪華」候車室的酒吧喝完奶咖啡加熱蘭姆酒，身上暖和了許多。

基輔火車站是近幾年剛翻修的，很新，也很氣派。寬敞的門廳足有20米高。面向廣場的一面是巨大的門窗。門有大約3米高，實木的，給人一種莊重、質樸的感覺。進門後面對的是鏈式升降電梯，兩側是電子佈告牌和步行樓梯。電子佈告牌下和大廳兩側都是票務或問訊等服務窗口。兩側窗口的上方是用水晶玻璃磚砌成的足有10米高的透光牆壁，水晶磚塊之間的金屬支架是金色的，在大廳中央那盞巨型水晶吊燈的輝映下，整面牆壁閃爍著柔和而優雅的光芒，顯得沉穩而高貴。兩側水晶牆再往上各有四幅彩色壁畫，是烏克蘭最著名的八大建築。東正教的風格、烏克蘭的筆法、墨綠與淡紫的主色調，在射燈的照耀下，赫然洋溢著濃厚的民族色彩。穹頂是彩繪的，色彩朦朧而神秘，有種空靈、飄逸的味道，與水晶吊燈、水晶牆和壁畫渾然一體，顯示出設計者的大氣和超凡脫俗。

當人們有心情稍事休息時就會發現：距地面兩米的空間，熙熙攘攘的人流，是天底下不知所以然的芸芸眾生，埋頭忙著各式各樣的人間俗務。而三米之上則是完全藝術、精神的世界。你可以在那綠色的「原野」裡放牧自己的靈魂，讓它沐浴著溫暖的陽光與和煦的微風，徜徉在古老、高貴而美麗的時空裡，暫時脫離塵世的緊張與喧囂，得到一刻內心的休息。

與利沃夫車站相似，大廳兩端是普通和貴賓候車室，以及餐廳小賣鋪之類的去處。這讓我想起北京東站，也是大致相似的建築格局。想來那時「十大建築」的構思，決不可能仿效「帝國主義」和「資本主義」的東西，其總體思路恐怕還是來自「老大哥」。那時中國領導人對於先進的理解只有蘇聯。如果那時國際社會給予中國寬鬆一些的環境，同時中國的領導人具有更廣闊的眼界和管理國家經濟的知識，真不知道現在中國會是什麼樣子。

上來電梯，是很寬的、橫跨整個站台的天橋，天橋兩側是旅客通道，中間是各種各樣、大小不一的商店。佈局有些雜亂，裝修風格、色彩搭配、燈光布置明顯不一致，給人一種自由集市的感覺。

基輔地鐵站與火車站相臨，不像捷克的，與火車站連成一體。基輔地鐵建造得很早，電梯大都有四道。如同在北京看到的，電梯底下有專人守候著，根據人流情況決定開幾路電梯。站在足有100米深的鏈式電梯上，聽著巨大的隆隆聲，順著寬寬的通道往下沉，給人一種沉重的感覺。站台很高、很長也很寬闊。人少的時候顯得有些空曠、肅穆。不像北京的地鐵：淺，少有電梯，永遠人頭攢動。但是接近地面的部分與北京的地鐵很相似：入口、門廳和地下過街橋顯得狹窄些，收票有專人把門。普通乘客要先買乘車牌，將牌子投入檢票機，它才放一個人進入，進入後不限時間。不像捷克地鐵，一張普通交通票可以在90分鐘內乘坐各種公共交通工具，並且只有不定時抽查車票的，沒有檢票的，進入地鐵、上下電汽車靠自覺打票。只是對於逃票處理非常嚴厲——除課以25倍罰款之外，多次逃票者依刑法按盜竊罪處理。

多次聽說過在奧地利和捷克有華人因為多次逃票而受到刑事處罰（一般為若干天有期徒刑，緩期一年執行並不真進監獄，一年之內不犯就算了事），第二年因為有了刑事犯罪污點，就得不到法院的未受刑事制裁證明，因而不能繼續延期居住，被驅逐處境。

在地鐵的入口處和過街地下通道裡呈現的是八十年代初在北京、九十年代初在布達佩斯、在布拉格、在莫斯科常見到的景況：許多無照攤販隨意擺著地攤，賣花的、賣煙的、賣書報的、賣瓜子花生小食品的……亂七八糟的一片。市場管理人員、警察一來，立刻作鳥獸散，好像抗日游擊隊，「敵退我進」、「敵進我退」。使那些從靜靜的地鐵裡剛出來的人剎那間眼花撩亂地感到不適應。感到擁擠混亂。

在比較偏僻的樓梯處，一位看上去很有修養的老者，很投入地吹著單簧管，聽來令人感到美得舒服又牽腸掛肚。面前的樂器盒子裡，有幾顆零星的銅幣。

辦完事，按照朋友的建議，我們乘旅遊大巴士環遊基輔。正如商務參贊所說，儘管烏克蘭剛剛從負增長中恢復過來，但是它的潛力是很大的。很多基礎設施和原料都是將來大步前進不可或缺的基礎。基輔就是烏克蘭復甦的標誌。

穿過基輔的第聶伯河很寬闊。由於初冬的原因，顯得些許落寂和沉悶。幾座大橋氣勢恢宏地橫跨在河上，遠望近看都堪稱壯觀。與布拉格玲瓏秀美的古橋相比，給人以開闊，疏朗的感覺。

在城市的中心，很多地方立著高高的塔吊，馬路兩側也常見到挖開的坑穴。已經建好的不多的幾幢高層建築，突兀地立在一片灰暗的古老街巷之間，如同穿了西裝卻配了條短腳褲一樣，讓人覺得有些扎眼和猾稽。那情況很像八十年代中期的北京。望著這些怪怪的龐然大物，我真心地為烏克蘭的經濟復甦高興，但無論如何發不出由衷的讚嘆。看來國家的經濟狀況並不僅僅決定於機遇和時代，還離不開執政者的品位和修養。

我是第一次到基輔來，看著幾個景點面熟。尤其是典型的東正教特有的荸薺型的閃著富貴而威嚴光芒的房頂，最是過目難忘。仔細一想，是在車站的壁畫上見到過了。

在聖索非亞大教堂和安德列・拜爾沃茲萬尼大教堂之間的廣場上，有兩座看上去很普通的三層建築，朋友說右邊的一座是警察局和監獄。正奇怪為什麼在城市中心設置監獄，朋友告訴我，監獄在第五層地下室裡！那裡自古就是關押重犯的地方，直到現在！地下五層，真可以說是地獄了。雖然比起中國的十八層地獄來還差很多，但是，這究竟是真正的暗無天日的地下監獄了。

朋友又指著左邊一幢說：這邊是好幾家富人商店，賣的全部都是名牌服裝。他見到過一件綴有鑽石的長裙，當時一看價格就嚇了一跳：標價一萬三千美元！要知道，我們利沃夫鄉下的一個售貨員每個月才拿25美元哦！

來烏克蘭之前，曾經聽說這裡貧富懸殊，兩極分化嚴重，看來絕非訛傳。自然我不想去驗證有沒有一萬三千美元的裙子。只是禁不住想：傳說到最後的審判時才有天堂地獄的選擇和驅譴，沒想到，在這樣兩幢相貌沒有多大區別的建築之間，便是天堂與地獄了。是天神故意這樣安排給人類看的，還是人類自己無意中陰差陽錯的放到了一起呢？

沃娜海涅修女院是旅程的最後一個景點。身著黑衣的修女們像影子一樣滑來滑去，走路、說話都幾乎聽不見聲響。她們步履匆匆、目不斜視。給人的感覺是對於世塵的誘惑充滿恐懼，而不是那種看破紅塵、青雲獨步的灑脫、坦然與輕鬆。高高的長青樹差不多遮蔽了本來黑透了的天空，只有小教堂的深色門裡透出暖色調的光束。

小教堂是開放式的。不高，裡面的空間也不大。與捷克的鄉村小教堂不同的是，它四周的牆面上幾乎從頂棚一直到地板全都掛滿了信徒贈與的各種聖人畫像，其中最多的是聖母瑪利亞和她的兒子耶穌的畫。或許是香火過於旺盛的緣故，（奇怪，在天主教和耶穌教的教堂裡，看到更多的蠟燭，而在這裡卻看到與佛教相似的貢香。）高處的畫經過多年的煙霧燻染，已經有些模糊不清了。不斷的人流出出進進，賣貢香、貢蠟的年輕修女額上已經有細密的汗珠沁出。在捷克我曾經多次陪別人進教堂。那裡門口有募捐箱，在做彌撒的過程中還有拿著綁有木竿的網兜（真的網兜，大陸老頭撈魚蟲的那種）遠遠伸過來收「人事」的。就那麼明明白白地要錢，從來沒見過上香的。在我看來，雖然燃香浪費，還是比直楞楞地向人要錢顯得溫和與自願。

基輔給我的整體印象是遼闊、大氣。猶如一個個歷史老人，正注視著烏克蘭的崛起。

站在城市的高處，看著基輔那不凡的廣場、教堂、公路、橋樑和湍湍的河流，不禁感嘆：有這樣胸襟和氣魄的民族，必定不會是一個自甘沉落的民族。

清秋望不極——
北京——莫斯科——聖彼得堡國際火車之旅

郭瑩

西伯利亞火車6夜

蘇聯剛解體後的1993年2月，筆者曾乘6天6夜北京——莫斯科火車探訪俄國，數月的俄羅斯生活經歷，體驗到前蘇聯總統戈巴契夫名言：「70年的蘇聯共產主義歷史，令我們落後到世界文明的末端。」剛變天的新俄羅斯滿目瘡痍、百廢待興，對比當時鄧小平南巡後改革開放的中國，俄羅斯更顯得慘淡。

2009年秋天故地重遊，見證俄式10多年「改革開放」的碩果。

從北京站一上火車照當年經驗，立馬進貢俄國列車員一袋茉莉花茶葉和一副玉手鐲。頭等車廂衛生間裡淋浴頭只噴熱水，女列車員娜塔莎只好給了我一隻中國大鋁缸做為淋浴工具。隔壁俄國倒爺（編按：中國大陸用語，即倒買倒賣賺取中間利潤的商人。）包了三個包廂做貨倉，倒的是童裝 、牛仔褲，一路都忙著在過道上理貨。記得當年此趟列車是火爆的流動中國貨車，曾一票難求。那時中國倒爺們沿路開窗售賣羽絨服（編按：中國大陸用語，即羽毛衣）、皮夾克、牛仔褲。93年2月當筆者乘的車晚點9小時抵西伯利亞一個小站時，深夜2點，站台上黑壓壓一片等待購物的俄國人群佇立於冰天雪地之中，安靜肅穆得令中國人咋舌。俄國人為自己、家人、鄰居購買當時商店裡短缺的服裝，據說有些俄國人開車10多小時趕來搶購，若錯過了此趟車，就得再等一星期了。眼下此趟列車再不見中國倒爺，再不見俄國人追趕著啟動的列車眼巴巴地翹首中國人抛下皮衣。

車行第二天清早7點經中國邊界滿洲里後抵俄羅斯境內，由於中俄鐵軌寬度不同，下車等換車輪3小時。我們去西伯利亞邊陲小鎮溜達，碰到街頭賣菜的東北大姐換了盧布，400盧布換100人民幣，事後聽兩位在烏蘭烏德學芭蕾舞的深圳女孩說滿洲里

450換100，常跑此線者都在滿洲里換。俄邊界小鎮狂風肆虐、飛沙走石，如北京的六、七級大風。行在沙石土路上，感受西伯利亞流放的滋味。前蘇聯持不同政見者薩哈羅夫回憶錄裡提到，他在西伯利亞被拘禁6年，期間不許與任何人交談。終於一天通知他聽電話，電話裡傳來蘇聯總統戈巴契夫的聲音：「現在你自由了。」小鎮中心石階上，俄羅斯老婦販賣一雙舊鞋及一袋自家後院產的蕃茄，旁邊是幾本舊書攤及售賣三、五件毛織品的婦女，老婦們都戴著電影裡觀賞過的俄式包頭巾。鎮上冷清荒涼，店鋪寒酸簡陋，粗曠原始白樺木門似數百年古董。迎面遇見一個11、12歲的男童，腳上的黑皮鞋似曾相識，想起來了，小時候看小人書（編按：中國大陸用語，即童書）《我的大學》中高爾基外祖父穿的鞋。西伯利亞火車之行，經過去索爾仁尼琴《古拉格群島》的悲情中轉站塔什特（Tayshet），當年流放者在此站換車往東前往慘無人道的勞改營，過了此站真是「西出陽關無故人」，多少條生命從此有去無回。今天廣袤的西伯利亞仍舊天蒼蒼、野茫茫，俄式木屋菜園裡最流行的是洋白菜和土豆（編按：中國大陸用語，即馬鈴薯），可見西伯利亞人自給自足的日子。深秋金黃、絳紅相間的白樺樹林及墨綠沼澤間令人想起《齊瓦哥醫生》中出沒的游擊隊，「生活——在我的個別事件中如何轉為藝術現實，而這個現實又如何從命運與經歷之中誕生出來。」《齊瓦哥醫生》作者帕斯捷爾納克如是說。秋明站之後，我們車廂只剩下我和先生及一位港男，另節頭等艙只有一位法國人和一位比利時人，三節頭等艙共5位乘客。俄國餐車質次價高無人問津（我們用過一餐後再不光顧），次日餐車關閉。每停一站，乘客就湧到小賣亭補充乾糧，車行俄國境內兩天後，站台上開始有俄國婦女兜售自家食品，一袋黃瓜、蕃茄和香腸。上文提及的塔什特站只停兩分鐘，當娜塔莎開車門的一剎那，7、8個年輕美麗的俄國娜塔莎們手舉著燻魚湧到車門，探著頭爭先恐後地將貨物攤在乘客腳下叫賣。對比之下，西伯利亞老太攤販恐怕是世界上最用功的儒商，老太坐在行李貨車旁架著眼鏡靜靜地閱讀文學作品，完全不瞄顧客，也不叫賣。

莫斯科5夜

6天6夜後傍晚抵達莫斯科亞羅斯拉夫斯基車站，一俄漢湊上來從褲兜裡掏出的士證（編按：中國大陸用語，即計程車）要我們跟他出站，的士車前一位似黑社會老大開口要50美元車資，我還價30美元，他堅持35，上車後沒開多遠司機比劃著要再加5美元，先生擔心若不給恐怕他會當即撂下我們，先前付的35美元也打了水漂，我晃悠著5美元堅持到了酒店再付。車臣司機繞來繞去，我們越看越可疑，終於趁司機下車打聽道時決定逃跑。下車即發現車頂的出租車標誌失踪，打開行李廂見炮製的假出租車牌躺在角落，路旁恰好停著一輛警車，車臣司機轉回來要求5美元，我拒絕，並向他指指警車，他看到警車倉皇而逃。記得93年時，俄羅斯警察對車臣人格外凶狠。我們托著行李詢問路旁一對莫斯科情侶，對方熱情地領我們走街串巷來到酒店，先生請年輕人進來喝酒，他們客氣道；「你們剛到一定累了，需要休息。」

莫斯科故地重遊，紅場旁多了兜售旅遊紀念品的攤販群，新版旅遊畫上，列寧一手叉腰，一手舉著可口可樂；史達林舉著美元揮手；一對裝扮成列寧和史達林的表演者忙著與遊客合影，收費5美元。

聖彼得堡5夜

乘夜車去聖彼得堡，同車廂莫斯科人安德烈曾是中學歷史教師，蘇聯解體後下海做生意，生產工業用的傳送帶，成為新俄羅斯市場經濟下先富起來的一部分。午夜時安德烈請先生去餐車喝伏特加，其格言是：「伏特加是哲學。」清早5點半抵聖彼得堡，這次學乖了預約了萬豪酒店接駁車，價錢仍舊是一千盧布，雖貴但得到有保障的服務。

酒店房間未收拾好，我們去涅瓦河岸邊欣賞黎明日出。清早7、8點鐘居然街道上找不到一家營業的咖啡館可以吃早餐。回酒店早餐是700盧布一位（30盧布換一美元），當初93年時一位俄

僅冬宮粉刷一新還有俄式洋　頭教堂漆得金碧輝煌。（郭瑩　攝）

國教授的月工資是10美元，講師只有5美元。酒店前台通知中午可能有房，先生生氣了要求見經理，會哭的孩子有奶吃，當即升級到商務間。聖彼得堡93年光顧時覺得比莫斯科美，今天看來卻是相反的印象，莫斯科處處修整一新，而眼前老帝國首都許多房屋仍是10多年前破敗模樣，僅冬宮粉刷一新還有俄式洋蔥頭教堂漆得金碧輝煌。

聖彼得堡地鐵票也比莫斯科便宜兩盧布，20盧布一張。涅瓦河畔萬豪酒店是前帝俄建築，旅遊過的東歐國家發現許多前帝國時代保護級輝煌建築，如今都被「夾著皮包回來了」的西方公司占據著。「阿芙樂爾一聲炮響，為我們送來了馬列主義」的軍艦仍泊在涅瓦河，附近中餐館名曰「人人樓」山東人經營，經理說俄國目前下崗者多，盧布貶值，盧布輝煌時曾22換一美元，2008年慘淡到38換一美元。整天在涅瓦大街上蕩來蕩去，感覺商品比莫斯科便宜，周末典雅古建築百貨公司裡顧客稀落，購物者更少。中餐館經理說聖彼得堡人就在超市買點麵包、香腸度日，聖彼得堡街頭餐館也不如莫斯科精緻，常光顧一間莫斯科馬雅可夫斯基劇院咖啡館，原帝國建築改造成半帝俄、半法王朝風格，令人恍惚置身前朝《戰爭與和平》、《安娜・卡列尼娜》場景。

傍晚冬宮廣場上十幾個皮衣青少年飈著摩托車取樂，個個衣著光鮮時尚。遙想93年，中國朋友當街遭遇俄國青年持刀搶劫皮夾克，報案時俄警察嘆息道：「眼下俄國人道德淪喪，舊體制、舊道德一夜間摧毀，新秩序尚未建立，俄國人的道德處於真空狀態。」閱讀英文《聖彼得堡時報》，文章指責當初普京大權在握後，曾限制葉爾欽的行動自由並監聽其電話，形同將葉氏軟禁在克林姆林宮。遙想當初，蘇聯時代私下裡講政治諷刺段子（編按：即語錄的意思。）都會遭遇告密，結果面臨5至10年的牢獄之災。

眼下，俄羅斯真是翻天覆地了！

加里寧格勒

李寒曦

昨夜我夢見波羅的海的海水
搭起高高的波濤的樓梯
想要摘下天空那秋季的月亮

18世紀德國古典哲學奠基人，偉大的百科全書式學者伊曼紐爾・康德的詩沒有一點晦澀，直白而清晰，像一幅畫，印在我少年的印象裡。幾十年間，海的樓梯，頭頂上的星空和心中的道德律一起，越來越熱烈的迫使我期待著對那個生長了康德、歌德、巴哈、希爾伯特和以「七橋問題」的論證，開創了數學史上著名「拓撲學」的數學家歐拉的哥尼斯堡的探訪。

2010年放假10天。朋友思維塔和我從莫斯科舍列梅季耶夫1號機場出發，1小時40分鐘後，飛機穩穩地降落在加里寧格勒機場，免了陸地立陶宛和波蘭的簽證，當晚下榻隴崗上的加里寧格勒飯店。旅遊淡季，一個標準間1900盧布，合60美金。屋裡，燈光柔和，瀰漫著溫暖和松木的幽香。從9樓前面的大玻璃窗居高臨下，欣賞藍天白雲下遠處氣勢恢宏的霍理士頓升天大教堂閃光的金色穹頂。它不像俄國內地的洋蔥頭，也沒有鮮豔的色彩。眼前的民宅多是3、4層老式建築。高樓不多，錯落有致。厚厚的白雪像奶油蛋糕覆蓋著屋頂和車頂。小區裡偶爾有行人或推著童車的年輕女人。人們的步履顯然不像莫斯科一樣永遠匆匆忙忙。幾隻鳥兒在屋頂上低低盤旋。天寒地凍，應該只有烏鴉和鴿子。

加里寧格勒風光。（李寒曦　攝）

「海鷗！」思維塔一陣歡呼。可不是，已經站在窗外，有的翅膀拍打著窗框，沒等站穩卻又展翅離去。我只在昆明翠湖見過貝加爾湖戴腳環標記的紅嘴鷗，而這從我們頭上掠過的卻是白肚皮，淡灰色長羽翼，黃嘴鷗。一隻接一隻，在夕照的微光裡編織著大海精靈的翅膀。

幽暗籠罩了大地，只見天幕下工廠煙囪的一縷白煙在天空飄蕩。立在勝利廣場（原名阿道夫，弗里德里希廣場）的紀念塔頂殷紅而神秘的光使整個塔柱半透明，能看見基座的紅磚碑體。

750年哥尼斯堡經歷了不平凡的歷史。——由條頓騎士團建立於普列格利亞河口。為了紀念與騎士團一起參加十字軍東征的波西米亞國王而得名，意即「國王山」。1772年成為東普魯士王國的首都。分老城和新城。它在人類的爭鬥中數易其主，二戰後按「波茨坦協議」劃歸蘇聯。時值蘇聯部長會議主席加里寧逝世而更名為「加里寧格勒」，1990年蘇聯解體，各加盟共和國獨立而與本土相隔了波蘭和立陶宛。它是俄羅斯最西部的領土和通向歐洲，通向世界的窗口。

車轉彎抹角緩緩走在風格各異的橋上，就像信步於江南的水鄉畫廊，駛向小島中心的康德墓。思維塔指指車窗外閃著白光的冰河告訴我，那就是「普列戈利亞」。我們正走在著名的「七橋」上。也像所有人一樣，永遠不可能把架在兩條支流之間連接小島的7座橋不重複地一遍走完。

帶紋飾的黑色大鐵門內。1月清晨，寬大的石板院子結滿薄冰。光禿禿的樹，空無一人。嚴寒籠罩在哥德式大教堂的尖頂和紅磚牆上，愈顯肅穆和莊嚴。生於哥尼斯堡，葬於哥尼斯堡，80年間沒離開過故鄉一步的偉大的哥尼斯堡之子康德之墓就在大教堂北邊的牆外。高大的方形石柱，厚重的石牆，同樣方正，樸素的暗紅色花崗岩墓頂上寫著：

伊曼紐爾・康德（1724-1804）
墓誌銘

那最神聖恆久而又日新月異的，那最使我們感到驚奇和震撼的兩件東西，是天上的星空和我們心中的道德律。

詩人們在眾石像間繞行
他們被光芒融化
他們讚美和歌唱

我只看到了星空和它的黑暗。
我沒有被光芒融化。
我沒有讚美和歌唱。
我渾身顫慄。

哥尼斯堡大教堂頂端的避雷針
讓眾多閃電從自己身上經過
好像我安靜的生活

是的，他沒有被光芒融化，他沒有讚美和歌唱，他在這裡寫了大量關於哲學、美學、道德、國家與法律、天文學等諸多論題的著作。他關於太陽系起源學說，被恩格斯譽為「從哥白尼以來天文學取得的最大的進步」，「是在形而上學思維方式的觀念上打開了第一缺口」，「標誌著一切繼續進步的起點」。在哲學史上，他是第一個系統分析認識能動性的哲學家。他的《三大批判》是人類思想寶庫中不朽的瑰寶。

我想知道，215.7平方千米的偏遠小城，何以充滿著德國式深邃思想和精神源泉，密集出現了如此眾多在世界科學史上舉足

海邊的琥珀城博物館。（李寒曦　攝）

輕重的人物？土地？人文？德意志精神？或是文友謝盛友先生在《德國天才是怎樣煉成的？》一文中的觀點？再或許，是各個國家，各個民族的文化在這裡交匯的緣故。

博物館不開門。12點的飛機。告辭了！我同樣惦念著琥珀，它為何兼具光華、美麗、溫潤、沉靜、內涵？加里寧格勒的琥珀馳名全球，儲量占世界總量的90%，於是，向海邊的琥珀城博物館駛去。道路兩旁屹立著莊嚴的橡樹和菩提，這些道路曾經通往一些普魯士官僚們精緻萬分的莊園。如今空無人跡，房倒壁塌。路面結冰。烏雲壓著道邊的破樓和門窗，天很冷，1小時多才到。穿過一個小鎮，闃無人跡，只有飄飄揚揚的雪花。博物館外唯一一個繫毛圍巾的女人冷清清地守著她品種不少的琥珀店。50米外，徑直走上幾台石階，一座造型別緻的紅頂石牆的德式建築。

有人開門迎接了我們。這是俄羅斯最著名的琥珀博物館。推開第3道厚重的橡木門，寬大的展廳裡突然一片光華。像阿里巴巴藏寶洞，稀世琥珀極盡華美高貴地展現在面前，讓人驚嘆不已。壁上的琥珀名畫，從春夏秋冬俄羅斯大自然到花鳥草蟲，古往今來的名人、靜物……除了名畫的特徵以外，更有琥珀柔和、光亮、潤澤……等特點。十幾個高大的展櫃裡陳列著各種飾品，原石、雕刻、3000多件內含蒼蠅、蚊子、螞蟻等昆蟲的珍貴的蟲珀，令人目不暇接。一隻蜘蛛多足伸開，爬在鵝蛋大小，橙黃色透明細潤的原石裡，口中還啣著一隻正在掙扎的蚊子，連腳上的毛都清清楚楚。周圍有很多大大小小，清晰如生的蚊蟲，漂亮的樹葉，它們都保存完整。那些揚帆待航的船，似乎還散發著香味的玫瑰、百合，哥尼斯堡的教堂及民居、水手、農民、國王……工藝巧奪天工。地下室一根鑲滿珠寶琥珀的哥尼斯堡國王的手杖。一個小樂隊的15個樂手，彈鋼琴的、指揮的、拉小提琴的，簡直就是縮小了比例的真人。列為世界8大奇蹟之一的琥珀辦公室，由22個大小不同琥珀牆面組成。1716年普魯士國王將這個琥珀辦公室贈送給彼得大帝。伊麗莎白女王命令將它的複製品運往皇村，以後為著名的葉卡捷琳娜宮琥珀廳。1941年德國納粹占領皇村，1942年將琥珀廳運往哥尼斯堡展覽。1945年初再次展出後琥珀廳即銷聲匿跡，至今下落不明。琥珀是活化石，是半寶石。

50多歲的琥珀專家阿列克桑德拉維奇介紹。白堊紀時期，這裡是一片汪洋，大水退去後留下的水窪成了波羅的海。5000萬年前，這一帶曾是一片茂密的森林，由於一時氣候變暖，促使松樹分泌出大量樹脂，樹脂落地後聚積在一起並黏裹住周圍的昆蟲、植物及動物毛髮。

爾後，天氣突然轉冷，隨著冰河時期的到來，洶湧而至的海水吞噬了凝固的樹脂。數千萬年的演化，它們終於變成了琥珀。

3000多件內含蒼蠅、蚊子、螞蟻等昆蟲的珍貴的蟲珀，令人目不暇接。（李寒曦　攝）

我買了一些琥珀飾物——手鏈、玫瑰花形項鏈、戒指，可入藥安神鎮驚的珀末。放在手裡，我知道了中世紀貴族為什麼如此珍愛琥珀。

車沿著硬滑的路轉兩個彎慢慢下到坡底，但見白茫茫一片雪原，兩面靠山，周圍幾間小屋，看得出這是一個停車場。小屋就是零星的琥珀加工廠，再下去是海濱浴場，夏天必定白鷗逐浪，笑語歡聲。此時，除車裡的思維塔和司機外，天和地之間只有我一個，海和天之間也只有我一個。如此渺小，又如此巨大。我站在億萬年前的瀚海中，我站在千萬年前的莽林裡。我聽見自己劇烈的心跳。我的血液在身體裡沸騰。西北風浩蕩萬里，凌厲如割。風聲中夾著勇士的吶喊，也夾著哥尼斯堡夷為平地時母親和孩子的呼號。波羅的海怒吼著，黑色的海水翻起滔天巨浪。海中騰起閃電，波塞冬的神戟直插雲天，海水隨之衝上九霄，那是康德夢中的塔，鑲滿了小人魚的眼淚。那是遠古的信息，那是哥尼斯堡輝煌的過去，那是戰爭貪慾和殘忍的記憶，那是活著的寶石琥珀。

昨夜我夢見波羅的海的海水
搭起高高的波濤的樓梯
想要摘下天空那秋季的月亮
在星夜裡我仰望銀河幽暗。
但是一旦我的目光與它相遇
我就分辨不出
看到的是它的臉還是我的面龐。

飛機該起飛了。別了！哥尼斯堡。

西歐

Western Europe

荷蘭・比利時・盧森堡・英國・法國

一個書的城市——荷蘭戴芬特

丘彥明

艾塞河（rivier de Ijssel）自戴芬特（Deventer）城邊蜿蜒流經，自城外白色拱形鐵橋上往城市眺望過去，一段厚實的古城牆，數重層疊的紅瓦屋頂簇擁著高塔聳立的中心教堂，一幅典雅莊重的中世紀城市景觀。戴芬特八世紀時已經建城，屬荷蘭最古老的城市之一呢！

戴芬特八世紀時已經建城，屬荷蘭最古老的城市之一呢！（丘彥明　攝）

第一次造訪，走進城中心，立刻愛上了這座小城：長年累月被來來往往的腳跡，把狹窄街道鋪設的石頭或紅磚路面磨蹭出明顯的凹陷，油光滑亮；一家家小店舖維持著歷史的門面，百年老店陳設溫馨而不滄桑；一幢幢古老建築在大街小巷裡自然自在地聳立，過去一千多年如此，現在如此，想必將來數百年也仍會如此，讓人萌生地老天荒的堅信與感動。

一幢老建築前立了個「舊書市場」的廣告牌，信步而入。挑高寬敞的大廳，整齊排列了幾條書攤，大約近百個攤位，書籍呈黃褐色調，照明的燈盞泛散柔黃的光亮。室內明明充滿了人，卻安靜極了，似乎只剩下翻書的細微聲音；賣書的書販、淘書的顧客個自埋首書叢，空氣中浮游老舊紙張的特殊氣味，令我心搖神馳。

小城咖啡館的裝潢大部份以老書佈置，各具風格：書本穿插在各種酒罐之中、書本夾雜在吧台與坐位之間、一長溜書架在靠牆椅背之上……，書本在談話與香煙的繚繞間朦朦朧朧，在此連書都成了藍領、白領階級情調的催化劑。坐在咖啡館裡，飲啜濃郁香醇的熱咖啡，品嚐本地特產的「戴芬特餅乾」，欣賞書本構成的室內裝點，再來杯小酒，人越發慵懶，只想永遠坐下去，沉浸於虛幻的文學想像與現實的口腹享受之間。

從此常帶朋友同遊戴芬特，且因為書的緣故，積極加入了趕「書市集」（Boeken markt）的行列，幾乎每年定時必要來到這裡。

印象最深是2005年，8月初接連幾日荷蘭天空低沉而陰霾，每天要下好幾場大雨。我心裡嘀咕7日星期天一年一度的戴芬特書市集怕要狼狽冷清了。豈料，一大早居然藍天白雲，驚喜之餘趕緊開車奔去。一小時車程，隨著距離的縮短，藍空逐漸遠去，灰雲、黑雲不留情地飛飄過來，焦慮驟增卻無能為力，臨近城邊

硬是下起了傾盆大雨。身穿雨衣，手中拎傘憂焚地往書市集方向走去，及見火車站、公車站不停湧出一波接一波的人潮，方才放下心來；再行至市中心廣場，雖然書市方才開張半小時，幾長條篷攤下已滿是尋書的點點人頭。這日，雖然多半藍天白雲，卻時不時來場狂風暴雨，可是逛書的人們既不驚也不慌，沉著地讓自己避開風打雨淋，繼續找書、覽書。立於書叢間，愛書的人心中便是書，天氣與書無關！

1477年，理查・帕夫福埃特（Richard Paffraet）在戴芬特爾城以新式書籍印刷工藝印製出了第一本書，使小城在十五世紀末成為荷蘭最重要的印刷中心，書與城市交織出緊密的關連。基於「印刷、出版」的古老傳統，戴芬特市政府決定舉辦「書市集」活動，加深城市的文化氣息。1988年，邀約一百個荷蘭書商利用8月第一個星期日沿著艾塞河畔擺開書攤，吸引來了大量愛書人，既成功又轟動，從此「書市集」成了城市固定的標幟。年復一年，登記參加市集的書商越來越多，每年總有幾十家列在「補位」名單之上，老是供不應求！堪稱歐洲最大露天書市。

艾塞河畔的路道兩側搭架起銜接不斷的篷攤，櫛比鱗次長達約六公里，從戴芬特城市中心廣場延展到河邊，沿河又繞著古老街道轉回廣場，近達900個攤位，每個攤板上皆疊落著一本一本的書籍，極目所見除了書還是書、除了人還是人。從上午十時開始直至下午五時三十分收攤，各地的書商、出版人、圖書館負責人、古董商、愛書人薈聚於此，大約十二萬人衝著這個「書市集」而來。明明人群磨肩擦踵，卻不喧鬧，人們提著空手提袋、背著空背包、推著行李箱、拉著買菜車、邊走邊尋合乎自己心意的書攤，或站在書攤旁低頭翻找書籍閱覽，一些買到書的人迫不及待站在路中央、坐在河邊欄杆上，忘神讀將起來。恬靜而典雅的書香氣氛，隨著人潮在戴芬特城內流動。不曾見過如此這般風格高貴的市集，一張張望書成痴的臉容，動人極了。

在戴芬特的拉丁學校內見到書市集服務中心主席安喬・德・龐特（Anjo de Bont），沒料到是位年輕美貌的女子。安喬自信、明快又熱情，活動前一日率領著三十個人員完成一切布署，活動當日加上警力與救護人員，一共七、八十人就把事情全部承攬了，工作效率高超。籌辦這麼一天書市集活動需要六萬歐元經費，每個書攤只收取四十五歐元的低廉承租費，剩餘開銷由市政府補助。當然，活動另有贊助單位，克魯威爾出版社（Kluwer）負責廣邀作家參與，並舉辦詩朗誦晚會及相關展覽活動、維特芬・伯斯（Witteveen Bos）贊助帳篷，其他約三十家小贊助者，如鐵路局這年提供免費紙袋給購書者使用、教堂開放給大家免費休息、喝咖啡等。「書市集」上沒有私人賣書，全是來自德國、比利時與荷蘭各地的書商，展示書類沒有規定限制，但求高質量。書籍有新有老，有小孩書、青年讀物，各類專門書籍，價格從幾角錢至幾百上千不等。安喬參與「書市集」籌辦工作十多年，問她最難忘的事，不假思索笑答：「氣氛啊！多靜美的氣氛啊！」是啊，整日我隨意問任何人對書市的感想，無不微笑滿意地說：「氣氛太棒了！」

尤斯・巴德考浦（Jos Paardekooper），一位作家、也是位書的收藏家。書市集一開張他就開始尋寶，四小時後，從一堆舊書中抽出一本書脊空白的薄書，竟是揚・艾門斯（Jan Emmens）的詩集。艾門斯1974年自殺，一生寫過三本詩集，每本印量均沒超過一百本。巴德考浦擁有艾門斯的兩本詩集，一直買不到第三本，在網上不斷尋求也無下文。誰知今天花十歐元便了遂心願，樂得合不攏嘴來。

五年前巴德考浦在書市集看到一本寫荷蘭與西班牙戰爭的歷史書，作者彼得・柯瑞利斯・厚夫特（Peter Correlis Hooft）。這位與林布蘭特同時代的史學家，第一個以不偏坦的客觀角度來書寫兩國戰爭，是位非常重要的作家，至今荷蘭仍以他的名字頒贈文學獎。書外皮骯髒略有些破損，巴德考浦翻看扉頁，印著1637年第一版，標價九十荷蘭盾（約四十歐元）。他不動聲色地離開，打電話給萊登大學一位朋友探問此書的價值，朋友道：「全世界只留存三十本第一版，是天價你買不起。」放下電話，巴德考浦走回書攤講價，以八十荷盾（約三十六歐元）擁有了這本經典之作。

整天不停歇地逛書攤，不知道累更沒想到要休息，只希望能把喜歡的書全數摸過一遍。運氣好，市集收攤時，恰巧遇到一家書商臨時起意出清展書，一40×25×20公分紙盒裝滿書收八歐元，裝滿一35×35公分布口袋收費三歐元，唐效與我拿到一只布口袋往裡面塞滿了十多本園藝、室內佈置與旅行類書籍，彷彿從聖誕老人那兒得了一大袋禮物。

我是書迷，家中藏書數千本，不少是作家朋友的簽名贈書，一直視為珍寶。除了愛讀書，由於擔任過編輯，這些年在戴芬特書市集，看到許多幀裝特殊的書、插圖精美的書、西方重要文學家老書、畫家畫冊、音樂家樂譜……，均愛不釋手，恨不能都買回家，唐效只好緊盯著監視。最後，終於經不住我苦苦哀求，勉強讓我買了幾本百年老書，略略滿足一下購書慾。至今在戴芬特書市集裡我最大的一筆購書交易是花了上百歐元買了一套第一版的「梵谷的書信」，每次在家中翻閱，老紙的柔美質感，印刷彩色精緻的浮貼插圖，都讓我既感動又享受。

逛戴芬特書市集，看書、買書的故事不斷重覆，卻永不厭倦彷彿固定的祭祀一般。曾問一位久居戴芬特的老華僑關於書市的盛景，他輕易地回答我：「哦！是啊，每年夏天總會有一天很多人在河邊曬書，好幾里路長，一曬就是一天，都是很舊的書，不曬是會生蟲的。」我不禁莞爾，另一類平民百姓的曬書意象，對書的珍惜也挺美的。

比利時
盧森堡

尋找歷史的影子

池元蓮

我的先生和我對第二次大戰的歷史很感興趣。這次到阿頓尼森林（Ardennes），就是要到那裡去尋找歷史的影子。

早在丹麥出發前，我們在家裡已經決定好，到了阿頓尼森林山區，要停留在一個名叫拉羅斯（La Roche）的小城。在該城又一定要住在一間名叫根尼特之家的旅館，把它作為大本營，每天出發到附近各處觀看景點，當我們到了拉羅斯才發現，原來它是一個人口僅三、四千的小鎮，高踞在一個山頭。我們的車沿著窄窄的山路來回兜了好幾趟，我才忽然眼睛一亮，見到一條陡峭的小山路處豎著一塊小小的白色牌子，上面寫的就是：「根尼特之家」。趕快上去。

根尼特之家孤芳獨賞地站立在山頂上，它的外貌精緻，嬌小玲瓏，神采悅目，叫人一見便喜歡。旅館主人親自出來迎客。他對我們說，住他的旅館有一個條件，客人一定要回到旅館吃晚餐。

我們便告訴他，我們本就是慕名他旅館的美食而來投宿的，因為我們在丹麥曾經看到一位旅遊記者在報上寫的文章，大事稱讚他餐廳的菜肴精美不凡，尤其是他們的魚最值得吃，是當天從山下打撈上來的。

根尼特先生聽到，他的小旅館的聲譽竟然傳到老遠的丹麥，開心得滿臉笑容，話匣子就打開，他是在巴黎受訓的廚師，和妻子一起買下這棟位於盧森堡與比利時邊界的山頭大房子，把它改建為家庭旅館，晚上他自己下廚燒菜，由他的太太負責照顧餐廳。旅館的生意非常好，客人來自歐美各地，在夏天旅遊旺季時必先預訂房間不可。

在旅館的陽台上可以鳥瞰山下的一切。一條小河繞著山腳彎曲流去，一些簡樸的房舍傍河而立，鎮裡靜幽幽的，不見有人來車往，其他的房舍則零零碎碎地散落在山坡的岩石和樹叢間。從山頭放眼望去，蔥籠的阿頓尼森林隨著起伏的山巒向天際蔓延伸展。

可能是心理作用，在我的眼中，那像漫無止境似的茂密森林透著一種陰森的氣氛，好像隨時隨刻就要把寄生在它身上的拉羅斯小鎮吞沒掉的樣子。我腦海裡浮起這樣的想像：阿頓尼森林隱藏著一個慘烈的血腥故事，希望不再為後人所知；可惡的是，拉羅斯這個曾經身歷其境的目擊者卻偏偏要攀吊在山邊，做歷史的提醒者。

我們在旅館房間裡打點妥當，首先要做的是到森林去尋找歷史的影子。

森林裡古木參天、林冠鬱密、幽深陰暗，我漫步其中，最深最強的印象是：這裡好寂靜！我低頭看著腳下的土地，不時舉頭環顧四周的大樹，心裡不斷想著，腳下的沈默土地曾經吸收了多少戰士的熱血！週遭的無言大樹曾經聽到過多少傷亡戰士的呻吟哀呼！曾經目睹多少血氣正剛的生命在臨終時的驚惶神色！

那是發生在很久以前的事了。在一九四四年的冬天，第二次大戰在歐洲已接近尾聲，早已在諾曼第登陸的聯軍逼近德國本土的西邊。當時聯軍低估了德軍的軍力，認為後者已經到了最後的田地，嚴重缺乏兵士、軍火、汽油、坦克車，不可能會再鬧出什麼大麻煩。尤其是那段延伸在法國、比利時和盧森堡邊界的阿頓尼森林高原的戰線，地形險峻，最不適於作坦克車戰，德軍沒有可能在那裡出現。

可是，德軍就偏偏選擇阿頓尼森林山區為孤注一擲的反攻地點。他們把別的戰線上的剩餘精兵、坦克等都轉移到那裡，行軍工作進行緊密，聯軍一無所知。那年的冬天是歐洲有史以來最寒冷的冬天之一，阿頓尼森林被厚厚的白雪覆蓋著，森林裡鴉雀無聲，寂靜得連雪塊從樹枝上掉下來也聽得到。德軍就埋伏在寂靜的森林裡。

在十二月六日清晨五點半，寂靜無聲的森林突然像火山爆發般響起來、亮起來、動起來。德軍的炮火把漆黑的天空變成烈焰滾滾的火海，山崩地裂似的炮聲響個不絕，德軍的坦克車和兵士從黑黝黝的森林裡湧出來。

第二次大戰規模最龐大的戰役便展開。在戰役的初期，兇猛攻擊的德軍佔上風，突破聯軍戰線，使得戰場的形勢變成一個像從平面凸出來的膨脹包子，也就成為這場戰役的名稱：「凸出之戰」（Battle of the Bulge）。到了戰役後期，美國名將帕頓（Patton）領著他的精銳部隊第三軍團趕至，投入戰役，才把德軍壓退回德國本土。

參與這場戰役的兵士一共有一百三十萬，美軍和德軍參半。他們在積雪和泥濘混雜的大地上作你死我活、我生你滅的龍虎之鬥，進退廝殺，演出名副其實的血流成河、屍橫遍野、白雪染紅的戰場慘景。當為期一個多月的戰役結束時，雙方的傷亡慘重：美軍失去八萬多名的士兵；德軍的傷亡人數在十萬以上。

在半個多世紀後的今天，阿頓尼森林又是一片寂靜。但強蠻的戰爭在森林中的昔日戰場留下了哀傷的影子，飄渺在沉默的土地和無言的古樹之間。

當年，拉羅斯小鎮因位於行軍路上，地勢居高臨河，被美軍選為築路障之地，受到炮火的徹底蕩滌，變成一堆斷垣殘壁的廢墟。（我還買了一張廢墟明信片做紀念。）今天，拉羅斯已恢復故貌，安寧平靜，只是附近興建了數間歷史博物館。

在數間博物館中，我最喜歡的是「巴士當歷史中心」。它規模大，展覽資料豐富，而最令我欣賞的是，博物館用完全客觀的態度展示歷史，對勝敗兩方戰士的英勇作戰都同樣的尊重，並沒有跟從好萊塢電影的作風，因為德軍是戰敗者，就故意把他們弄成邪惡奸醜的樣子。

歷史中心用蠟像擺佈出一幕又一幕的凸出之戰的戰場實景，有美軍的、德軍的、紅十字救護隊的……。人物均是與人身相仿，穿著當年的軍裝、制服，拿的是當年的武器。場景中的戰車、坦克車、飛機、大炮等等都是當年的實物。場景逼真，令我產生幻覺，走過軍士們的身邊時，彷彿還能聽見他們在低聲地說著話。

當天，我注意到，有一些美國遊客在場景間徘徊著，久久不離開。從他們的年齡看來，他們很可能是當年阿頓尼森林內那場生死之戰的生還者，今日回來尋找昔日的歷史影子。

我們在阿頓尼森林山頭的根尼特之家住了四個晚上，每天旅遊完後便回到旅館吃晚餐。根尼特先生所做的菜肴果然名不虛傳。每頓晚餐的菜單都是他別出心裁設計的，每一個湯都清鮮可口，每一道主菜都是不同凡響的好菜，每一個甜點都是別具風味的甜點。

我們覺得，此行的收穫很豐富，在臨走時對根尼特先生說，我們將來路過一定會再光顧他的旅館。

英倫新事

王雙秀

甫出倫敦機場，一陣中國菜的香味隨著出關大門的開闔被吸入鼻內，即刻就讓我對倫敦有了到朋友家作客，朋友正燒菜等著我的親切感覺。而遙遠深處卻又不知源出何處的鄉愁竟沒來由地聚上了心頭。倫敦竟是在這樣的鄉愁滿滿的思緒裡走到了我的眼前，叫我怎麼能用平常心情去觀看它的一切？

這時，黃昏的街燈已經起起落落地亮起。西歐三月裡落晚的春風，陣陣拂面而過，雖然是走在倫敦一個落寞而不起眼的街頭，卻是康橋的步履與雲彩就那麼近近的在你眼前。原來倫敦本就是一首詩，是孕就詩人的地方，人在沒有誇張的氣氛中，游離的思緒逐漸聚攏，那玉落珠盤般的詞語，就這麼顆顆傾瀉而來。

這裡的春事來的比漢堡早，街頭屋宇的窗口與門廊邊，由人工雕琢的春花景緻，已經處處可見。稀稀落落矗立在路邊的高高低低的樹木，也已經開出了淺粉的櫻花、桃花，鬱金香樹上粉白的花朵正一落落垂滿了枝頭。被稱為復活節之鈴的黃色水仙，左一叢右一叢地預報著復活節已經就在眼前。

倫敦，我想在三十年代，這裡的名頭在中國文人的心裡必定要比巴黎、米蘭之類的來的響亮吧？因為有徐志摩這樣的好男兒，在那兒譜寫出了一首首、一段段深情而浪漫的詩篇。讓人不帶走一片雲彩的康橋成了彼時中國文人墨客最愛騷弄的地方。

而這倫敦，與我現住的漢堡城，套一句德文的說法：就是貓跳那麼近的距離，就因為好似它就在家邊，跑不掉的，因此西歐一住十九年，甚麼名城都去了，也奇，卻是沒探望過倫敦。今日，因著某個機緣（先生的歐洲釣魚協會年會在此處召開），因此得與正放復活節假期的小女一同賞遊倫敦。算是倫敦的魚兒欽賜的機緣吧！當然，我不像女兒一般，帶著放假的輕鬆與喜悅，上飛機的前一晚就開始興奮了。而我；卻是帶著平常日子出門的心情，上飛機，下飛機，坐Trans到車站，再改乘通往市區的特快車到城中心，再改搭計程車到達旅館。這一路行來，順順利利，沒有讓人有出門在外的陌生與不便。倫敦，這大不列顛日不落國的首都，到底是有它名城的基礎與風範，它是用這樣一種親和的態度對你，讓你沒來由地就對它有了好感而喜歡上了它。

歸整好了行李，一家三口出了旅館門，想看一看環境，也還想再吃點東西。來時，計程車轉進旅館之前，眼角餘波已經掃描到一名稱「玉滿屋」的中式快餐店，沒敢動聲色，免得讓德國佬笑話，人到那兒也都忘不了咱中國吃的。當然，這會兒，即刻就進入眼簾的「玉滿屋」三個中國字還是笑倒了身旁的兩人。沒好意思要求進去瞧一瞧，卻在不遠處一座加油站前見到了一個大大的紅色「M」字，這紅色的「M」字是天下小朋友的最愛，自是逃不過我家小朋友的玉眼，而這「M」字地方，真正該是最後一著「吃」的棋子才對。然而這大不列顛帝國，在吃方面實在是太不爭氣了，溜了這一圈，除了左一家右一家的小酒館之外，沒見到甚麼餐廳之類的字眼，而不景氣與落魄，從一間間一棟棟貼著「To Let」的屋寓窗洞門前照著人，我們只好收拾了各人的心思，選擇了那大大的紅色「M」字之地去完成了在倫敦的第一個晚餐。

倫敦，卻是讓我來看看你！對你，雖然還不能有臨水照花般的明朗思緒，而甫下飛機以後的一連串初遇，知曉；你的讓人安心是準備好了一切，同時就放在垂手可得，放眼可及之處。你是一個知遇的主人。

仔細看著倫敦的時候，許多平日裡沒有上心的事就這麼一件一件逐漸聚攏而溢滿心頭，事事都有「原來就是它啊！」的霎然清明。遊巨大壯觀的倫敦橋，只見橋底波水盪漾，一路迤邐蜿蜒而去，不見盡頭，問身旁的人：這又是甚麼湖海？只見這人鬼鬼地眨著眼回說：這倫敦橋少了詩人筆下的泰晤士河（Thames）

公園裡的花樹湖影很親和的散置錯落在這黃金貴族區裡（王雙秀　攝）

來做底床，不就不成其為倫敦橋了嗎？啊呀呀！難道這竟是泰晤士河不成？怎的這字面上就一些兒也聞嗅不出它的根底？

真真是沒有料到徐志摩的泰晤士河與康橋竟是這樣的走到我的眼前。泰晤士河與康橋在中國人的思想裡大約要超過倫敦吧，我怎麼會到了倫敦以後才把他們牽扯上了關係呢？是我太孤陋寡聞了？

到了倫敦，自是要去女王的住宅「白金漢宮」。意念中雖是皇門深遠巨大，卻是座落在百姓可以見及和身臨之處。下了地鐵，先穿越幾處有名的市街，人身卻已經站立在「綠色公園」的前方。公園裡的花樹湖影很親和地散置錯落在這黃金貴族區裡。而從公園的這一頭，眼波越過一層層的園景，「白金漢宮」正遙遙地用等你光臨的姿勢面對著你，向你招手。行行復走走，瀏覽著園中景緻，卻時時處處都讓我聯想到漢堡的阿士特湖以及漢堡的植物公園。漢堡與倫敦，也許因著氣候與地理環境的類似吧，致使兩地的住民的美感經驗如此相近。在公園的建製上都採用了相同的理念。

深廣院落裡的皇親國戚貴族們也不得不解開了神秘的面紗（王雙秀　攝）

英國雖然是由女王領政，是一個帝王國家，而確實又是一個貨真價實的民主國家。白金漢宮氣派的廣大門牆，就是在人人可見可及的綠色公園盡頭，眼波穿越這由鑄鐵打造成的深藍色漆金柵欄式門闌，你可以瞧見帶著皇宮貴族或來訪賓客的簾幕深垂的黑色馬車的進出。

穿越兩排門樓的中間空處，隱約可以瞧見中庭處，是迎賓與道別之地吧，遠遠門外行經的遊客，只要注意往裡瞧，都能瞧見點什麼端倪。難怪英國皇族會有這些許豔聞軼事傳世，這顯然是隱蔽不周的後遺症吧？

倫敦，讓我來看看你。下飛機之後一連串的接駁，深深讓人感覺這國家到底是有根底的大戶，他是用了一顆虔敬的心去歡迎來家玩的客人，不似一些其他大城對人的漫不經心。因此，它為它的來客，做了很詳盡的考慮與規劃。

所以，這日不落的大英帝國，雖然在當今以「經濟掛帥，財富當道」的世界，它在政治與經濟的舞台上的地位已經下滑而大不如前，而那「曾經擁有」的風騷與渾身上下四射的光華，仍然

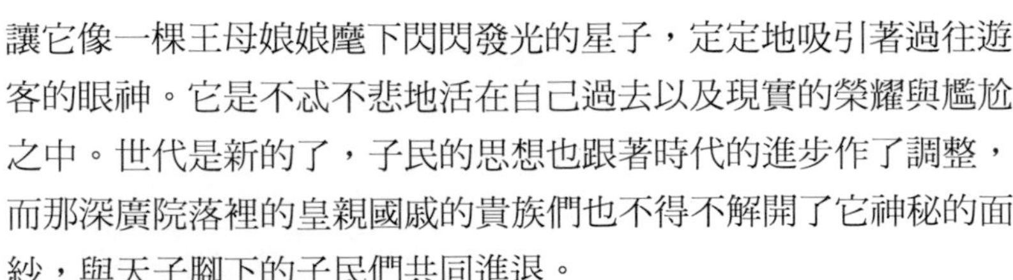

讓它像一棵王母娘娘麾下閃閃發光的星子，定定地吸引著過往遊客的眼神。它是不忒不悲地活在自己過去以及現實的榮耀與尷尬之中。世代是新的了，子民的思想也跟著時代的進步作了調整，而那深廣院落裡的皇親國戚的貴族們也不得不解開了它神秘的面紗，與天子腳下的子民們共同進退。

旅館裡，整理房間的女侍，多半是彬彬有禮的黑膚女子，也真只有具備了擁有英國這樣歷史的地方，才能培養出如此泱泱大度的工人儀態。在英國見到的許多這式人等，由他們身上所發散出的人性氣息，真是與在南非國家見到的大有不同，大異其趣。她們不但打掃清潔整理床被，你櫃裡的什貨衣衫鞋襪也都給不厭其煩地整理得秩序井然。原來，所謂精緻生活，講究的就是這樣的「不厭其煩」、「不怕麻煩」，在生活上的細微末節，處處不放棄去注意。所以，它的家道是中落了，而大戶人家的架子與氣魄卻掩隱不住，即使窮了，在平常日子也能陳列出如此像樣的菜色。

所以倫敦，一個能跟上時代步履前進的智慧之城，你開啟了大門，不吝嗇展示你舊有皇室的高華氣質與輝煌歲月，也不介意讓新穎的世代，在你的身上鑿琢出新歲月的痕跡。你的大度，讓人逐漸與你有親，所以即使康橋的雲彩不再、也帶它不去，我仍然欣欣然踏著徐志摩詩人的腳印，來尋一尋你掩藏在迷霧深處的臉龐。在我次次的與歐陸都會的相遇中，是你留給了我親切又和藹的印象。你的臉，可以說仍然是貴族的，卻是已經下放到了民間。

美麗的英國莊園

林奇梅

趁著還有幾天的假期，乘坐一部舒適卻不昂貴的遊覽車前往英國北部的一個著名的轄郡，名為達比轄郡，那是一個著名的風景區，轄郡非常大而寬廣，是英國最為美麗的都郡之一，在那兒有一座頗富盛名的查德渥斯莊園。

由於下著雨，車子不疾也不徐地在寬廣的高速公路上行駛，坐在車內一路欣賞英國的鄉村風光，雖然在雨中霧濛濛的，從窗外仍然可以看出景色的美麗，一幕一幕的畫面像是電影影像。

九月時近秋分裡，排排茁壯的栗子樹上掛滿了一顆顆綠帶黃的栗子，很是美麗，串串的栗樹果實，不免使我想起多年前剛踏進英國的第一個春天，看見滿樹粉紅和滿樹是紅的栗子花時的那一份興奮和驚訝，真的無法用筆墨來形容，栗子花挺拔而有勁地掛在枝芽上，花開朵朵聚集成一串像蠟燭似地點燃在樹稍，美得讓人驚羨造物主的全能功夫，遠看整棵樹花開得台麗，紅透了天邊。

查德渥斯莊園。（林奇梅　攝）

前往莊園的旅途中經過了無數的英國村落，其中最為有名的風景地區莫過於科茲渥區，這一地區的山丘傾斜有致，一望無際的綠油油的草皮，牛羊點綴在草地上嗜草，陡峭的森林河谷分割了幾個不同的城市鄉村，每一個村莊顯出不同的面貌，科茲渥區的房子建築比其他地區都來得有生命力，由於科茲渥山是一種石灰岩與白堊，這一些土石就像粉筆與乳酪一樣的不同，外加石匠與藝術家的精工細琢作品，使得這一地區的每一棟房子都充滿著英國特有的情調和風味，科茲渥山的石頭色彩繽紛，從金黃到藍灰都有，而且各種色彩隨著天氣的變化產生不可思議的效果，所以科茲渥區的景色與建築維繫著一種完美的關係，這一帶地區在中古時代是著名的產羊毛地區，當地的城鎮在羅馬時代是以出口羊毛和布料而致富，所以科茲渥區是著名的羊毛區和富有區。

一路欣賞著風景名勝，不知不覺地車子已經來到了達比轄郡，車子沿著蜿蜒崎嶇的山路前進，盡在眼底的景色是綠油油的山丘，那就是要進入查德渥斯莊園的周圍環境，美麗的山腰襯托著這一座世界有名而宏偉的建築，更為金碧輝煌，寬廣的莊園大道引領著成千成萬的遊客參觀。

查德渥斯莊園的寬廣土地是威廉威帝公爵於1549年已承購，第四代帝蒙轄郡公爵，對於威廉國王有了很大的貢獻，喜獲巨額大筆的獎賞，於是公爵邀請設計倫敦聖約翰史密斯廣場的建築師湯姆斯·亞吉建築師來設計與規劃。觀看查德渥斯莊園的建築的外表確實模仿法王路易十六的皇宮建築而設計，其結構式樣則採取介於法國和英國皇宮式樣來建造。

莊園內收藏品以及古董都是非常珍奇的古物，例如進門大廳裡的母女雕塑，是遠在西元一世紀羅馬時代的作品，母親的衣服裙擺雕塑得栩栩如生，母女情感表現得自然而豐富，繪於屋頂上的凱撒大帝的精細壁畫神韻有力，大石梯階旁的的小櫥窗擺飾著三輛不同時代的嬰兒車，有製於西元16世紀的銅製的嬰兒車，又有18世紀以及19世紀的嬰兒車，各時代不同而互為媲美。

一座高有六層的鬱金香花瓶座是17世紀來自荷蘭的古老陶瓷，畫室裡的畫作有遠自第一公爵所採購的世界著名的圖畫作品。於第一公爵時設計了寬而長的貴賓起居室可以遠眺莊園外的玫瑰花園、海馬噴泉、卡斯卡達瀑布，美麗的視野展現在眼簾裡，非常地怡人而心寬舒曠，而這一間起居室有過輝煌的歷史可陳，在西元1939年至西元1946年曾經是戰爭時候的女學生宿舍，隱藏在貴賓起居室的牆上有一幅世界最為著名的小提琴圖畫，是珍凡德威畫家所畫，這一幅畫可以說是查德渥斯莊園之無價之寶。

莊園內著名的史克特大廳，它的設計保持著英國瑪麗皇后曾經居住過的式樣，唯一更改變動乃是牆壁上的壁紙，我喜愛牆壁上的壁紙是在17世紀時由中國進口的中國花卉鳥樹木的自然景觀壁紙，這些壁紙有25-40卷，每一間屋子都有4呎長12呎寬，歷經幾個世紀，壁紙上的花鳥有變淡與淺，然而經過藝術家們重新整理和繪畫貼上，也栩栩如生而與原來的真跡一模一樣，而花鳥更顯得突出和魅力。這一座大廳最讓我感到驚奇的是有兩座威廉國王在西敏寺加冕的座椅，那是第六世公爵當宰相時，國王所贈與的禮物，是無價之寶的殊榮。

莊園內的教堂堂皇而高貴，天花板上的壁畫訴說著耶穌故事，是名畫家路易斯‧萊格羅所繪，神壇座立在大廳之正中間，安靜而富精神慰藉。

查德渥斯莊園，最為古色古香的廳房就是橡樹廳，房間內的柱子以及家具和天花板都是橡樹雕刻製造而成，這是第六世公爵最為喜愛在夏天裡招待客人的房間。在通往小教堂的小通道走廊裡，一隻人的腳掌雕塑很明顯地在走廊的廳堂裡，已經被證實其

年代的久遠，是自西元一世紀的希臘雕飾品，世界上只有一對，另一隻人的右腳掌雕塑就在德國的柏林博物館內。

參觀了莊園內價值連城的古董，莊園主人每年以無數的金錢，使用最為現代化的科學方法來做古董的維護保存和管理，我真感動和尊敬。

走出了莊園的大廳，欣賞著查德渥斯花園，寬廣的花園隨著莊園的建立而有了園藝的美麗與輝煌的時代，花園之美大都是來自第六世公爵當時花園的設計師傑士佛巴斯頓的代表作，花園的風華是英國其他古堡花園所不能媲美，整個園林裡除了一大遍一大遍的花舖種著不同的花卉外，更有了花壇、斜坡式的草坪、溫室、噴泉和水池，長達幾公里以樹籬築成的迷魂陣，和使用黃楊樹的植物為雕塑的植物雕刻，花園中間有了一個著名的噴泉，水池內的海馬噴泉雕塑是集聚著名的雕刻藝術家的聯想而成。

查德渥斯莊園的建設是非常的高貴和優雅，查德渥斯花園的建造經過幾代的調整和改進，它頗受英國頂頂有名的園藝設計師名叫「萬能」布朗先生的影響，布朗對於園林的景觀的設計有其獨到的見解，當他來到查德渥斯古堡時，他接受了公爵的信任，下定了莫大的決心，要讓這一片近似荒蕪的沼澤地，成為真正能代表英國式的花園，來展現給世界各地的喜愛花卉園藝的王宮貴族。

另一位莊園的園藝設計師是巴斯頓，他的水景設計頗為壯觀，設計模式大都採用（繪畫式）的構圖方式，其中有威靈頓的岩石山、強盜石瀑布、廢墟式的引水渠、以及柳樹噴泉、大溫室、還有迷宮；岩石山因處理得巧妙而極其著名。

走到莊園內的大花圃裡，沿著花道欣賞花木，觀賞著大小玻璃溫室內的花卉、引進的亞馬遜河的百合花、山茶以及稀有的熱

帶植物。我以寬暢無比的身心沐浴在美麗的園林裡，我感謝莊園主人的熱忱，僅以我一位平民百姓身，卻能像貴族般地沐浴在風華無比的莊園裡，享有了這次知性之旅，又啟迪了我的心靈。

倫敦溫伯里體育場

林奇梅

豪士頓山嶺是居家附近的一座小山丘，山兒並不高，是一座很適合每日登爬的山，沿著登山小徑，走在濃密的樹蔭下，頗覺涼快。一路上悅耳的鳥兒鳴吟聲和唧唧的蟲聲，此起彼落，令人陶醉，我沐浴在充滿著濃密芬多精，古木參天的森林園裡，感覺清新。

登爬到山頂所費的時間並不長，所耗的精力也不多，不一會兒功夫，我已經登上了山頭的最高頂點，我就站在這高高的豪士頓山嶺上，環視著山腳下的風光是多麼寬闊，景色是多麼地怡人，呈現眼前是自己住家的格林佛小鎮，鄰近溫伯里和哈羅區的城市風光，櫛比鱗次的屋宇，蜿蜒曲折的街道，排排茁壯挺拔的橡樹，高聳頂尖的教堂，真是一幅美麗的圖畫。

讓我印象最為深刻的地方，莫過於一座位於豪士頓山腳下的倫敦溫伯里地區的溫伯里體育場，這個體育場就離我家並不遠，它的建築結構非常堅固宏偉，是一座具有80年悠久歷史的體育中心，被視為英國體育的靈魂所在，它代表著英國體育的權威，見證了英格蘭足球的輝煌與驕傲，是球迷心中的一塊聖地。

溫伯里球場是世界上最著名的專業足球場之一，落成於1923年4月28日，原本是為1924年英國博覽會而建的一座大型建築，然而，溫伯里落成當天舉行了首次英格蘭足球盃總決賽，史稱為白馬決戰。當天觀看的人數就超過了24萬人之多，創下了比里約熱內盧盧馬拉卡那體育場，曾有過的巴西與烏拉圭爭奪世界足球冠軍決賽的觀賞人次的19萬人還多，從此以後，每年五月英格蘭足球總盃決賽都在此舉行，事實上，這一個球場的設計，除了是足球場比賽的好場所外，同時還可以作為其他運動項目的比賽和音樂表演的場所。

比如1948年還曾作為夏季奧林匹克比賽場所，1995年世界盃橄欖球賽英國以16比8贏過澳大利亞隊，1983年及1985年也曾經作為熱門音樂的表演，在非洲領袖曼德拉70歲生日時，為愛滋病人所舉辦的一場慈善義演，都造成轟動和歡迎；麥可傑克森在1988年的五場表演，觀賞的人數竟然超過50萬人。

溫伯里體育場越來越熱門，被使用的機會越來越多，維修的事情當然也就跟著多了起來，隨著參觀的人愈來愈多，座位也就相對不夠使用了，所以重建的輿論開始議論紛紛；直到2000年10月7日在溫伯里足球場，英國隊以2比1勝德國隊的飛耶球賽，那是最後使用足球比賽的一場決賽，足球場重建計劃就在當月塵埃落定，溫伯里體育場才完全終止舉辦各種比賽和表演。

被視為英國體育的靈魂所在，它代表著英國體育的權威，見證了英格蘭足球的輝煌與驕傲，是球迷心中的一塊聖地。（林奇梅　攝）

2003年舊的溫伯里球場終於被拆除，新球場的承建歷經多次的延期和增加預算，經過了七年，耗資8億英鎊的溫伯里體育場，終於在2007年3月完成了。

新的溫伯里體育場（Wembley Stadium），有滑動的屋頂，球場和音樂廳，至少可容納90000個人座位，它還有一座造型特別高達138米的拱門，這一座拱門就像一座斜拉橋，使得溫伯里體育場遠看像是一座被懸掛在空中的美麗花籃，多麼雄偉氣派。這一座球場從上一個世紀的二十年代開始，幾乎是英國舉辦所有正式足球比賽的決賽場地，一些比較特別或是大型的的餘興節目表演，比如聖誕節聯歡晚會，世界兒童援助基金會的活動等等，都在溫伯里體育場舉行，也因此，在英國，如果有人提到溫伯里體育場這幾個字，莫不為之激動，而滔滔不絕地談論著。

2007年3月24日開幕的第一場正式足球賽是英國U21和義大利U21代表踢球的友誼賽，在同一年的5月12日英國足球總盃決賽就在新的體育場舉行了，第一場橄欖球比賽也在2007年的八月舉行，而第一場音樂廳的音樂會是由熱門音樂家喬治馬歇爾的個人音樂會，2007年的幾場音樂會中最讓人稱許的音樂會，莫過於是在7月1日由英國威廉和亨利王子，為其母親黛安娜王妃的逝世10週年紀念所舉辦的慈善音樂會，這一場音樂會座無虛席，幾近於10萬人觀賞的場面，感動的場面令人回味無窮，另一場為拯救大地及幫助落後國家而舉辦的音樂慈善表演也甚為受歡迎。

2008年4月6日，北京奧運會傳遞的火炬到了倫敦，就是從這裡作為起點而環繞著整個倫敦市，溫伯里已經成為英國的體育標誌，這裡也見證了英國體育歷史無數的輝煌成績。如今溫伯里已經成為一個世界足球場，2011年歐洲盃足球賽以及2012年倫敦奧運會將在這裡舉行。

西弗古堡

林奇梅

西弗古堡（Hever Castle）位於英國肯特郡的美麗鄉村丘陵裡，以皇宮來讚美它並不足為道，因為它的建築規模不大，遠不如溫莎古堡的雄偉與華麗，稱它為「迷你的皇宮」恰當些，小小的西弗古堡，每年吸引幾十萬人來駐足參觀和研究，自然有其特別吸引人的地方，那就是源於英國最著名的風流國王亨利八世與皇后安波林的羅曼史。

這一座古堡建築，建於西元13世紀，古堡有巨大的城門和城牆，在16世紀時，由國王亨利八世的皇后安波林的父親依著名的漢普頓皇宮的模式加建，並築第二道保衛城牆，是一座非常典型的都鐸式的建築物。

西弗古堡記載這一段史話中，首推莎士比亞所編寫的「亨利八世」等的劇本最為吸引人，而莎翁在劇本上所描寫的也最為淋漓盡致，在英王維多利亞時代，此劇非常地吸引人，每次表演時也都很賣座，至於近代在西元1968年由毛利李斯科所編寫的「亨利八世」電視影集也很轟動和受歡迎。

西弗古堡與皇后的淵緣至深，就在「亨利八世」的這一套影集、「國王亨利八世和他的六位妻子影集」，以及專為「亨利國王和安波林的故事影集」裡，均詳細地描寫國王亨利八世與皇后安波林的戀愛史。國王為了愛安波林，而對於婚姻堅持，因而必須與第一任皇后凱瑟琳離婚，所以英國這個國家自亨利八世才離開羅馬天主教而獨創英國國教。又婚後的安波林，於生了伊麗莎白公主一世後淒慘下台，竟而被判死刑送到斷頭台後，才使得英國倫敦塔有眾多烏鴉啼叫，和魔鬼的出沒，並且時常聽到悲愴淒涼的哭泣聲音。也由於安波林才有她唯一倖存的女兒，就是在英國歷史上無論在文治、武功、商業、海路運輸及海軍等方面都非常輝煌騰達，而極盛一時的伊麗莎白一世的豐功偉業誕生。

依據英國野史的描述，安波林的姿容漂亮可愛，皮膚不是很白，頸子纖細而富女人味，寬闊的嘴唇而性感，有一雙明亮的眼睛而頗能傳神，是一位可愛而動人的女人，頗為幽默而喜歡開玩笑，愛玩擲骰子遊戲，和玩橋牌，嚴格地說起來她並不是很美，學養也不夠深，然卻能博取亨利八世的歡心，早年當她才十五歲時就入宮殿作為亨利八世的皇后凱瑟琳之宮女，然不久就使亨利八世心神迷戀而墜入情網，在皇宮內私通來往已有多年，西元1533年的六月一日安波林就在倫敦的西敏寺由亨利八世加冕為皇后，於同年九月七日就順利產下一位女嬰，這一位女嬰後來就是英國赫赫有名的英女皇伊莉莎白一世。

安波林很高興地擁有一個女兒，卻得不到皇帝的歡心，因為亨利八世望子心切，於失望之餘竟然又起了花心愛上了安波林皇后的宮女珍西蒙，而對於安波林的這一位女嬰並不甚可喜可賀，於是亨利八世決心去除安波林的皇后之名，又由於安波林生性喜愛與宮中美貌的男爵們相處勾搭，因此被蒙上有或無的叛國罪與通姦罪名，可憐地不得申辯而被送到倫敦塔監禁，女兒伊麗莎白小公主也曾陪皇后媽媽在牢獄裡住一段時日，安波林曾經寫一封信表達作為皇后對於國王的一片忠心與守婦道的真誠，卻挽回不了亨利的花心。西元1536年5月19日，安波林皇后全身著黑花緞袍，頭戴白帽，手持聖經，很勇敢地步上斷頭台，創下歷史上最為悲傷的一頁。

安波林的哥哥名叫喬治波林，也蒙上叛國罪名，於同年五月亦被送上斷頭台。可憐的年老父親，曾經風光一時的駐法國大使湯姆斯波林和夫人，也因此傷心過度而於西元1538年身亡，從此西弗古堡被亨利八世沒收。亨利國王每次到西弗古堡時頗為見物思情，於是就將這傷心之地贈與他的第四任離婚皇后安妮克威。

安妮克威皇后是亨利八世最討厭也長得最醜的女人，亨利國王從此不踏入西弗古堡一步，免得見物思情而傷心至極。

安妮克威皇后於西元1557年過世，西弗古堡易主多人，年久失修，損壞、倒塌、沼澤爛泥，西弗也因此默默地無名而沒落衰危，直到西元1903年才由一位事業頗有成就的美國商人威廉瓦福・亞斯特（William Waldorf Astor）購買而擁有這一塊產地。威廉瓦福家族的財富源自於他的曾祖父約翰・傑克伯，他是來自德國的屠宰夫，在西元1783年移民至美國，傑克伯聰明而又有野心，起初以豬皮為主從事各種毛皮生產的生意而致富，隨而購入紐約房地產而更為鴻圖發達。傑克伯的孫子亞斯特，曾是一位美國駐義大利的大使，於繼承頗為豐富的遺產後改從事經商，是為著名的英國時報和名聞遐邇的雜誌宏觀報的主人，當時他足足有餘地有豐富的錢購買了兩棟古堡，一棟是西弗古堡，另一棟是科來威頓古堡。

由於西弗古堡擁有吸引人的歷史淵源及迷人的故事史實，亞斯特先生傾全力資金來修復和建設，他花了時間、金錢、精力以及智慧來重新建立一座古色古香的都鐸式古堡，他花了數百萬美金委託當時著名的建築師李・皮爾遜做全盤的設計和規劃，儘可能地保留原有歷史古蹟，然又不失現代化的西弗古堡。

亞斯特對於古堡的整修，主張古堡內的家具、牆壁雕飾、拱樑、餐廳桌椅、壁爐等等均以模仿漢普頓白宮的模式作為基準，並且室內的裝飾和雕飾繪畫都以都鐸時代的背景為依歸，英國著名的玫瑰戰爭故事，安波林及亨利八世的故事，血腥皇后瑪莉皇后，以及輝煌騰達的伊麗莎白女皇一世的簡略史蹟表略一二。為了對於亨利八世的尊敬，對於亨利八世最為喜愛的餐廳有了最為高貴的雕花餐椅、都鐸式的門檻、家具、以及雍容高貴的雕花式

床鋪等等。當時他除了擁有這麼美麗的西弗古堡整棟產權外，更將600公畝的土地整建數棟都鐸式的屋宇以及一座小教堂。

最值得讚美的是，亞斯特曾常駐義大利而喜愛義大利式的皇宮花園，於是將廣大的花園場地承建一座華麗而芬芳的義大利花園，花園裡有一道長長的花棚架，玫瑰花兒開滿棚架上，楚楚可人又芬芳，各式各樣的花圃奼紫嫣紅，日本式的著名紫藤花朵串串地垂掛而下，人工雕飾的中國式奇岩異石，從岩壁上滋養著苔生植物；細細的水流從岩壁的石縫裡潺潺流出，輕輕地數唱著安波林的羅曼史，更為稱讚的乃是在寬廣的義大利花園裡有一座依湖畔而建的著名音樂廳，每逢假日這一座大廳舉辦各式公開音樂演奏，非常地吸引人觀賞；參觀西弗古堡除了因此了解英國都鐸時代的歷史，引發思古之幽情外，也有輕鬆而愉快的音樂之旅。

環繞著西弗古堡有一條涓涓的伊甸河，溪流輕輕蜿蜒地流過，是西弗古堡鄉村的一條血脈。遠處是一大片綠油油的麥禾田，和一望無際而高聳的肯特威爾森林區，回憶歷史的記載與莎士比亞的古劇描寫，亨利王在與安波林談戀愛時，每次亨利王都帶領著大批的御林軍造訪，但都不會預先通知，卻在附近的山崗上吹起了號角，響徹了整個肯特郡一帶的田園和山林，亨利王威風凜凜地邁入古堡，接受主人湯姆斯・波林的熱烈款待，並且時常與安波林快樂而歡心地走到花園台階上；亨利王喜愛與安波林在花園裡賞心悅目地唱歌吟詩，甚而徜徉在伊甸河旁，觀看著鴛鴦戲水，與雁鳥們騰雲駕空地振翼而飛，一幕一幕的愛情像圖畫，然而也因安波林被殘忍地行刑後，而使得古堡也因此凋零衰危，一切都寫在可歌可泣的歷史記載裡。

觀賞西弗古堡，除了欣賞古堡內古色古香的建築和雕飾甚具歷史的軌跡外，似乎也上了一堂英國都鐸時代的歷史，略知其興盛與衰危，並且深知其具有濃厚愛情悲劇的故事描述，同時走過漫漫又長長的花園棧道，欣賞著義大利式的花園，沐浴在芳香的花兒開放裡，體會到亞斯特家族成功的事蹟，他們深愛著西弗古堡，傾其全力所做的奉獻以及對社會的付出，更深深地值得讚美和喝采。遊罷這一古堡，我思潮起伏，對於古時候皇帝的獨裁，心存戚戚焉，觸摸著屋宇翻閱歷史的記載，使我掀起了無限的感慨。

莎翁故居周遊錄

潘縵怡

一九八二年九月中旬，正當英國秋高氣爽之際，孩子們已回校上課十天，生活皆上正軌，恰是做媽媽的初試離家出遊散心的良機。我事先向一個度假機構訂購了一個禮拜的特別節日假，地點在莎翁故居斯特拉福城（Stratford-upon-avon）的一家旅館，特別節目是學習一下瑜伽術，然而數日之間最大的收穫是對莎士比亞的背景與作品有比較深入之認識。

九月十三日上午有兩小時學習瑜伽，教師是一位來自倫敦的老小姐，自稱在退休後才開始勤練此術。十年以來身心健旺尤勝往年，看來的確是返老還童之明證。下午大家開始遊歷，全班十人分散為三五成群，我與兩位英國女孩同行，去坐兩小時的敞頂公車（Open-top bus）遊覽。我們坐在公車上層，麗日秋風之中，對該城的主要街道與建築物走馬看花了一番，隨後公車駛出城外，並在途中停下兩次，讓遊客下車來參觀兩處郊區的莎氏家產。

其一是安妮·哈薩薇故居（Anne Hathaways Cottage），在城外約一哩的村落蘇達利（Shottery）裡，環境優美，是一所小型農舍茅房，四周花園整理得欣欣向榮，屋內擺設的當時家具擦得光可鑒人。廚房火爐旁有一個高背長板凳，據嚮導說即是往年莎士比亞和安妮小姐婚前促膝談心的所在。

其次是莎母故居（Mary Ardens House）在城外四哩之遙的村莊（Wilincote），就是莎士比亞母親的老家，是規模相當大的標準鐸得式（Tudor）村莊，屋內擺設的傢具之中包括一架木制的捕鼠機！院子旁的倉房中陳列著不少古老農具，正是四百年前當地農家所用的工具， 原來莎翁母親出身地主之家，比莎翁之父家在當時社會地位中略高一層，乃是莎翁頗引以為榮之事實。

九月十四日天氣仍佳，下午和全體瑜伽班同學由教師率領一起去艾房河（River Avon）畔的皇家莎氏劇院（Royal Shakespeare

Theatre）做半個小時之後台參觀，見識到不少效果道具，包括一盆假惺惺的鮮血和控制燈光強弱的電腦機，後台的走廊中滿陳劇照、人物畫像和一列雕像，多屬莎劇演員，而莎翁自己也有兩座小型雕像在焉。從莎翁雕像所在的窗口恰可眺望附近教堂的尖頂。

九月十五日是周中，瑜伽班全天休息，可以自由活動，我就在白天獨自去參觀城內的莎氏家產，共有三處：

（一）莎翁出生處是一幢道地的鐸得式房子，目前屋內改設成小型博物館，對莎氏家族生平和作品以及該屋的歷史介紹甚詳。原來莎翁之父本是一介商人，當他出世之時，其父的手套即羊毛生意已相當欣榮，是城中之名士，經常參與政事。小威廉四歲時，其父榮任市長，地位甚為重要。想來莎翁幼年必然寬裕愉快，他是家中長子，排行卻是第三。他結婚甚早（僅十八歲），夫人比他年長八歲，婚後兩年連生兩女一男，其中次女與獨生子為一胎雙胞，獨子在十一歲夭折。

長女後與名醫成婚，膝下有一女，是莎翁在世時唯一孫輩，也是他直系親屬中最後一位，因其次女婚後雖曾生三子，卻都是早逝！以致現今英人之中姓莎士比亞的不少，皆非莎翁之後代。莎翁本人過世時年僅五十有二，據嚮導說可能是患傷寒而病故的。

（二）新居（New place in Chapel Street）是全城最大的住宅之一。莎翁在倫敦寫作成名之後回到故鄉買下此屋，然後仍繼續在倫敦工作，直到病逝前兩年才在此安頓下來。該宅既有花園又有果園，仍保持著往年的格局，甚為美觀新鮮。宅內樓上現在成了歷史遺物展覽館，陳列的古物之中最引人注目的是幾件桑木刻制的小物件，據說是十八世紀中葉時，一位鐘錶商兼雕刻匠，從莎翁往年在此新居花園中所親手種植的桑樹取材而制的，自然特別富有紀念價值。

（三）霍爾故居（Hall's Croft in Old Town），是一幢規模寬廣的鐸得式建築物，原來是莎翁長女婿霍醫生開業之處。目前樓上有一間廳房專門陳列著當時有關他行醫的書籍和資料，其四壁則懸掛著歷代莎翁戲劇名演員之油畫像。此外，在樓上走廊裡還有一架十七世紀的書本裝訂機，以及一部《莎氏劇本首次合集》，都比室內家具更加引人注目。

當天晚餐過後，在黃昏夕陽中，瑜伽班同學從又集體活動，同去皇家莎氏劇院觀賞莎翁名劇《暴風雨（The Tempest）》，歷時約兩個半鐘頭，是此次假期中最高享受。該劇是莎翁後期四部悲喜劇的最末一部，頗富傳奇色彩，故事看來很簡單，卻又寓意深刻。主角老人普洛斯皮羅（Prospero）是一位魔術家，似乎正代表著莎翁本人，而他手中的魔術棒則象徵著他的生花妙筆。劇中地點是在一所神奇的小島上，其他主要劇中人物也皆有其象徵性質，可以說各代表莎翁藝術天才之一面：艾里爾（Ariel）小巧精美，代表抒情玄想；凱列班（Calibam）野蠻醜怪，代表著現實性和稀奇古怪的喜劇；米蘭達（Miranda）是魔術師的女兒，她的天真無邪正代表純情如詩；而和她一見鍾情的愛人費迪南（Ferdinand）則是年輕戀情的表徵。他倆的結合遂代表著莎翁在浪漫文學上的成就。劇本的結尾更是富有哲理精神。明智而和善的原米蘭城公爵普洛斯皮羅，對篡位者（其弟）前嫌盡棄，他的收場致詞極其令人尋味，尤其是最終數句所揭舉的仁慈、寬恕和自由，豈非正是功成身退時莎翁自己的人生哲理！足可供後人之借鑒。

九月十六日是星期四，天氣依然晴和，由於隔夜觀劇興奮過度，傍晚精神復佳，心血來潮，單獨再度光臨劇院，幸運地購得最後一張入場券，欣賞了一場莎翁早期喜劇《無事生非》，其布景與音樂都屬上乘，只是內容僅表現社會喜笑百態，比較缺乏深度意味，是一部輕鬆俏皮的熱鬧喜劇而已。

星期五又是個秋高氣爽的台陽天。上午的瑜伽班以合組一朵蓮花為結束，頗有美感。下午又與兩位英國女孩結伴出遊。先去看半小時的「莎翁世界視聽表演」，是一種很新奇的玩意兒，在特別布局的暗室中演出，戲劇化地介紹出四百年前的英國盛況，十分生動有趣。然後我們去河邊散步，參加一次約一小時之久的遊艇之旅，靜觀河中鵝鴨游泳，並見兩岸花草茵茵，垂柳處處，竟有幾分神似我國江南好風光呢！捨舟回岸，最後一項節目乃是進城逛街購買紀念品。

看來小小的斯特拉福城，除了點綴甚密的歷史性建築物之外，所剩者都為旅館和飯店，無怪乎街上的行人多屬遊客！商行與書坊的規模都不大，陳列的紀念品自然多半與莎翁有關。我僅選購了一些糖果與明信片。同行的一位英國女孩想要給她的姑媽買一件生日禮物，挑來選去，才決定買一罐茶葉，上面有莎翁的玉照一幀，而以其喜劇《皆大歡喜》為標誌，我看了一眼笑道：「咱們這次來度假豈不正是皆大歡喜嗎！」

法國楓丹白露城堡博物館與花園

趙曼

楓丹白露之於巴黎，相當陽明山之於台北，我去過楓丹白露及陽明山大概上百回合——都是當導遊！非常熱愛這法國文藝復興的勝地，更是我童年許下心願，一定會「愛在他鄉」的夢幻詩意城堡！

果真，長大後我成就了浪漫心願——舊愛新歡千里迢迢均邂逅在這華美風尚的花園城堡中，嬉笑快樂地拍照，一次次的景物依舊，一次次的人事全非，望著這些照片——只有我和景物相同，朋友卻是一批批換過！不用落寞，不用傷逝，我們人，生來就是過客！船過水無痕，我們一旦離去，又有一批新遊客擁入！

楓丹白露的歷史背景赫赫有名，不下於羅浮宮、凡爾賽宮！在法國皇宮中以壯麗古堡、森林狩獵、沼澤區最為名聞遐邇；翻開法國史，竟有32位國王、皇后歷經八個世紀的法國政權核心，於此處演繹：包括著名的法蘭西一世、亨利二世、四世、拿破崙三世等等！

位於巴黎西南部，在馬恩河與塞納河之間，這法國文藝復興勝地，在12世紀時，僅是路易六世的狩獵行宮而已，在路易七世就擴建一座教堂，到聖路易時，再建築了楓丹白露城堡外加修道院，及至15世紀末，均為法國國王們的狩獵據點。而法蘭西一世時，特別敦請義大利佛羅倫斯大畫家盧梭（Rosso）與羅馬大畫家普希馬蒂史（Primatice）裝潢，由建築師布灰東（Le Breton）規劃這羅馬城堡，與文藝復興風格相互輝映，產生了箸名楓丹白露畫派。

王子庭院是典型以古希臘英雄史詩當成繪畫建築的特徵，由亨利四世擴建；及至波旁王朝更添加無數古典風格建築，到1634年路易十五時；建築大師杜・塞沙（Du Cerceau）重建了有名的白馬庭院迴旋樓梯，也就是在如此著名的白馬廣場（Cour du cheval Blanc）。拿破崙這位蓋世英雄，被迫參加自己的遜位典禮，我在巴黎曾看過這段影片：拿破崙在鼓聲隆隆中，一步一階走下樓梯，沉鬱、無淚、氣氛詭異，英雄未見白頭而倏然幕落！有多少無奈？又有多少不堪？他就此被放逐到聖赫拿島上！此前曾有一段榮華富貴，醒握天下權，醉臥美人膝的美好時光，在法國大革命時，楓丹白露曾被嚴重洗劫，是拿破崙修復，成為他贈與情人約瑟芬的行宮，他寫給約瑟芬的情書，傳世不朽。除了畢生屢戰屢勝，好大喜功外，其著名於世的「拿破崙法典」更是當今全世界各民主國家自由、平等、博愛的法治基礎寶典！我曾兩度帶父親趙錦將軍來楓丹白露參觀，因為父親在1952年為軍史館編寫了「拿破崙戰史圖輯」一書，將近60年的古書，已是斷簡殘篇：2009年父親交予我和德勝以電子稿圖文編輯為現代化電子書，希冀目前93歲高齡的老父，歸納舊作於「畢生感言」一書能歡欣親眼目睹，且能為國家圖書館典藏！

在復辟政權時代，法國歷史上的末代國王路易腓力，亦大力整修楓丹白露，才成今日馳名的「楓丹白露博物館」，供後世萬代參觀憑吊！楓丹白露博物館中，古典雅緻傢俱古色古香；而名畫點綴在精雕細琢廳堂中，更顯金碧輝煌！壁爐、彩繪圖案、大理石雕塑、長廊、壁毯，分散見於各個廳堂！國王寓所、沙龍、舞廳、教堂、法蘭西一世畫廊、大廳、戴安娜畫廊、御座大廳等等，裝飾得美侖美奐，讓人目不暇接與驚嘆！其中拿破崙睡過的鎏金華貴床，雕塑滿床帷的金雕橄欖樹葉，古典風格，但顯得短小不正常，正因蓋世英雄拿破崙的身高還不滿150公分！我曾帶父親參觀過法國軍事博物館及拿破崙紀念館，看到古代法國軍裝水藍色、棗紅色鑲嵌緞面墜子及金色耀眼盔章、扣子，實在非常美麗，質料好、時尚風格、帥氣，惟一不解的是太小太窄，按照我們現在的時代女性的體型拿來穿，會超自卑自己「太胖」，因為保證連衣袖都穿不過去！如何打仗？穿這身舞台秀軍裝，真不

知如何打贏那些穿草鞋、布鞋，打綁腿且跑得飛快的土匪兵？

楓丹白露最著名的兩座博物館之一，便是當年八國聯軍時，從中國掠奪而來的豐盛珍貴藝術品、文物、古董、字畫等，及各國進貢法國王室的精品，有兩座中國大石獅把守門口，典藏著非常豐富的中國藝術珍品，馳名國際，可惜一般人很少得知！另外，拿破崙一世博物館，則典藏著其家族所有華麗珍品、遺物、王室家族中各成員的畫像、加冕禮的證書、皇冠、寶劍、帽子、綉花服飾、及遠征埃及無往不利的活動帳篷、行軍船、埃及折疊椅等等！

楓丹白露在秋天落葉紛飛時，去花園遊逛，充滿異國情調，我最愛穿著高統馬靴，踩在厚厚的金黃色落葉上，一步一踱都是沙沙、殺殺、啾啾之聲，煞是有趣！楓丹白露是世界第一花園凡爾賽宮的前身，共分五大部份：鯉魚池、大公園、英國式花園、戴安娜花園、花圃；這些庭園景色優美絕倫，也參以庭園珍禽異獸，如美麗驕傲的孔雀，愈多人圍觀，孔雀開屏愈加盛大，攝影機閃光燈不停拍下其英姿風發的照片！黑、白天鵝及鳳凰、山雞、鯉魚、野雁、鷺鷥到處可見，遊園驚夢的馬車，是由一位和藹可親的法國「笑面伯」駕駛，繞著偌大的皇宮庭園一周，實在值回票價！國王葡萄園、瀑布、噴水池、各式小別宮及一公里多的長運河，可以買些麵包，撕成碎屑餵魚池中的五色雜陳漂亮大錦鯉、天鵝……。楓丹白露最引人入勝者，是旁有著名的巴比松（Barbizon）藝術家村，日本人是包車、包團擠塞、擠爆，這兒齧集雕刻家、畫家、各式餐廳、畫廊的小鎮；悠遊閒逛，風光怡人。

我曾和朋友們約定，當我們老時，要在遊人如織的美麗巴比松開畫廊複合式咖啡廳……。

法國

香榭大道與凱旋門

黃德勝

每逢週六、日我與趙曼及她的朋友們，總相約在巴黎地鐵一號線的星辰廣場（Place de Etoile）站，當長長的輸送帶電梯快到盡頭時，頑皮的趙曼一定要她初臨巴黎的朋友們閉上眼，一直到她大叫「張開」時，歡呼驚喜聲四起！哇！凱旋門！巍然壯麗！拍照！週而復始！樂此不疲！

凱旋門是拿破崙在1805年奧斯特利茲戰役大勝時，向忠於他的將士官兵宣告：「你們必將經由凱旋門凱歸！」。隔年奠基，但建築師夏樂剛的設計引起爭議，中間歷經拿破崙在1809年因約瑟芬另有情人而與她離婚，1810年為締結外交，而與奧皇女兒瑪麗・露意絲政治聯姻，為了討新娘歡心讓她永生難忘，拿破崙不顧剛動工的凱旋門，而敦請夏樂剛搭了同尺寸模型的凱旋門，讓新人從下穿越直達羅浮宮進行結婚大典。

強摘的瓜不甜，1815年拿破崙帝國瓦解了！凱旋門延至1836年路易腓力當政時才完工，1840拿破崙軍隊行列穿越過！1885年大文豪雨果遺體也穿越了凱旋門！1919年聯軍勝利遊行隊伍通過凱旋門！1944巴黎解放由戴高樂將軍率領民眾由凱旋門出發！趙曼說她也常帶許多朋友穿越過凱旋門！她總是帶大家到正中央，1921年點著永不熄滅長生火的無名戰士墓前祈禱，正右方1792年志願軍出征是藝術家法蘭西斯・露德的作品，刻劃法國人民出征捍衛法國；正左方則為高圖J.-P. Cortot的立體淳雕，是頌揚1810維也納和約之凱歌；帝國軍隊將領名字也一一刻在小拱門內牆上；半浮雕為塞赫Seurre作的淺雕，描繪1799年拿破崙戰勝土耳其！奧斯特利茲戰役由均特Gechter刻劃的浮雕，是歷代以來，描繪最著名之「智謀戰爭」，在奧地利沙象Satschan拿破崙軍隊擊碎結冰湖面，使數萬敵軍溺斃的場景！頂樓看台真是瞭望巴黎的最佳地點：正前方的香榭大道筆直通向協和廣場的埃及紀念

碑，斜右對角是巴黎鐵塔，正後方是拉・德芳斯（La Défense）的新凱旋門「方舟大厦」。

凱旋門高50公尺，其巍然聳立在戴高樂廣場正中央，戴高樂將軍逝世之前，名為星辰廣場，老巴黎均簡稱星辰！因為像星辰般放射延伸出十二條大道，其中以許多名將領袖命名：如瑪索大道、福熙將軍大道……，這可是摩托車騎士的最大挑戰！

我初抵巴黎，接童年小友來信：德勝，真羨慕你去巴黎，請幫我圓一個夢，扛著長長的法國筷子麵包，在香榭大道上走來走去……，我很榮幸幫小友完成他的夢！在這巴黎最著名、人潮最洶湧、領先最時尚、最熱鬧的大道上，不勝雀躍之至，坐在知名的百年福蓋露天咖啡座上，啜飲歐洲第一品牌LAVAZZA咖啡，看著熙來攘往的俊男美女，將腦袋放空，真是好享受、好美麗人生啊！

法國最著名的一首香頌便是「香榭麗榭」，香榭大道早在1667年起建，是法國造園大師安德烈・勒・諾德（André Le Nôtre）為擴張杜樂麗花園的視野境界，規劃的八部馬車並行的林蔭大道！因拿破崙遺體由聖海倫島運返巴黎行經此路，法國人便稱之為勝利之路 ，到菁華名牌店林立的聖杭諾街（Rue Saint-Honoré）為香榭中心。這寬濶的人行道上，充滿人聲物語，數不盡的五星級大旅館、咖啡館、豪華購物中心、名牌衣飾店、電影院、名餐廳、麗都夜總會，鄰接的大街小巷都是各國駐法大使館、領事館、總統府艾麗舍宮、商業鉅子豪門宅府，奢華藝術風格與政治權力融會結合，傳承著永不凋謝的繽紛花都巴黎。

香榭花園是1838年建築師賈克・雷特夫（Jacques Hittorff）所規劃，為1855年世界博覽會而建，噴泉、花圃、涼亭是20世紀初寫「追憶逝水年華」的名作家普魯斯特（Marcel Proust），常漫步幽折曲徑找尋寫作靈感的時髦花園，至今無多大變化；側邊的巴黎市政府藝術收藏「國家藝廊」之大、小皇宮，是1900年第三共和的萬國博覽會中心，一路前行到世界上最美麗的亞歷山大三世大橋，抵達戰爭博物館。

感謝神，讓我在這一世，能和摯愛趙曼重逢，浪漫、徜徉生活在巴黎這座典雅「上帝傑作」的城市，願生生世世愛不止息！

Northern Europe

Northern Europe

北歐

Northern Europe

哥本哈根・奧斯陸・斯德哥爾摩・芬蘭

北歐三城記

池元蓮

1.哥本哈根——最快樂的城市

它站在西藍島的邊緣，面向大海，是北歐的門戶，又是美人魚的故鄉。近年，丹麥當選為世界上最快樂的國度；這一來，其首都哥本哈根便是世界上最快樂的城市。就憑這三點就值得世人對這個城市另眼相看。

哥本哈根是在1167年由一位主教創立的，它的丹麥原名Koebenhavn，意為貿易港。數百年來，歐洲的文化和貨物都是經由這個港口流入斯勘地那維亞半島。今天，哥本哈根是一個國際城，也是世界最大的郵船停泊港之一。豪華郵輪川流不息地到達，在2009年之內便有三百二十艘到訪，帶來近一百五十萬的遊客。

遊客一到哥本哈根，都急著去看美人魚。可是，有的人看了以後有點失望，覺得她個子太小了。其實，美人魚到人間來就是一心要做人，若把她弄成像紐約自由女神那樣的龐然巨像，那才失真呢！

眾所周知，美人魚的故事是從安徒生的童話故事裡跳出來的。多年後，嘉士伯啤酒廠的創立人雅可森要送一個好禮物給哥本哈根城，於是邀請當時最有名的雕刻家做一個美人魚的銅像。在1913年，身段苗條的美人魚被安放到海邊散步長堤的一塊大石上，供人欣賞。從此她的美名遠播，風靡世人。

我以前的家也在長堤上，從客廳的窗戶可看到美人魚。在清晨和黃昏時，沒有遊客包圍著她，只見她孤零零地獨坐石頭上，兩眼望著海，惘然若失。此時的她總使我覺得她是有靈性的。她用舌頭換來一雙人腿，從海底游到陸上來找她所鍾情的王子，但王子另娶他人為妻，最後失戀的美人魚作自我犧牲來拯救王子的性命。

美人魚春、夏、秋、冬均棲身石頭上，至今已快有一百年了。她啞口無言，有家歸不得，所愛的人亦已遠去。她是一個此恨綿綿無絕期的海女；這也就是美人魚最動人之處。

哥本哈根有一條長長的行人街，蜿蜒穿過城的中心。街道的兩旁設有許多木長凳，供路人休息；街旁也有許多露天咖啡店和餐館。坐在這條街上觀看過路人是一種很有情趣的享受，也同時可觀察到居民的生活一般。

哥本哈根人形貌健康，態度悠閒，穿衣服講實用和舒服。那麼，他們是不是世界上最快樂的人？我個人認為，應把快樂改為滿足；他們是世界上最感到滿足的人。

他們滿足的是什麼？且作個簡單的分析。首先，他們滿足他們的社會福利制度，教育、醫療、養老等一切免費。這個制度是由每個成年人（男女皆工作）付出50%以上的收入所得稅，交給政府來維持；所以他們視爭取社會福利為行使他們的公民權。次之，他們滿足他們的生活素質，乾淨的水，清潔的空氣，先進的環保，優美的大自然。最令他們滿足的是，他們每年有法定的兩個月假期，讓他們拿著薪水去度假，等於電池充電。我甚至覺得，他們是為了度假而勤快工作的。

他們有很特別的人生觀：人生的目的並不是追求大富大貴；能在平安中過休閒的生活才是理想的人生。整體來說，他們的理想人生在目前已大致達到，滿足感來自於此。

走在街上的哥本哈根人是知足長樂的一群。

2.奧斯陸——神的園林

暮辭哥本哈根，朝至奧斯陸，這便是從北歐的門戶乘郵輪到斯勘的那維亞半島的內臟所需的時間。

奧斯陸（Oslo）在古北歐語裡的意義是神的園林，所指的神是北歐神話的神。北歐神話場面比希臘神話更偉大，人物眾多，除了神族與巨人族外，還有許許多多的侏儒、小精靈……等。挪威的自然景觀宏偉壯麗，只須帶點幻想力，不難瞥見神話人物的影子，飄渺在山川峭壁間。

郵輪開始進入奧斯陸峽灣，頓時使人產生置身巨人國之感。狹窄的峽灣兩岸，屹立著綿延不斷的巨岩峭壁，高聳入雲，好像一個又一個穿著樹叢做的綠色軍服的巨人哨兵，守著崗位。峭壁間的水面平靜如鏡，反映著岩壁的倒影，不時可見瘦長的瀑布從峭壁頂上奔流而下，好像巨人把舌頭吐出來似的。此時，大輪船一下子像被魔術變成一隻小鴨子，沿著巨壁的腳跟往前游去，過了一灣又一灣。忽然，前面的視野開闊，奧斯陸城出現在峽灣的頂端。

奧斯陸是北歐最古老的城市，建於1050年，適中國宋仁宗在位之時。在20世紀的70年代開始，挪威陸續發現豐富的海底石油礦藏，有如中了獎券，國家一朝發大財，成為全世界十大富有國家的第二名；跟著其首都奧斯陸奪得今日全球最貴的城市的冠軍（哥本哈根是亞軍）。幸好，這個發了達的城市並沒有變成暴發戶，依然保存它一向的樸實氣質和平等價值觀，被視為最宜人居之地。

顧名思義，奧斯陸的名義是神的園林，它的美當然是在其大自然中。那些佩帶著巨型冰川的巍峨山岳，是它的天然鑽石宮殿；那些綿亙在漫長海岸的斷岩峭壁，是它的雄偉城牆；均是不可征服的大自然力量，經過千千萬萬年的運行所留下來的創造物，令人凜然敬畏，產生渺小感，我個人非常欣賞北歐神話，在偉景之前，腦海裡不禁浮起幻覺，古代維京人所崇拜的諸神仍然

活在那裡。在冰峰雪嶺間出現的玄妙流動光線，彷如神女在空中飄舞；巨雲在高山峻嶺間翻滾，風聲呼嘯，使我想起奧丁神手下的女戰神們，騎著雲駒，掠空而過。

當輪船離開奧斯陸時，站在甲板上回顧，奧斯陸城一點一點地退回那些從三面環抱著它的森林而去。最後一個峽灣過去了，整個蓊鬱的神的園林變得無影無蹤。這時，夕陽正好跟大海道再見，把蒼天和海水塗個鮮紅，一道閃閃的金光從天際奔躍出來，跨越紅海。那豈不是雷神托兒駕著他的金車，趕來送客一程嗎！

3.斯德哥爾摩——海上美人

在不久以前，從北歐的門戶到瑞典的首都斯德哥爾摩非得走水路不可。今天，一道新式的大橋跨過海峽，把瑞典和丹麥連接起來。從哥本哈根總火車站上車，半小時以後便到達瑞典南端的馬爾墨城，可再乘火車北上。

斯德哥爾摩享有海上美人的美譽。從海上看她才能清楚地看到她的美姿。這個城市是橫建在十幾個島嶼上的，城中運河穿梭交錯，故此有人說她是北歐的威尼斯。但兩者相較之下，則大不相同。義大利的威尼斯是個自然、柔和、渾身發散著羅曼蒂克氣味的熱情女郎；斯德哥爾摩則是個不苟言笑、台如桃李、冷若冰霜的美人。

每逢晴天，她特別美。在晴空之下，平靜深邃的海水顯得出奇的澄清和蔚藍，宛如一片平滑的天清石，環繞著五彩繽紛的城市。放眼望去，市容極端整潔，整潔得彷彿是一個非人居的娃娃國。城內多雅致古屋，均保存幾百年前的原樣和原色，修繕完美，鮮豔奪目，很有氣派，但在氣派中帶幾分冷峻。

瑞典人的國風與民情與他們的首都相似，有紀有律，抖擻堅挺，但有點冷硬。當他們在週末要鬆懈作樂，便喜歡跑到比較隨和的哥本哈根去。

斯德哥爾摩的港外有一個海外花園，名叫岩礁花園，是由兩萬多個礁石和島嶼組成的，一直向東延伸到波羅的海。航行在岩礁花園中，頗有愛麗絲夢遊仙境之感，海豹、候鳥、小鹿子、大角麋出沒在岩礁間。往前去，岩礁變小島，小島變大島。此時，屋子出現在島上，有的是19世紀留下來的優美莊園，有的是斯德哥爾摩人的週末度假小木屋，島前停泊著他們的帆船和小舟。

斯德哥爾摩最揚名世界的是一年一度的諾貝爾獎晚宴，循例在12月10日，諾貝爾逝世之日舉行。在瑞典、丹麥、挪威三個北歐王國中，以瑞典的皇家為最富有，也最講排場。諾貝爾之夜便是個好例子。

是夜的場面既隆重，又像夢境。大堂的裝飾富有中古時代的宮廷色彩。衛士們沿著寬闊的長樓梯站立著，穿的是中古時代的宮廷華麗軍服。當衛士舉起中古時代的長形喇叭一吹，珠光寶氣的皇帝、皇后、公主、王子出現在燈火輝煌的樓梯頂端，領著盛裝華服的貴賓們莊嚴地走下來。賓客們在燭光、鮮花、美酒、美食中共度華夜。

一年一度，世人的目光注視著斯德哥爾摩。

我在芬蘭的日子

蔡文琪

1991年的夏天我從紐約來到了赫爾辛基，夏天的赫爾辛基天空藍得如此飽和，比希臘的天空更藍，從飛機上望下去，湖泊縱橫，低矮小屋點綴其間。我的心情不是很好，告別了紐約的繁華來到了寧靜樸實的赫爾辛基，我必須重交朋友，重拾書本，我能甘於寂寞嗎，我能克服困難嗎？

當時的赫爾辛基除了麥當勞，紐約有的赫爾辛基都沒有，赫爾辛基有的紐約也沒有，聽起來有點像廢話，橘子和蘋果本來就不應該在一起比。不過吃了大蘋果（紐約別稱）再吃橘子就覺得橘子有點酸。當時的紐約幾乎每個巷口都有中餐館，而赫爾辛基的中餐館屈指可數，紐約有許多的百貨公司，赫爾辛基的百貨公司也只是屈指可數，不過需要的東西（或不需要）的東西都找得到，就是選擇少多了，而且什麼都比紐約貴！

紐約一個都市的人口就幾乎當時芬蘭五百萬人口的兩倍，比赫爾辛基多了十幾倍。赫爾辛基人的平均收入高於紐約人，但紐約人的可支配收入肯定高於赫爾辛基人，直白一點地說就是一般赫爾辛基人的薪水比紐約人高，但是因為稅賦重，物價高，真正到了口袋裡的錢比紐約人少。芬蘭的稅賦高得嚇人，沒有巨富也沒有赤貧，國家抽那麼高的稅是為了讓大家能好好生活。赫爾辛基優值的基礎建設，乾淨的飲水，處處綠樹成蔭的公園不說，芬蘭人從搖籃到墳墓的福利也是好得令人羨慕。你能想像一個婦女的產假可以是三年嗎！不是留職停薪哦，是每個月可以領原來薪水的百分之六十至七十。芬蘭的孩子從幼兒園到大學畢業都不用交一毛錢的學費，政府還每個月給兒童零用錢。更不用說全民健保、全民家庭醫生等基本保障。怪不得我認識的一個美國人嫁給芬蘭老公後決定放棄美國國籍加入芬蘭籍。有這麼好的福利，誰還要那勞什子的美國籍，芬蘭護照去當時的蘇聯也不用辦簽證，又是好處之一。

芬蘭是社會福利主義的小天堂。赫爾辛基到處乾淨而寧靜，這裡的人沉默而寡言，喜怒哀樂不太形於色（天氣冷，被凍的？），這可苦了新聞從業人員。紐約有數不盡的新聞等著上頭條，芬蘭時報的編輯就要多傷點腦筋了，巧婦難為無米之炊。我在那裡兩年印象最深刻的頭條新聞是一隻西伯利亞老虎從赫爾辛基動物園脫逃，費了三天才找到！那三天就不愁沒新聞了。我的芬蘭文化震撼就是「哇塞！有這麼誠實的商人？」去商店買東西，有關質量的問題絕對不含糊，據實回答。有一次我看上了一個皮包，問：「這包是真皮的嗎？」售貨員：「上面沒寫，可能不是，摸起來像是，但可能不是。」要是在其他的地方那些售貨員不信誓旦旦說是真皮才怪！

我在赫爾辛基時有兩個身份，一個是土耳其駐芬蘭使館旅遊處某官員夫人，我的先生當時是土耳其文化旅遊部派駐芬蘭的外交人員，另外一個身份就是赫爾辛基大學傳播系博士班研究生。前者是得丈夫的庇蔭，後者是我自己掙來的。這兩個身份讓我見識到了芬蘭許多不同階層的人，尤其是外國人。當時美國在海外的形象比今天好很多，美國人在赫爾辛基還是很受歡迎的。那時來赫大學習的美國年輕學生，女的嬌俏男的高大帥氣，真是一道美麗的風景。亞洲人裡中國人、泰國人、日本人都有，還有一些隱藏在不同身份裡的傳教士。說到了隱藏，當時我們土耳其使館內部判斷美國使館的某人是中情局的，但我怎麼也看不出，每次開Party見面都覺得對方的眼神十分誠懇。如果他真是，那真是訓練有素。美國外交官並不像大家想像的會說很多外交辭令，有的很直率，我還記得其中一個警告大家絕對不要去非洲某國，「不是人住的，我的前妻就是不想住那個鬼地方才和我離婚的！」他說。還有一個外交官居然問我，「你成年了嗎？」至於那些隱藏在不同身份的傳教士裡我認識幾位韓國統一教的，以從事貿易為名，辛苦賺的錢絕大部分捐給教會。那時耶和華見證會在赫爾辛基就有一個很氣派的教堂，但沒見到台灣常見的穿白衣黑褲的摩門傳教士。

我們還認識了其他如歐洲比利時、奧地利等國家的使館官員。他們都是很會過日子的人，家裡都布置得很有格調，出入有名車。他們之中很多人不是不想結婚就是已離婚。外交官待遇好，周遊世界，又有豁免權，但配偶得犧牲自己的事業，不是每個配偶都願意的，此事古難全。

那時台灣辦事處剛成立，台灣來的華僑、留學生因為人數不多大家常見面，感覺與紐約華僑之間彼此的疏離猜忌完全不同，大夥兒共度了許多美好的時光。完全沒碰到中國大使館的人，據說都住在使館裡，很少出來跟外人打交道。倒是有幾位中國留學生，有北方來的也有南方來的，台灣來的留學生有時也會和他們聚一聚，有一個南方來的女孩，長得很秀氣，和我們台灣來的留學生談起了戀愛，後來卻沒成。是因為當時的兩岸關係人們不看好他們嗎？那個時候的年輕人還是比較在意別人的想法的。中國留學生裡男生一般目標比較明確知道自己要唸什麼，女生有一些就只是為出國而出國，出國之後如果先天資本還可以就順理成章嫁人生小孩了，是比唸完書容易些的。不過，也許只是痛苦的開始，異國婚姻並不容易，如人飲水，冷暖自知。

還有一些是申請政治庇護的外國人，我認識的有中國人也有庫德族的。理由不外乎被政治迫害，從不准生二胎到不准設立母語電台，理由五花八門，就看芬蘭政府接不接受。在結果下來之前，芬蘭政府負責其生活還開課讓他們學習芬蘭語。我認識一位芬蘭的小學老師，因為懂土耳其語，她負責編制課程並教授土耳

其移民的孩子，土耳其孩子人數並不多，但政府卻願意花錢花力氣照顧少數人，讓他們除了不忘自己的母語還能儘快融入當地社會。

赫爾辛基大學坐落於市中心，地理位置很好，沒什麼校園但環境、學習氣氛都很好，當時互聯網剛起步，赫大就鼓勵所有的學生學習使用互聯網，偌大的電腦教室隨時都可以免費使用。後來寫出Linux的Linus Torvalds就是赫大的學生，那年才21歲的他就寫出了第一代Linux，之後他不斷改善程序並決定與世人共享，不收分文！

1991年諾基亞剛起步，我剛開始知道Nokia還以為是個日本牌子呢，後來才知道Nokia是芬蘭中部一條河流的名字，原來創辦人Idestan在19世紀末創辦Nokia時是做水利工程的，後來公司多元化發展涉足了紙業、電力、鞋業、電子消費，最後集中精力發展電子通訊，研發出了世界上第一隻2G的「大哥大」。和今天的手機比起來這款手機真是名副其實的大哥大，跟塊磚頭似的。1992年的聖誕節我送了一瓶紅酒給我的指導教授，他回送我的就是諾基亞黑磚頭，是酷似真品的玩具。過了近20年後的我常在想當時要是很有遠見地買了諾基亞的股票，今天的我得該多有錢呀！

南歐

Southern Europe

義大利・葡萄牙・西班牙・希臘・愛琴海・土耳其

亞當的創造

呂大明

1.亞當與米開朗基羅

羅馬梵蒂岡西斯汀教堂天頂如洞穴的穹窿形是壁畫藝術的精華之處，依照《聖經》：「要管理海裡的魚，空中的鳥，地上的牲畜和全地地上所爬的一切昆蟲。」（創1；26）那是亞當。

我站在教堂裡仰觀這幅畫，地已不是「空虛混沌，淵面黑暗」（創1；2），生命開始在大地上活動，充滿了虔敬，想像亞當正躺在馨香的草地上，他已有形有體，造物主用塵土造人，天上的雲翻起白浪，祂自雲端向亞當接近，向他鼻孔吹氣，亞當成了有靈魂的活人，祈禱聲如迅雷，如疾風……

伸向亞當食指是創造力的象徵，是造物主的智慧，亞當移動充滿生命力的身軀，就在神與人接觸時那火花迸裂的一瞬間，一位完美的生靈被創造了。

米開朗基羅的藝術天才在這幅畫中表現了最崇高的畫境。

羅馬梵蒂岡西斯汀教堂創造於1473年到1481年間，教堂長133英尺，寬43英尺，教堂兩旁頂端各有六個窗子，呈現了早期天主教巴齊利卡風格。

米開朗基羅在教皇朱理二世任命下完成艱巨無比的壁畫，最初米開朗基羅一再加以拒絕，他甚至於憤怒相對，他說：「我是雕刻家，畫壁畫是拉斐爾的專長，他應該為西斯汀教堂作畫，我負責在重要部分從事雕刻的工作。」米開朗基羅終究不能推辭教皇朱理二世委任他的藝術使命。

在西元1508年5月10日米開朗基羅開始踏上藝術之旅，這段旅途苦不堪言，他的家族就靠他辛苦掙來的酬勞過日子，對他沒有瞭解與同情，手足形同陌路，老父受到虐待，他在精神極為孤獨痛苦中努力不輟，終於在1512年聖徒祭日完成了壁畫。

在這四年不止不休的繪畫中，他的身體遭到嚴重的傷害，正如他1509年寫的打油詩：「他的身體已繃成希臘的弓。」那時他才三十七歲，換來繪畫聲名是血淚斑斑。

走出教堂，我在羅馬大街茶座上獨自喝杯熱牛奶，想到特洛伊戰爭的英雄阿喀琉斯懷念他已陣亡的老戰友帕特洛克斯——記憶中的一幕展開，在出征前戰友正為他套上馬鞍，扣上盾甲，然後兩人在一起喝上一杯……老戰友已一去不返，英雄阿喀琉斯痛哭失聲……

藝術巨匠所走的路，也是英雄淚灑沙場的路。

2.羅馬的噴泉與希臘神話

在古老有關絲路的傳說中，據說華山七十二個石洞都是郝太古這位修道人在一塊囫圇的大石鑿出來的，這宏偉艱巨的工程出自僧人的手藝，令人嘆為觀止。

人常常以名稱記下平生永誌不忘的事物，周公以「嘉和」當成書名，漢武帝得寶鼎就以「元鼎」稱年號，叔孫戰勝長狄國僑奴，就以「僑如」來為兒子命名……

羅馬處處都是噴泉，每一座噴泉的來歷我沒去考證，但也許也像華山七十二洞傳說，每一座噴泉都是出自藝匠之手，雖沒有特別的名稱，但慧眼人一目了然，它們全都雕刻希臘神話裡的人物，這奧林匹斯山的諸神，都成了羅馬噴泉的藝術雕刻。

如眾神之王，職掌天地、雲雨、雷電的宙斯和他兩位兄弟海斯（Poseidon）與冥王（Hades），宙斯的妻子希拉是婦女與婚姻的女神，酒神戴奧尼西斯也是植物之神。在眾神之中宙斯最鍾愛太陽神阿波羅與智慧和藝術女神雅典娜（Athene），阿波羅精於音樂與射箭，雅典娜除了是九個繆斯（Nine Muses）的保護者，她也是戰神。

這奧林匹斯山的諸神，都成了羅馬噴泉的藝術雕刻。（麥勝梅　攝）

當然人們最喜愛還是維納斯，據說她是天上人間絕色中的絕色，她從海裡泡沫成長，西風將她送到Cyprus島，四季之神為她披上華衣，當她來到希臘眾神面前，她成了傾國傾城的人物……

維納斯的兒子愛神丘比特披弓帶箭，他的箭不會傷到人們四肢體骸，凡被他的箭刺傷就會產生愛情無形傷痕，丘比特中了自己的箭傷，愛上人間美女泊賽克，就像喝了他母親維納斯園中的兩道泉水——甜蜜和痛苦，一霎時都潮湧而來。

漫步在羅馬街頭會驀然了悟：偉大的藝術如偉大的文學都是千秋萬載的，不會走入死胡同，當印象畫派像嶄新的一個春天來到人間，那個春天就成了永恆，因為印象畫派講究唯美與藝術，濟慈（John Keats）說：「A thing of beauty is a joy forever。」（美的事物是永恆的喜悅），他的詩「安迪彌昂」（Endymion）就以這套美的定律來演繹。

印象派畫師在色彩上創新與安格爾的古典主義、倫勃朗的神秘現實主義、文藝復興的藝術文學、古希臘的文明……完全沒有衝突，因為都是屬於美的事物。

3.羅馬不是一天造成的

華山七十二石洞的故事是這樣開始的，郝太古因聽了師父王重陽的指點迷津；「天上沒有無功於人的神仙，要立功德，才能得道成仙。」郝太古恍然大悟，為修成正果，他來到西岳鍾靈毓秀的華山，修煉他的道——開鑿石洞。

我漫步在羅馬大街上，回味1984年我曾在羅馬住了一個月，一個月的逗留對行程匆匆的旅人是有點漫長，但圓劇場、蒂優裡的維拉帝沙莊園（Villa D´este）、梵蒂岡教堂、梵蒂岡博物館……除了圓劇場像一場噩夢，讓我憶起歷史上恐懼的一頁，人與獸的搏鬥以及殘害基督徒的慘劇外，所有的行程都是美與藝術，那行程一點也不覺得沉悶。

羅馬的幾位皇帝從奧古斯都・凱撒（公元前2年到公元14年）到聲名狼藉的尼祿，尼祿因在西班牙的七十三歲老將領加爾巴率領下進軍羅馬，於公元68年自殺，結束了Divus Carsar——「神權凱撒」的號稱，也結束凱撒家族系統的帝制，那時期一年裡羅馬有四位帝王：加爾巴奧托、維泰利烏斯、書斯帕西安、圖拉真。在圖拉真統治下版圖擴展到極限，占有帕提亞，亞美利亞，亞述和美索不達米亞，但他的繼承者哈德裡安就顯得穩健謹慎，不再東征西討，他像我們古代也有築城禦蠻的想法，他不是建萬里長城，他構築哈德裡安城牆，在萊茵河和多瑙河豎立屏障，抵抗條頓民族和斯拉夫民族入侵。法國現代聞名作家尤瑟娜（Marguerite Yourcenar）就曾以哈德裡安為主題寫成小說。

羅馬內部已有兩百年太平日子，接下來一百年面對異族的壓力，疆土的萎縮，瘟疫蔓延於公元164年至180年間……不過羅馬帝國晚期仍有幾位雄才大略的君主，如戴克裡先、君士坦丁大帝都將帝國從支離破碎中挽救出來。

羅馬不是一天造成的。

從尤利烏斯・凱撒開始，羅馬就一直在攀登文明的殿堂，如希臘、埃及、巴比倫。

羅馬也像傳奇故事華山七十二洞，是僧人修煉功德的道程。

4. 再回到亞當的主題

美國詩人朗費羅（Henry Wadsworth Longfellow）將但丁的詩比喻為一座莊嚴壯麗的大教堂。人類紆徐曲折的歷史經常以年代來區分，誕生在義大利佛羅倫斯的但丁，並不屬某一段年代，他的《神曲》讓他超越了時間。

當我們讀到一位戀者
怎麼地吻了他夢寐中的微笑
那理當在他身邊的情人
驚慌地回吻了他的唇
這是哥萊忒書中的描寫
就終止在那天
我們早已掩卷
一個靈魂開始說話時
別的靈魂是那樣哀傷
他們吶喊哭泣
因為恐懼我猶如死亡般昏迷

我像臨終的人倒臥在地

——根據華爾特、埃倫斯培爾《神曲》英譯詩語譯

美國詩人佛洛斯特（Robert Frost）透過一片薄冰看到灰黃草枯葉凋的世界，我從但丁《神曲》讀到靈魂痛苦與掙扎，然後導向悲憫與淨化的宗教氛圍。

儘管佛洛斯特感嘆樂園已墮落為愁苦人世，黎明毀滅成了白晝……我認為人還在繼續不斷地寫他們自己的故事，在米開朗基羅畫筆下，亞當是人類的祖先，毫無疑問亞當是以「人」為主題，是人的象徵，縱然人類像聖經所描述已被逐出樂園，人類還是一代又一代不斷尋覓屬於生命的曙光。

「我雖然行過死蔭的幽谷，也不怕遭害，因為你與我同在，你的杖你的竿都安慰我，在我敵人面前，你為我擺設筵席……」聖經詩篇第二十三篇是為所有人類而寫的，走過陰暗的幽谷就有曙光，就能面對一度美好的盛宴。

羅馬在宏麗中給人莊嚴肅穆之感，羅馬這座城說它是經過雕刻巨匠的刀筆，或偉大畫師一幅鑲嵌畫都不算離譜。

我漫步在羅馬街頭，就像美國詩人羅賓森（Edwin Arlington Robinson）筆下的米尼佛契維，我也迷失在舊世紀裡，為希臘古城梯比斯，中古歐洲傳說中的亞瑟王宮殿——卡美洛宮入迷……

羅馬古城藝術之美更令我神魂顛倒。

在羅馬看海

丘彥明

羅馬是我鍾愛的城市，去過好幾回，每次思念起總是充滿愛戀。沒有一個城能像羅馬，大街小巷亂竄每一眼看出去或每一回頭都是前塵往事走到現代的風景。

但，我從沒能把羅馬與海連繫在一起。直到有一天……

我的左手拎著鞋子赤著雙足，從被太陽晒了整日略有些刺燙的白沙灘走入溫暖的蔚藍色海水裡。浪花輕輕地一波接一波翻潑過來，不停地濕潤我的腳。海岸線往兩側遠遠拉出去直到視線的終點。

「丘阿姨，這就是羅馬的海。」議今笑著說，滿臉洋溢著光彩。

丘阿姨，這就是羅馬的海。（丘彥明　攝）

第一次見到議今，是個四歲的小不點兒，歷史小說家父親高陽帶她到聯合報副刊辦公室。胖胖圓圓的小姑娘，大大靈活的眼睛戴了一副眼鏡，嘴巴甜蜜，非常討人喜歡。高陽讓她坐在我身邊學寫字，他自己坐在另一張桌前趕次日要見報的連載稿件。

十七歲那年議今先去巴黎，兩個月回台北後，選擇到瑞士讀書，學業完成後實習成績優異被公司留用，派在羅馬工作，後改駐香港，返東方一年因懷念歐洲生活選擇回到羅馬。後來她雖曾赴英國倫敦進修取得學位，思考是否改換國家居住，最後仍然決定留住羅馬。

由於同在歐洲，議今與我經常聯絡，有空她會來荷蘭度假，而她的每個住處我都去探望過。以前，覺得她是個該照顧的孩子；待她長大，兩人卻像朋友一般談心，年齡的差距縮小了很多。

「丘阿姨，我貸款買了間小公寓。」去年，議今來電話報喜訊。「恭喜！恭喜！」我祝賀，讚美她理財有方。

「房子得整修好才住得進去，好煩哦！」過幾個月她電話訴苦。「別急，慢慢來。」我安撫著她。

「房子差不多弄好了，也添了家具，妳跟唐叔叔什麼時候來玩？」議今貼心地告訴我近況。「好啊！我來找機票。」果真按承諾立刻上網尋找飛往羅馬的飛機。

兩小時航程，效、我與外甥來到羅馬，正遇到計程車司機罷工，聯絡接我們的車被潑了牛奶，嚇得司機放著人也不接回家去了。折騰了一陣總算來到議今在羅馬歐斯提亞（Ostia）的家。

才放下行李，議今便興沖沖道：「走，我們看海去。」

「看海？妳不是住羅馬？」羅馬處處泉水，甘甜美味，我們早有體會，卻從不知羅馬有海。

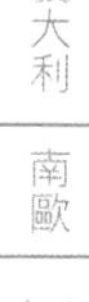

「是啊，歐斯提亞屬於羅馬，寄信地址城市寫羅馬。」議今領著我們離開住家。一路夾竹桃花開得團團錦繡。以前在南台灣許多夾竹桃，從不覺得它花美，記憶中反是它的花朵有毒。奇怪，在這裡，夾竹桃花白色的、粉色的、紅色的、花色非常純淨美麗，忍不住要多看幾眼。

十分鐘步行，眼前已是一望無際的藍色海水，飄浮在空中的淡淡鹹味與水氣立刻叫人心曠神怡。一走到沙灘，我們很自然地脫下鞋來，讓腳掌接觸柔軟的沙層。沙灘上躺著、坐著許多男女老幼，全都舒坦著四肢，臉容帶著輕鬆愉悅。

腳觸及海水了。「地中海的海水大半時間是暖和的，不像大西洋的海水冰冰冷冷的。」議今說著，有幾分得意。嗯！荷蘭瀕臨的北海海水也多是冰涼的，我的思想跟著走，腳步隨著她沿著水線向夕陽的方向走去。

「我的同事住羅馬城裡，上下班也得搭三、四十分鐘車；我下班，搭三十分鐘火車回來，從火車站走兩分鐘就到家。馬上到海邊還可以看日落，很幸福的感覺。」議今講。夕暉將天邊暈染出一大抹色彩，同時反射在海水上。記得有個女友每回看到夕陽就傷心流淚，我慶幸夕陽帶給議今的是工作後的憩靜與睡夢前的美麗。

走過公共海灘，再沿著私人沙灘前行，私人沙灘提供陽傘、躺椅，有設備良好的更衣室、貯藏間以及淋浴，花錢便可享受。但，陽光與海水卻無公私之分，我們自在的踢著海水與沙粒走著，一邊等待著紅炵炵的太陽西落。

從議今口中得知：墨索里尼講，每個羅馬人都應該有權力享受海。所以他從羅馬城中心特別修建了一條鐵路讓火車直通海邊。車票很便宜，現今單程才一歐元。獨裁的法西斯墨索里尼仍有叫人感念的事蹟。

來這海邊的不是外國觀光客，觀光客都留在老羅馬老城中心。呆在這兒的都是羅馬人，許多羅馬人在這兒購買了度假屋，整個夏天就住在這裡。

這裡夜晚彷彿不眠。沙灘間砌出個廣場，修了一段步道橋延伸入海。夜晚，人們就坐在橋欄上，或倚著橋欄，覽月色星光下的海波，聽浪花擊岸的聲音，同時也欣賞廣場棚台上的表演。橋欄邊還有一些夜釣者，專注著他們的釣竿。我們也伏著橋欄觀看黑夜中遠近的燈火，沙灘早沒了弄潮戲水的人影，海岸線單純地彎曲著，寂靜而優美。

廣場上夜夜歌舞熱鬧卻不喧嘩吵雜，一夜我們觀賞了片段的兒童歌舞，孩子們的天真爛漫讓觀眾們開懷而笑。另一夜是四位青年彈唱披頭的歌曲，雖是老歌年輕人聽得興味盎然，許多老人則聽得熱淚盈眶，大約因此記憶起過往舊事。幾個肥胖的老大媽並坐在路旁長椅上，搖頭擺肩腳打節拍，臉上沉醉的表情，彷彿返回少女青春美麗的時光；另外有位老先生忍不住拉著孫女起舞，旁邊一對夫婦立刻響應擁舞了起來。還有一夜搭出了個巨型舞台進行青年才藝擂台賽。

廣場邊許多小販，安閒地賣著皮貨、手飾、眼鏡、游泳衣褲、糖果……，最有趣的是個西瓜攤，西瓜切成薄片，一片一歐元。西瓜攤二十四小時營業，每年在夏天的海邊連賣九十天，成了這裡醒目的地標。見那西瓜多汁的紅瓤，那麼親切，雖然才吃過豐盛的義大利晚餐，肚子仍然飽漲，還是忍不住買了一塊品嚐。當清甜的西瓜充滿口腔，順著食道緩緩流下胃裡，眼前的西瓜攤恍恍惚惚正是小時候台灣南部夜市裡那燈泡吊映的西瓜攤。

濱海大路邊還架設起一個約一百公尺長的白色大帳篷，篷內兩側設置了書架，擺滿了書籍，中間還擺置了長條寬桌也層層疊疊擺滿了書籍，書前站了不少翻閱的人們。露天書篷店也是夏天

羅馬海邊的迷人景觀，每天開放到凌晨二時。可惜我讀不懂義大利文，這時便特別羨慕起議今了。

走過書篷，繼續沿海濱大路散步，一路都是人潮，卻不覺得擁擠，反叫夜晚營造出更輕鬆歡愉的氣氛。這兒的大人縱容小孩子夜遊亦是理所當然，明明已過半夜到處仍是孩子的蹤跡：幾個月的嬰兒、一兩歲、兩三歲的幼兒、七八歲的小孩到十一二歲的兒童。兒童早睡有益成長，這兒沒有這些規矩。

餐館、咖啡廳高朋滿座，冰淇淋店生意興隆，尤其是名為薩路斯（Salus）的冰淇淋店，雖然大半夜仍大有人排隊。這家冰淇淋店有整個歐斯提亞最好吃的冰淇淋，芒果、香蕉、西瓜口味的冰淇淋球，入口完全是新鮮水果的滋味與細膩的冰質。

還有一家賣Paglia的小店，奶油、巧克力或果醬的熱餡加上鬆軟的麵粉與酥脆沾糖粉的外殼，每一口都是滋香的享受。我覺得Paglia就是Donut，只不過Donut呈圓圈狀，Paglia紮實得像個小炸彈。議今說，這也是羅馬人瘋狂的甜品店，甚至有人想念得專程搭車來購買呢！

再繼續前行，不少年輕人在燈光下，赤足沙地比賽沙灘排球。

忽見一片沙灘，掘了一排排沙坑，坑中閃著燭光，忍不住走近去看：淺淺的圓盤型沙坑，中心各放置一只十公分直徑的陶盤蠟燭，點燃著燭火。火光照映著環繞它聊天飲酒的一簇簇人群，浪漫的情調便是這般，我們忍不住想，次日夜晚來這兒野餐吧！

探訪議今的一星期，不論進不進羅馬老城區，晚上我們總在海邊散步，與羅馬人分享他們夏日海邊的時光。

我很高興議今在這裡擁有了屬於自己的家。貼了藍色磁磚像海洋一般的浴室，有如陽光般溫暖的黃色廚房，一牆書架的客廳與一間臥室。雖是小小的空間卻溫馨清爽而安全，何況交通方便，海的呼喚又那般的貼近。

「丘阿姨，妳和唐叔叔下次什麼時候再來？」離開時，議今問。

「想念妳與海的時候就來。」車子經海邊走了一段轉向往機場方向開去了。

走馬看花話羅馬

麥勝梅

陽光像斷了線的珍珠，一瀉千里，八月的羅馬，處處台陽天。城市的宮殿、鐘塔、神殿、噴泉、雕像以最燦爛的姿態迎接紛至沓來的遊人。街道上，樓宇店舖密密集集，而我，只不過是眾多遊客中的一個探路者。

朝向第一個景點許願泉走去，一座似曾相識的大噴泉驀然映入眼簾，潺潺水聲，池中的波里宮殿Palazzo Poli宛若童話中的海神宮，海王神就站在巨大的貝殼形馬車上，威風凜凜地作出駕馭馬車的姿態。

我凝視著羅馬市最迷人的巨大舞台，咀嚼著維妙維肖的巴洛克藝術。我對噴泉有一種奇妙的感情，每一波動的水都帶給我無限的遐想。水是所有建築的泉源，有水的地方幾乎都會有房屋聚集！不可思議的是，羅馬全市大小噴泉居然有三千之多，可見羅馬的居民和我一樣對「水」是情有所鍾。想起家鄉不起眼的古井水車、小橋流水，雖說窮鄉僻壤，然而卓然自成一處風景，也讓人緬懷。

在廣場上還有一個叫破船的噴泉，遊人喜歡聚集在那兒消暑。它脫穎而出的石船造型，出手於雕塑家貝尼尼之手。（麥勝梅　攝）

西班牙台階137級的石梯和哥德式雙子鐘塔建築的聖三一教堂是電影「羅馬假期」的背景。（麥勝梅　攝）

羅馬是一個讓人情根深植的地方。很多去過羅馬的遊客喜歡舊地重遊，在波光閃爍的許願泉池中銅幣層層堆疊，就是因為人們相信背著噴泉把錢幣投入池中，以後就會一而再地尋訪羅馬。

從許願泉步行到第二個景點萬神殿不過10分鐘。顧名思義，萬神殿是供奉神祇的殿堂。神殿的主體是一個巨型圓椎建築物，重建於2世紀初，門廊上刻劃重建時執政官的名字，壯麗的門廊前羅列著一排排的花崗石柱，散布著莊嚴肅穆的氣息，內殿是一座圓形建築物，牆壁一座座供奉神祇的壁龕，叫人想起希臘廟宇。

穹頂下一片安靜。我琢磨著為什麼神殿的高度及寬度都是43.3公尺，這是巧合還是別有用心？突然一道強烈的光線自直徑9公尺的圓頂照射下來，彷彿一股靈光包圍著我，這使我頓悟，建築藝術與信仰有一種不可言傳的密切關係！

旅遊迷人之處在於尋尋覓覓，我穿越市區來到了西班牙台階前，帶著興奮的心情登上137級的石梯，眼睛好奇地往下巡視，我嘗試捕捉城市的浪漫氣息；那一剎那，我彷彿是置身於電影場景，原來，奧黛麗赫本主演的電影《羅馬假期》就在此取景。她飾演一位公主，和葛里哥萊畢克飾演的新聞記者坐在廣場台階上吃冰淇淋，廣場頂端的聖三一教堂是15世紀末哥德式雙子鐘塔建築，中間弧形線條的階梯，也是電影中的背景。

在廣場上還有一個叫破船的噴泉，遊人喜歡聚集在那兒消暑。它脫穎而出的石船造型，出手於雕塑家貝尼尼之手。

走走停停三個鐘頭，路過好幾條名街和著名廣場，一切都很新鮮，縱然浮光掠影，卻也心曠神怡。

次日，我的目的地是梵蒂岡城。

步入梵蒂岡境內，一幅壯麗景象迎面而來，只見廣場中央，豎立著卡里格拉帝從赫里奧波利斯帶回來的方尖碑，高26公尺，兩旁有巴洛克式噴泉，走過廣場，便是著名的聖彼得大教堂（Basillicadi San Pietro）。聖彼得大教堂是我所見過最氣派的教堂，每年復活節，六萬朝聖者凝聚於廣場的盛況，場面之壯盛感人可想而知了……

長形的廣場和伸展出來的半圓形迴廊，就像一雙強有力的手臂環抱著我腳下的聖彼得廣場，也彷彿是一雙充滿熱情的手臂欲擁抱遠道而來的朝聖者。仰望門廊上整齊地排列的140尊聖人立像，以及共有284根圓柱的半圓形迴廊，不禁對建築大師貝尼尼又增添一份敬佩。

梵諦岡不僅是羅馬天主教的聖城，也是一座最大文化藝術寶藏。於1626年完工的聖彼得大教堂，收藏了琳琅滿目的藝術作品，難以一一枚舉。短短的梵諦岡之旅，讓人來不及一一驚豔，就得離開了，留下深刻印象的僅有著名的貝尼尼青銅祭壇，米開朗基羅的大理石雕像「悲切」。

繼續下來，我又展開了另一段美麗的行程。

熾熱的陽光在我頭頂上耀眼地照著，我在等公共巴士。一群遊客上了車，車上擁擠不堪，空氣裡瀰漫著熱氣和汗味，我是最後上了車的人。

車門一關，巴士司機一猛力踩油門，車子立即向前衝，我頓時失去重心，跌撞到旁邊拿著一大束美麗鮮花的女士，差點把她的花壓壞了，我感到很不好意思連忙說抱歉，換來的是她一絲寬容的微笑。人們喜歡用「時尚、美麗、熱情、浪漫」來形容義大利女人，眼前這位女士，更有一派瀟脫豁達的氣度，就像炎夏中的清泉讓人感到無比舒暢，給我留下良好的印象。

車子向東南邊駛去，視野也跟著穿梭過很多的建築物。忽然，宏偉的義大利統一紀念台及祖國祭壇映入我眼簾，還有不遠處令人心靈震撼的古羅馬遺蹟，前者處處光彩奪目，後者斷垣殘壁。

長形的廣場和伸展出來的半圓形迴廊，就像一雙強有力的手臂環抱著我腳下的聖彼得廣場，也彷彿是一雙充滿熱情的手臂欲擁抱遠道而來的朝聖者。（麥勝梅 攝）

城市曾是繁華一時的地方，一旦摧毀，生命不再璀璨，留下一頁滄桑。只見旅者踏著前人的一磚一瓦，從一堆廢墟嘗試去閱讀古羅馬的輝煌，這是一部活生生的史書，又是千金難買的人文景觀，它點燃著古羅馬的薪火。

仰慕已久的帝國市苑大街就在不遠處。在蔚藍的天空下，我帶著探訪的心情漫步到「羅馬市苑」和「奧古斯都市苑」，我彷彿聽到它的呼喚，告訴我不可錯過探究它往日的璀璨。

我相信，沒什麼比「都市苑區」更能顯示出昔日帝國的顯赫和壯觀。一個都市苑區的組成，通常有寬大的廣場、四面八方的柱廊、皇帝騎馬雕像和苑區後端的神廟。我嘗試從零零碎碎的石塊、柱子、斷壁中整理出一個頭緒：這裡，應是元老院、法庭、廟宇、宮殿和凱旋門等聚集建築區；那裡，該是西元前一世紀古羅馬帝王奧古斯都所興建的和平祭壇。

我遠離人群，愈走愈遠，再往前走，恐怕會迷失於這龐大的宮廷遺址裡。我環顧四周，琢磨這「永恆之都」的由來。

翻開我的旅遊書，它告訴我，古羅馬文明已有二千七百多年的歷史，發源地是位於台伯河畔巴拉薩蒂諾山丘的一個小村莊。史學家、藝術家、人類考古學家稱之為「永恆之都」，因地理環境之故又被稱為「七丘之城」。後來改稱為羅馬。「羅馬」原來有兩種含義，一為「河畔之城」和另一為「盧瑪家族」，後者是指伊特盧里亞家族的姓氏。

相傳很久以前，戰神瑪斯和從特洛伊流亡的伊尼亞斯之後代蕾亞・絲維亞相愛。公主出身的她被叔父陷害，並且把她剛生下不久的兩個男嬰拋在籃子裡順水漂流，不知漂流多久，最後籃子被水沖到河岸邊。嬰兒的哭聲驚動了附近的一匹母狼，母狼出於母愛本能救了兩兄弟，還用自己的奶水哺育他們長大。這對雙生兄弟，名叫羅莫洛（Romulus）和雷莫（Remus），當他們察悉自己特殊身世時，深知他們具有天賦的領袖條件，便義無反顧地捍衛腳下一片土地，創建了羅馬城。

這個美麗的傳說就這樣流傳下來，四世紀時羅馬人鑄造一尊母狼哺育孿生子的銅像，成為古羅馬吉祥動物和羅馬城的象徵。

沿著帝國市苑大街走，我從遊客零落的一處，走到人群聚集的羅馬鬥獸場。

被視為羅馬市標之一的競技場呈橢圓形，長直徑187公尺，短直徑155公尺。從外圍看，整個建築可分為四層，底部三層為連拱式建築，每個拱門兩側有石柱支撐，可容納5萬觀眾，不愧為紀元初的壯觀建築物。當年在場外曾經安置了一尊巨大的尼羅金像，羅馬人因而稱此為「巨大」（Colosseo）。

羅馬鬥獸場的建造，被視為羅馬權力和統治的象徵，始建於公元72年韋斯帕西亞諾皇帝，建造目的完全是為了迎合貴族特權階級尋求娛樂刺激之需，西元80年鬥獸場落成時，曾大舉角鬥血腥旗幟，進行人與人之間的和人獸之間的角鬥，甚至在場地上注水模擬海戰。喪生的鬥士和獸類上萬數，羅馬獸類幾乎已到了斬盡殺絕的地步，令人驚悚。

離開一個不曾尊重生命的地方，我朝著君士坦丁凱旋門走去，這是公元315年元老院和羅馬人民，為了紀念君士坦丁大帝擊敗暴君馬生奇而建的。仰望拱門上巧奪天工的大理石浮雕裝飾，令人不得不嘆喟起來：「中國文物多埋在地下，義大利文物則擺在街上」。

太陽西下，雲淡風輕，我走上山坡，在一處幽靜的綠草上小憩，一邊是凱旋門，一邊是羅馬美麗的斜陽。

大西洋中的「花之島」

丘彥明

「愛花，一定要去馬迪拉（Madeira）島，」繼熙道，「這小島一向被稱為『花之島』呢！」

2006年繼熙、涵宇邀唐效和我到「花之島」——馬迪拉共度聖誕。一出機場，蔚藍的天空與海洋迎面而來，雲杉青綠無塵，非洲蘆薈花燦紅鮮麗，一路青山綠水滿目皆花：橘紅色天堂鳥花在許多人家花園及馬路旁盛開；一家前院的仙人掌高大曲蜷如巨怪；另一戶人家在酒瓶椰葉柄與幹莖銜接處細心地種植各類落地生根，正綻放各色小花；坡地裡無針龍舌蘭花枝彎垂兩公尺長、紫紅九重葛開得滿枝滿椏、聖誕紅一片嫣紅；非洲鬱金香樹舉著杯盞形的金紅花朵，像點了一樹的蠟燭；美人蕉、大朵曼陀羅、茶花、玫瑰、洋海棠、永生花、阿勃勒、珊瑚赤桐、馬櫻丹、夾竹桃、杜鵑、炮仗花、虎頭蘭、扶桑、非洲菊、金蓮花……均盛放。東方尼羅百合綻開藍色花朵，君子蘭展開金紅色的花，白色洋繡球花、馬蹄蓮迤邐，這些歐洲大陸珍貴的室內盆景，到這兒卻滿山滿谷、臨海遍野俯拾皆是，毫不值得特別去照撫似的；冬令此時，一株挨一株葉子青青翠翠，間雜花色新鮮；可以想見真正花期時花開大片的華麗勝景；還有那傑克林達樹，當各城、各鎮、各村全籠罩在紫色的花雲花雨之間時，會是何等讓人沉迷的情境？四月，馬迪拉「花節」之際，島上又該當是如何花香搖曳、花色繽紛！隨處可目睹花開的美色，呼吸空氣中流動不同的花香，驚喜飛抵一處花樹皆美且無空氣污染的人間淨土。

原來植物各有花期，但到了馬迪拉竟四季均可開花，只是或多或少的區別罷了，神怪奇妙。我忍不住每日記錄並畫下新見的花樹，包括第一回見到白色天堂鳥花、第一次在歐洲見到蓮霧樹開著紅色的花結著紅色的果實。不過數日就累積了四、五十種花樹記錄，猜想呆上一兩個月，應可畫下數百種上千的花樹吧！

除了鮮花誘人，島上蔬菜水果豐盛。蕉園遍佈，是主要農作物。香蕉樹之外，幾乎家家戶戶種有：釋迦樹、葡萄藤、無花果、酪梨；也看到熟悉的番石榴、木瓜、百香果、桃樹、梨樹、柑橘、檸檬等果樹和大片甘蔗田。置身其中，彷彿回到了南台灣。島上計程車司機說，當地居民雖然所得不高，可是每家種有足夠一家人日常所需的蔬菜及果樹，還自家釀酒，生活單純平靜而愉悅。生長在與世無爭的小島，應該是很大的福份吧！

仔細觀察還發現島上常有荒蕪坡地，長了不少果樹無人問津。一日，忍不住攀爬入一坡地，採擷了一籃釋迦果，一些檸檬和幾種不知名的果實，特別開心。這裡的釋迦果外皮薄而平滑，

除了鮮花誘人，島上蔬菜水果豐盛。（丘彥明　攝）

果肉顏色玉白綿柔味道蜜甜，肉多而籽少；不似台灣傳統釋迦果皮堅厚呈魚鱗狀，每一鱗狀果皮連帶一塊三角柱形果肉，每塊果肉各含一粒黑長種子，邊吃邊得吐籽頗為費事。心中正想台灣應改良品種，兩年後就在台灣東海岸吃到極似馬迪拉的「鳳梨釋迦」。

有次路過一戶人家，望見一株蕃石榴樹果實纍纍，與幼年時台灣南部的土蕃石榴樣子相同，不禁叩門。主人不以為忤，摘下幾粒外皮呈黃色的果實相贈，說對心血管疏通有益。粉紅色果肉的小蕃石榴我十分熟悉，迫不及待咬下一口。唉！南橘北枳，缺少了一份記憶中的甜熟滋味，悵甚！

度假屋位於小島南邊「卡納斯」村（Canhas）的「太陽角」（Ponta do Sol），一幢依偎山壁建築的別墅，三面環山一方面海。弧形客廳的落地窗正對著一重山谷，山坡青蔥茂密的香蕉園掩映著疏疏落落的紅瓦白牆人家，谷外粼粼流動的便是一望無際的大西洋海水。餐廳兩面落地窗，推開玻璃門走到寬闊的陽台，可極目環看海景、延綿的重重山巒與蜿蜒崎嶇的山路。早晨在床上睜開眼，可從臥室兩扇對開的玻璃門看見花園，香蕉樹與棕櫚樹在煦日微風中輕輕款擺。

我患支氣管炎已有月餘不堪其苦，這樣的環境確實是靜心休養的好地方。

上午時光，我固定坐在客廳的落地窗前，看朝霞、看風吹雲跑、看海面的光影變化、看偶爾行過的漁船、看山腰上精緻的房子、看茂綠的香蕉園、看彎轉在山路間的小汽車……，有時提筆做窗外景物素描，有時閱讀兼聽古典音樂，讓暖暖的陽光透過玻璃照射著我。這樣將養休息，病體果然迅速有了轉機。

而黑夜中安坐客廳欣賞窗外燈火，也讓我愛之不捨。蕉園層疊的綠葉此時已轉化成深濃的黑色，山谷更是深沉的墨黑，沿山壁修築的山路原該黑暗，則因橙黃色街燈照映，讓山路螺旋式的線條與山壁彎曲的平面結合起來，宛如盤環而上的褐黃色城牆，但見城廓內疏疏落落的人家點燃著火光，洋溢安全與溫馨的寂靜。整體色調與層次，令我產生跌落時光隧道裡俯視中世紀景象的錯覺。

倘若下午陽光仍好而我精神亦佳，則四人相偕出遊。十天假期累積下來，雖因體力不足沒能參觀島上幾個著名花園，倒也悠哉悠哉地觀覽了不少島上風光。

曾開車從南邊翻山過北邊，眺望海邊圍欄出的露天活海水游泳池，嫉羡游泳的身影。驅車來到波多・莫尼斯（Porto Monis），觀海景賞礁岩、瀏覽水族館收集附近海域不知名的水中族群，驚訝幾尾背部鮮紅與嫩黃色相間的白鬚海蝦，秀美得讓人贊嘆造物者這般慧心巧思。直至最東角米拉多洛（Miradouro），登高俯覽峭壁懸崖與翻飛的海濤白浪。

從首府楓橋（Funchal）搭乘空中纜車到蒙特（Monte）鎮，整個下午在蒙特的昆塔旅館（Quinta de Monte）花園正中心的茶亭陽台上留連，就著陽光鮮花綠樹喝咖啡吃蛋糕聊天，不做多想。

追逐夕陽，日落時分坐在「太陽角」海濱，凝視橙紅色的圓形夕陽溫柔地在海平面緩緩消逝，殘留下幾線金黃色帶飄浮在灰黑的海天之際。

斜倚在海邊露天咖啡亭，喝卡布奇諾咖啡、吃葡萄牙蛋塔。葡萄牙蛋塔名氣很大，但我覺得馬迪拉蛋塔不及澳門蛋塔美味；或許澳門蛋塔已改變了配方，較適合中國人的口味吧！

楓橋魚市場原該是此島的觀光特色，但我們總遲遲至午後才出門，魚市早已結束。只有一回遇見尚有兩攤營業，擺著帶魚、幾尾炸彈魚、一大塊旗魚排和一些醃製的鹹魚。馬迪拉附近盛產帶魚，進餐館點一份當地名菜：烤香蕉帶魚，魚肉肥厚鮮嫩，價錢卻是其他魚餐的一半，真正物美價廉。

鹽漬煙醺的帶耳乳豬頭及豬腿，在馬迪拉超市及肉舖裡普遍可見，買回屋裡蒸後切片食之，味道類似中國的腊豬頭、腊豬耳與腊肉，鹹香的氣味與口感實乃下酒好菜。由此回想在島上小餐館吃過的炸豬皮，紅酒乾燒五花肉，都與中國菜有異曲同功之妙。

聖誕前一日，黃昏之後在楓橋城裡觀賞聖誕燈飾。每一條街懸掛著不同圖案設計的彩色燈飾、街樹也都紮上了華麗繽紛的光球。濱海大道銜接出一環接一環的大紅球花燈長廊，夜晚花燈一亮紅台照人，富麗喜氣。很難描繪楓橋城市的聖誕燈飾設計，有的璀燦明台、有的高雅古典、有的清新空靈、有的現實而又現代……，在夜幕中散射著各自的風采。真令人吃驚，人煙稀少的小島首府會有如此精美別緻、多彩多姿的節慶燈飾，毫不媚俗地展示它們存在的目的：賜予人們來到「伊甸園」度過「平安夜」的安祥與喜悅。曾在紐約、巴黎及其他歐洲大城小鎮觀賞聖誕燈飾，得到的僅是熱鬧歡快的單純印象；唯獨馬迪拉聖誕燈飾留給我貼心的感動。馬迪拉居民長年沉浸在和平喜樂的頌贊中，如此孕育出的心靈才能創造天堂般的景緻吧！

走過一條步道街，擺飾著雪橇與一隊拉橇的麋鹿，紅衣白鬚的聖誕老人摟著小孩傾聽聖誕禮物的期望，一幢華廈的二樓正不斷向窗外飄散人工雪花，雪花不斷地飄落在行人的頭髮上、衣服上，仔細一摸，滿手白色肥皂泡沫，不禁莞爾。

夜深離城折返，沿途張望，因島上盡是山岩，房屋均沿山搭建聚聚散散、層層疊疊，暈黃的人家燈火與七彩聖誕燈飾閃閃爍爍，就像看著魔棒在島上點灑金粉，揮得到處金金燦燦地恍若仙境。

馬迪拉，一座大西洋中的火山島，總面積741平方公里，長57公里、寬22公里，居民約26萬。閱覽地圖形如橫過來的台灣島；台灣面積3596萬平方公里，人口2300萬，相較之下它土地既小、人口又稀。葡萄牙人發現台灣賜名「美麗寶島」，將所屬馬迪拉稱為「花之島」；葡萄牙人對島嶼充滿了理想主義與浪漫遐思的色彩。

葡萄牙之旅

張琴

由於外子參與製作的西班牙影片《瘋女璜娜》（Juana la Loca）的外景前期工作，預備在葡萄牙北部的吉馬朗伊什城（Guimaraes）拉開序幕。借此機會，我也隨他們的先鋒隊驅車前往，開始了一週的旅遊生活。

一

這是一個秋高氣爽的日子，我們一行七人，開著一輛裝滿道具的卡車，還有一輛小轎車，離開馬德里朝著西北方向駛去。沿途看到的都是橄欖樹和葡萄園，典型的西歐地中海鄉村風光獨好，心情別有一番感受。

車飛馳前進，把公路兩旁景物拋在後面，惟有天空上一朵朵灰白色的雲團，不斷堆砌在山巒間，好像與我們捉迷藏，時而消失，時而露出天際，時而不知又跑到何處？遠處湖泊映襯著金黃色的秋景，宛如一幅動感的油畫。

不到兩個小時，便抵達阿韋拉Avila，這是中世紀留下的城池。城牆建於1090-1099年，為國王阿方索六世的女婿Raimondo de Borgona伯爵防禦回族勁旅所建，整體近四角梯形，金字形的城垛整齊排列在高聳的城牆上端，襯托在藍天白雲下，遠遠望去巍峨壯觀。是目前歐洲唯一保存最完美無缺的城牆建築，被聯合國審定為人類文化寶貴遺產。

我們停在路邊酒吧小飲片刻後，離開這座古城繼續朝Salamanca開去。

車窗外，呈現出遼闊無垠的平原，已收割的莊稼地上還殘留著秋的物茬，挺拔的白楊在風中搖曳著金黃的樹葉，終年常青的松樹，佇立在曠野田疇，天地間紅、橙、黃、綠相映成輝。前方的羊群悠閒地啃著雜草，與農舍的飄裊炊煙，充分顯示出一片田園風光。我們進入Salamanca 高地，很快大教堂已進入我們的視野裡。

號稱西班牙最典型和美麗的市政府大廣場（Plaza Mayor），坐落在城中心，始建於18世紀初，為著名建築師Alberto Churriguerega風格的代表建築。我們沒有充裕時間去遊覽，僅在大廣場轉了一圈便向大學走去。

Salamanca大學始建於15世紀，它不僅是西班牙最古老的大學，在整個歐洲也極負盛名。大學中仍保持一個當時神學課堂的原樣。據說，哥倫布發現新大陸後，曾在該大學舌戰群儒，哥倫布要求把此項發現不放在眼裡的學者們，把雞蛋豎立在桌面的典故源於這座大學。

我們午餐完畢準備上路，已是下午四點鐘左右，都市輪廓在夕陽一抹中，逐漸模糊起來，惟有高聳雲霄的主教大堂的鐘樓尖頂還沐浴在燦爛的金光中。待車駛出城外，靜穆的文化古城方在餘輝中漸漸隱去，留給我們的卻是一個綺麗的回憶。

當我在車上，從睡意朦朧中醒來時，樹木、村舍、田野都已被月光籠罩，驀然見到公路旁，哪家一頭不思歸的牛犢還在吃草。當我們抵達葡萄牙邊境，使我們最驚奇的是，邊境那裡竟沒有任何海關檢查，我們暢行無阻便進入了葡萄牙，原來在這歐洲共同體國與國之間進出，就像串門那樣方便。

二

葡萄牙本為西班牙王國藩籬公爵領域，15世紀布蘭岡薩公爵自立稱王脫離西國成獨立國。《瘋女璜娜》的一些弗蘭德斯（Flandes）內外景場地，選址於葡萄牙北部的吉馬朗伊什城布蘭岡薩（Braganza）公爵府第。

公爵府第建在城市東北山崗，占地2500平方米，中央有長方形近400公尺的回廊天井，原為歌德式晚期建築，於上世紀焚毀，後修建時多處改變原有設計，但仍不失為建築瑰寶。

府第共三層，包括廳、室、私用教堂共50餘間，風格單純莊嚴，主建材是花崗岩，無浮雕。裡面布置華麗雅典，除葡萄牙本國和西班牙家具珍品及馬德里皇家四幅織錦壁毯外，居然還有中國明代瓷瓶、金魚缸以及17、18世紀荷蘭「遠東公司」自中國訂購的瓷器多種，為室內裝潢增色匪淺。

離公爵府百米處，有13世紀所建的碉堡高聳山巔，巍峨非常，亦對外開放供遊客參觀。身置歌德式古堡，猶如置身歐洲中古時代。

經過一番精心布置以後，四百多年前活生生的歷史畫面將重新展現在觀眾眼簾：16世紀西班牙為愛而瘋狂的女王，又回到了她當年生活過的王室，明燈華宴，貴冑佳麗，在悠揚樂曲中翩然舞起，多少恩恩怨怨、纏綿悱惻的故事從這裡傳出……

三

清晨，窗外不約而同傳來此起彼伏的雞鳴，緊接著又是汪汪狗吠，原來吉馬朗伊什是一個非常淳樸的傳統小城。躺在五星級的賓館裡，居然還能聽到雞鳴狗吠，儼然住在鄉村農舍。外子早已去了外景製作場地，窗外的雨聲淅瀝不停，伴著棕櫚樹在風中的搖曳，我一人留在賓館，無愁無慮，心境十分安逸。

偶爾，我也去外景場地幫他們塗塗道具的顏色。

上午10時左右，一陣電話鈴聲把我吵醒，是陳設師的女兒葛莉亞打來的，她邀請我去吃早餐。她是隨她爸爸到葡萄牙來玩的，這樣，我和葛莉亞就作伴外出遊覽。

這天，恰好是天主教「諸聖節」，第二天又是「追思亡者節」，天空還在下著濛濛細雨，十分相似中國的「清明時節雨紛紛」的氣候。

我和葛莉亞在酒吧用了早餐出來，沒有目的地走向遠處，突然來到一座山腳下，見到懸掛的空中纜車，由上而下，由下而上循環運轉，裡面看不見有什麼人。仰望山頂，大教堂直插雲霄，層層霧氣不斷繞著山麓，那景色實在太美，與四川山地的陰天有點相似。我們買了票，在工作人員的照顧下，上了纜車徑直朝著山巔滑去。

雖然時過境遷，那次登山，兩年以後回想起來，還讓人不寒而慄！

當我們的纜車緩緩向上滑行，竟然連一個人影都看不見，如果不是半山腰纜車下，看到金黃色的楓葉，紅彤彤的柿子，意識到附近還有人煙，那山上的陰森真讓人可怕。至今也不知道當初哪來的勇氣，我當時腦子裡總是浮現出一種無名的恐懼，儘管這樣我們還是鼓足了勇氣上了山。

山頂，空曠的地面上，停放幾輛小轎車，並且有人從車上下來，我們的心頓時放鬆了許多。眼前，如巨人般矗立面前的大教堂異樣死寂，稀薄的空氣更增添了一絲寒意。我和葛莉亞俯視山下，半山腰坐落著無數紅頂白牆的房子，整座小城被周圍的丘陵擁抱懷中。回過頭來，怪異的石頭虎視眈眈地瞪著我們，參天大樹就像要吞噬眼前一切，一個可怕的念頭湧上腦際，如果這時遇到歹徒，豈不是冤哉枉也！

我們踏著雨水沖刷過的石板路，踩著滿地柔軟的枯葉，吻著雨點，任憑微風撩撥我們的頭髮。驀然間鐘聲劃過天際，肅穆莊重，給這座沉睡的山巒帶來了片時的生機，我們也從驚駭中醒來。

其實，山頂上不僅有餐館，而且還有旅舍、小賣部，只因陰雨天無人問津罷了。

我們朝著來的路登上纜車下山，山下的街道房屋依稀可見。當再一次仰望山巔，整個大教堂卻已蒙蔽在烏雲裡……

外子是美工師，他在影片裡的任務是設計布景、道具、陳設等前期準備工作，置景告一段落，我們就要離開吉馬朗伊什小城。對我來講，一週的旅遊生活也將結束。遺憾的是我看不到《瘋女璜娜》大隊人馬的拍攝工作，不過，一年以後，總算看到了這部獲有三個西班牙戈雅獎的鉅作。

車行駛在雨的空氣中，被山巒懷抱的小城，由近而遠，慢慢地消失在車窗外。遠處傳來鐺、鐺教堂的鐘聲，吉馬朗伊什小城此時顯得更加寧靜安適。

行旅者手記

李智方

雖是同一條路，但是每個人有每個人不同的走法，每個人有每個人相異的體驗，每個人有每個人獨特的經歷……。總要等到心情沈澱下來了，自一個適當的距離外回視，整體的意義與教誨方才好似山嵐在破曉的晨光中顯現豐富的樣貌與層次。

為什麼走過一段聖地牙哥之路（el Camino de Santiago）後，會在我的心中衍生這般強烈的悸動與感受？感受到那條蜿蜒綿長的千年之路是遺失在人世間的理想國？我的答案是，無論每個人之出發點與誘因的異同，所有勇於去面對這個挑戰的人們，為了達成同一個目標（抵達Santiago de Compostela）而都必須去忍受、去超越加諸於自己的身體與心靈上的苦痛與磨練，因此自然形成一股相互鼓舞與無比寬容的氛圍，也正是那極近似於「博愛」的精神迴盪，讓我感覺到聖地牙哥之路好似獨立於這個喧囂污穢、紛爭不斷的世界之外的一塊淨土。

在我們選擇的啟程山莊「彭菲拉達」（Ponferrada）完成登記，取得通行證書的孟坡和我在山莊內氣氛憩逸的花園中觀看人群。我們注意到許多自更遠處啟程並已行走數週的「先驅者」都好似無法正常行走，不是膝蓋部位戴著護膝，就是腫起的腳踝上包紮著護踝，或是雙腳腳底和足趾貼滿繃帶，我們正前方的座椅上坐著一個氣質文雅的少女，在黃昏靜謐柔和的陽光下低頭潛心書寫，應當是在紀錄行路心得吧？她的左腳腳踝便以淡褐色的護踝束縛著。未來的幾天，長達兩百二十公里的路程，我們會遇到怎麼樣的考驗呢？

在路上會與來自世界各地的「朝聖者」組織團體或孤獨行者錯身而過，現今所謂朝聖者的定義當然已經擴張，我相信因為踐履宗教信仰而走一回聖地牙哥之路者依然大有人在，但我想因為熱愛壯闊豐美之自然風景與人文景觀或是立意自我超越或是尋覓冒險經驗或是藉著親炙這條融合了宗教、歷史、文化、古蹟與傳

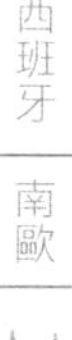

說的古道以檢視一己內在性靈的「行旅者」為數更眾，如果彼此錯身而過，便以「好走」兩字互勉，如果前後皆無人跡，亦可靜享獨行的樂趣，諦聽自己的呼吸聲、腳步聲以及手杖與大地接觸時發出的響聲。

經過兩日的長程負重「苦行」後，依序感到肩膀、膝蓋、腳踝、足後跟等部位都開始出現疼痛現象，左右腳底也分別磨出水泡，當孟坡察覺我強忍雙膝的劇痛，除了立即將他的手杖轉讓給我使用之外，還建議以倒退行走的方式來減輕雙膝遇到下坡時所須承受的巨大重力，竟然我靠著兩支手杖所發揮的分散力量以及不顧眾人側目的倒退行走，支撐著我一步一步邁向目標。

選擇夏季時分行走聖地牙哥之路的優點是氣候穩定，日照時間延長，容許輕裝捷行。缺點是午後肆虐的烈日以及數量龐大的朝聖者與行旅者；雖說一路上設備完善之公立、私設山莊（Albergue）和各種等級的旅館並不缺，但還是會發生床位不足問題；因此在天亮之前摸黑出發便是一絕佳的策略，既可提前抵達預定地點，確保山莊一席之地，亦可減低午後尚在烈日下行走的機率，此外還可領略大自然如何在雞鳴狗叫聲中甦醒，觀看蒼穹細膩的色彩變化以及晨光一如畫筆，以金色勾勒出群山峻嶺的輪廓。

在啟程山莊的花園中認識的少女來自「班布隆納」（Pamplona），剛滿十八歲，小她一歲的妹妹笑容燦亮，個性開朗，她們的父母親為了協助實現姊妹倆的心願，因此全程相陪。與我們相遇時，他們一家人已經走了三個禮拜！因為行進速度相若，孟坡和我的「首航」幾乎是在他們的陪伴下進行的。抵達預定之過夜山莊後，我看時間還早，便辭別了這個和善的家庭，與孟坡繼續步行至六公里外的下一個村莊才歇息。這個決定是為了縮短次日之里程數，節省體力以全神面對當天最後一段長達八公里之艱難的陡升山路。誰知隔天下半身溼透的我們在雨中好不容易行抵「歐賽貝羅」（O Cebreiro）高山山莊後不久，四張熟悉的面孔竟然再次出現！風雨故人來，重逢的喜悅沖淡了鬱然的雨意，但眾人心中皆掛慮著往後的天氣，如果繼續落雨，勢必更加難行！雖說雨中行走於群山懷抱，讓我感覺好似執杖之古人，一步一步走進煙嵐飄渺的畫中，絕世忘塵。

隔日清晨厚重的濃霧預告天氣可能好轉，孟坡與我循例，天色未亮便已整裝開拔。我們在讓人目不暇給的晨光與雲彩變幻中，情緒高昂地往前邁進，步入原始森林中時，崇敬肅穆之感油然而生。盤根錯節、垂藤曲折的參天老樹樹身佈滿附生植物，攀聚石面的青苔厚實潤澤，雨後的大地水分飽足，再加上林中飄散之馥郁氣息，行走其間真有不知今夕何夕、遺世獨立之濃烈感觸，只有等到途經小村莊或是提供行旅者休憩的路邊咖啡館與冷飲自動販賣機出現眼前，自己的思緒方才重返現世。

拖著鉛重的腳步，並以比蝸牛爬行略快的速度試圖行抵第四站山莊「波多瑪林」（Portomarín）的我，遠遠地看到超前我許多、身著橘紅色運動衫和鮮紅半長褲的孟坡一路向我跑來，他說：「爸爸，你的背包給我背！」內心想著老當益壯，豈可輕易卸甲的我回答：「沒關係，我自己背。」「快點！人很多！我的背包已經在排隊了。」他堅持。我將背包卸下後，雖說沒有立即身輕如燕，但果然尚存餘力過長橋，爬樓梯，續走一段無止盡的上坡，方才抵達已經萬頭騷動的山莊。午後與妻通電話，告知此段「感人肺腑」的情節時，聽到妻在電話彼端哽咽地說：「好感動！」我才發覺自己眼中也已佈滿淚水。

行程第五日，當我們千辛萬苦抵達半途決定之目的地「美麗地」（Melide）時已經下午六點，公立和臨時的山莊皆已客滿，我們這些晚到的「落難者」只好被安排住到一所小學的室內球場，室內球場只有一間四個蓮蓬頭的寒傖浴室，而且沒有熱水，沒有熱水倒不是問題，大夥兒依然四男四女地分批入浴，孟坡和我的另外兩個「浴友」中，一位來自巴塞隆納，攜妻女和愛犬同行，另外一位自法西邊境出發，已經走了整整一個月！我們一邊沖著冰涼的水，一邊大呼小叫，四個人就在嘻怒笑罵中迅速完成洗冷水澡這件大事。

不可思議地，在波多瑪林山莊我們和班布隆納的一家人又第三次相遇！得知姊妹倆在與我們重逢的隔日，產生嚴重腹瀉現象，在父母陪同下立即前赴山區附近最大的城市送醫急診，等姊妹倆身體康復後，便依原計畫繼續勇往直前。

自不那麼美麗的「美麗地」出發前，我便跟孟坡說，如果沒有床位的話，乾脆一鼓作氣走向全程終點。這是個狂妄的想法，因為超過五十公里的路程對任何人來說都是個嚴厲的考驗！那天自己的狀況尚可，可是孟坡腳踝的疼痛以及幾日累積的勞頓，顯著縮減了前進速度以及雙腳跨幅，縱然他的左右雙踝皆已裹上護踝，但護踝卻非仙丹妙藥。因為行程嚴重落後，我們在出發之前假想的情況果然發生，所有的山莊皆已無床位，我只得另尋其他解決方法，就在好不容易覓得一間旅館的雙人房後，孟坡卻執意前行，我跟他解釋必須冷靜考慮自己的身體狀況，目前是絕不可能再走二十公里的！但他仍然堅持往前走，臉色鐵青的我對他說：「你的腳根本不允許我們冒險！」「我可以。」他堅持。我知道已經很難勸得動他，便交給他一根手杖，現在是他使用兩根手杖，我自己留一根。我說：「好！我們走到Santiago！」

接近下午八點行抵僅離Santiago不到五公里，有四百個床位的「歡樂山」山莊時，父子倆已精疲力竭，尤其最後幾公里更是「天長地久」，讓人有走都走不到的感覺。山莊管理人熱情親切地招呼我們，我們在有門的浴室洗了個舒適痛快的熱水澡後，一拐一拐地到山莊內的餐廳大快朵頤。

孟坡說：「爸爸，我覺得每個人一生中都應該走一次聖地牙哥之路！」

抵達Santiago de Compostela固然是一個目標，但是行程中的笑淚、經歷與體驗才是真正的教誨。已有上千年歷史的聖地牙哥之路凝聚著無比強烈的象徵意義，好比人生行路，你我如果路上相逢，願意的話，可以相互陪伴走上一段，或者互道一聲「好走！」便各自前行。人生如無聚散，不易珍惜相互的陪伴，與其含淚分手，不如回憶相聚的喜悅，與其憂傷道別，不如回憶重逢的歡欣。

村莊從黎明中醒來

張琴

一縷曙光穿過百年土坯老牆上的小窗，輕輕射在我的臉上，我和這座Guarrte的古老鄉村一起醒來。梳洗完畢，昨晚留下的倦意和塵埃消除殆盡，我沒敢驚動外子和隔壁蘿莎夫婦，悄悄開門出去，環繞著村莊且走且駐漫步一圈。

靜靜的村莊，明亮的早晨，散發著清新的空氣，新舊交替農民的房舍，窗台上開著各色鮮豔的花，把那古樸的老建築顯得更加醒目。不遠處，看見郵遞員挨家挨戶在送郵件，他們在這個世界上，總是第一個把喜怒哀樂送給村民，正像太陽每日從東方準時升起，把光明和溫暖帶給人類一樣。

我獨自朝著村外走去，一路可見每戶人家門口停放著汽車，有的還是跑車呢！籬笆牆內安睡著農民耕作的拖拉機、壓榨機、收割機，還有一頭頭花白奶牛，肚子底下吊著沉甸甸的奶袋，睜

遠處的丘陵，河流、草場、莊稼地裡的甜菜，果樹和薰衣草。（張琴　攝）

著眼看我這個陌生客，並不時朝著我哞哞直叫歡迎。遠處的丘陵，河流、草場、莊稼地裡的甜菜，果樹和薰衣草，經過一夜的熟睡，已經伸直了腰桿，尋著自己生活的軌道，吸取清晨新鮮的氧氣。

伊比利亞半島的鄉村，一般情形下婦人是不下地耕作的，她們和早期城裡女子一樣，相夫教子做家務。不過，今日的城裡女性就業的比男性還要多。農村卻仍舊保持著這傳統的風俗習慣，但是只要仔細觀察，不難看出年輕男女，還有孩子們去了哪裡？村裡剩下的幾乎全是中壯年和老人。男人們負起家庭的責任，對自己女人的愛，他們默不著聲早起晚歸，耕耘著一家老小上百畝土地，當然全是機械化。旅居西班牙14個年頭，從未像這次鄉間旅行看見那麼多農民在田間勞作，其實我們的車開了幾百公里，總計也就二十來人而已。

當我從野外折回村裡時，一條小狗親熱向我跑來，撲在我的雙膝上，我輕輕地撫摸著牠，和牠的主人和藹地打著招呼聊著天。我一時發現，幾天來沒有聽到雞鳴狗吠聲，壓根就沒有人養雞，同時也未見到養豬的家庭。這時才發現房屋之間的空曠地，立著不少類似中國農村墳穴和門樓，剛開始還以為是故人安息的地方。心想著究竟還是西方人不怕鬼，不然他們不會在每個村莊旁邊安置一大塊墓地，望著那寧靜安歇作古人居住的家園，他們才是生於斯，逝於斯了！

就在這個金色的黃昏，蘿莎最要好的朋友索菲亞，邀請我們去看她家花了300萬西幣（幾乎相當於現在的2萬歐元）買來的酒窖。索菲亞打開那座似墳穴的大門，拉開電閘，這是一座人工開掘出來的原始洞穴，沒有任何現代裝飾，包括階梯約有三十餘米進深。我們沿著石梯往下走，裡面的溫度比上面要低許多。這座酒窖分活動區和儲藏間，已有上百年歷史，移交的主人也不計其數。酒窖裡有著酒吧的擺設，老木酒桶洞，並且還有壁爐。穴周圍已被上百年的燻烤變成了黑色。我們就坐在兩條古樸的木條板凳上，粗拙的長條木桌已擺好女主人自己釀的咖啡酒、檸檬酒、橙子酒還有白酒。女主人對我們說，釀的酒僅僅二、三十斤，專為家人和招待朋友飲用。

我們啜著醇香的美酒閒聊著，好奇地打聽著當地農民的生活水準，索菲亞說每戶正常人家有幾百畝土地（孤寡例外），勞動者和城裡人一樣為國家和政府上繳稅收和勞保，一旦退休下來，和城裡人同樣享受養老金。當我問及多少時，索菲亞似乎有些難為情起來。哪想到居住在鄉村的農民對個人隱私也是如此看重。最後還是蘿莎告訴我們，多者每月有上千歐元，低者也有六、七百歐元的養老金。是好奇還是二十多年的記者職業關係，我問起這裡的農民年收入是多少？或許她不好拒絕，說他們家有地25萬平方米土地（大約400百畝土地），還有機械化設備，每年下來大約有十萬歐元的利潤。家境不是太好的，也有好幾萬歐元的收入。不過沒有關係，只要你依法賦稅，年歲大了都有養老保障。我在一旁聽得張大了嘴巴，驚訝得幾乎要暈倒。此刻，我自然會聯繫到我的祖國，我從小生長的農村，還有那些農民兄弟姐妹……使我半晌默默無言，之後，我再也提不起興趣繼續追問下去。直到跟著大家看見村外索菲亞家面積1200平方米，10米高龐大堆放農具的鋼架倉庫，兩堵牆上掛滿200多種古董農具時，我情緒才以高漲起來。真不敢想像，這些兩百多年到現代農具，伴隨主人延續了不少代人。它們的主人是那麼地愛惜尊重它們的存在。有的工具曾是羅馬時代傳下而沒有改進的格式，數十年前當地農民還在使用。由於現代化機械農具的到來，如今，不少老工具已被淘汰，但它們永遠被主人珍惜地存放在這「農具博物館」裡，靜悄悄享受著主人對它們的厚愛。

畢卡索陳列館巡禮

張琴

一個晚秋星期天的早晨，天空陰霾滿布，細雨濛濛。

巴塞隆納Ribera區的中心地段，一條極狹窄的小街上，坐落著中世紀遺留下來的歌德式府邸。此時，只見遊客蜿蜒地排著長龍，撐著雨傘順序而入「畢卡索陳列館」，去欣賞這位畫壇大師的作品。

畢卡索晚年曾說過：「我的童年就像義大利文藝復興時代大畫家拉斐爾所習畫過程一樣。」在美術館巡禮之後，果然不難發現畢卡索天才的早熟情形。這裡陳列著畢卡索9歲到青年時期的作品。從初期的作品中可以瞭解，他早在少年時期，已精通學院派的技法。

尤其重要的是，他的兒時夥伴，後來又成為他多年私人秘書的Jaume Sanbartes，慷慨捐贈的一部分作品。從1935年開始，Sanbartes便向巴塞隆納市政府交涉成立畢卡索作品專館，經過多次周折，該館終於在1963年3月9日開幕。

畢卡索陳列館。（張琴　攝）

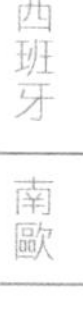

陳列館成立後，曾發生兩件值得記載的事：

一、當Sanbartes於1968年逝世時，畢卡索為紀念其好友，曾將1901年「藍色畫風」時期為Sanbartes所作的畫像，及1957年取材於委拉斯貴茲大師代表作之一的《宮娥》系列多幅贈與該館，同時並許諾，將把以後所作的版畫均複製一幅贈送該館。

二、畢卡索終於在1970年完成其第二次饋贈，作品多達920幅，乃至他祖孫三代的收藏，包括其父母、姐妹以及姨表親屬的收藏品。

這大批的藝術品致使原有陳列館，不得不將毗連曾屬Castelle伯爵及Meca府納入，由於作品豐富，最後又將Mauri和Finestres兩府歸納，而成今天洋洋大觀的陳列館。自此以後，該館還不斷收購和收納贈品，並周期性舉行有關畢卡索大師藝術活動，使該館成為一座「有生命」的藝術中心。

畢卡索陳列館一共擁有27室，根據作品的年代和風格分別展出。其中一室值得特別介紹的是，這批藝術品共41件，是1947年至1965年間所完成的陶瓷，將其幻想世界以陶瓷方式予以表現。此批寶貴藝術品為亡妻Jacguiz所贈。

畢卡索全名是Pablo Ruiz Picasso，由於Ruiz父姓普遍，他在初期輝煌時尚署全名，後將名簡寫成P，直至本世紀初「藍色」、「粉紅色」風格時代，有些作品上還如此簽署。後來名聞於世，便索性去除本名和父姓，僅署母姓Picasso，於是，世間大多數人，僅知畢卡索而不諳悉其全名。

世間所知他的第一幅較正規的作品，是一幅用油彩畫在木版上的《刺牛士》（Picador），時年方九歲。我在陳列館所見到的最早畫，是一張在1890年所作的石膏人體素描，當然十分幼拙，與他後來在1892年至1896年進入畫院學習後，所展的真人素描，迥然大有差異。

第六室中的《父親畫像》，是1896年的紙本水彩畫，其色彩和著筆相當成熟，那時他僅是15歲稚氣未脫的少年。1899年，他尚居住在巴塞隆納，所作的版底油畫《有窗簾的陽台》，描繪出陽光透過窗簾，映襯出室內的背光景色，金黃與黑暗的對比是那般強烈，但朦朧的氣氛又如此和諧，大師的才華的確已表露無遺！

在1900年，也就是20世紀的繪畫，技術題材非常分歧，有的用炭條為朋友畫像，有的為餐館設計菜單和雜誌封面，比如當年他為「四貓」（Els Guatre Gats）設計菜單時，已是聞名全市的鋒芒畢露的青年藝術家。尤其一張為他姐姐Lola站在畫室的無顏面的畫像，似乎已開始不循畫院規律的未來風格。

在這座畢卡索陳列館中，非常重要的作品，要算1957年委拉斯貴茲名作《宮娥》，《自我》油畫系列陳列室的作品，全部有58幅，其中包括44幅以自己的風格，同一題材的「重複畫」，九幅鴿子，三幅風景。全都是畢卡索以各種方式、色彩、構圖、旋律來實驗和研究，重新詮釋西班牙17世紀大師委拉斯貴茲的代表作。

當我徘徊在這座中古歌德式陳列室中，欣賞這20世紀「前無古人，後無來者」的畫壇巨擘藝術品。我心醉、我震驚，世間竟有如此艱辛耕耘、探索、演進、而達爐火純青的天才畫家。

我正留連忘返的時候，猛然記起友人相約的午筵，不能不嘆時間短暫，拖著惋惜的腳步走出館門，離別這終身難忘的所在。

外面的雨仍是淅瀝不停，切望瞻仰這位大師不朽之作的觀眾，繼續來自四方。畢卡索陳列館前的行列越來越長……

太陽之鄉——田那利佛

王雙秀

人的習染是一件令人極為驚異的事。譬如，剛來德國的時候聽人說：「我喜歡住在西歐，因為這裡氣候溫和涼爽，台灣太熱，住不下去。」這種話，聽在我這個初出國門人的耳裡，是不很受用的。但是，時隔幾年，自己也習慣了這裡的生活和氣候，竟然也歐裡歐氣的過起日子，才體會得世界之大，內容之複雜，再怎麼跳得高，見得多，比之時間，我們人類仍是井底之蛙。時間滾動著人類的故事，左右著人世的消長，一時之見，終會隨著時日轉變，因此每過一天，就覺著昨天的自己老去了；生理的、心理的，還有眼裡的，人就是這樣逐漸老去的。因為是這樣歐裡歐氣的過著日子，自然也像西歐人一樣每年總勻出些日子，滿天滿地的去追太陽、尋海灘去了。也因此，在這暮春三月，北德還籠罩在濕冷的空氣裡，世界仍然冷凍靜白的時候，我與亞蘭登上飛機，飛往太陽的故鄉，大西洋裡的西屬群島、加那利群島上的恆春島——田那利佛（Teneriffa）。

一出機場，陽光熱辣辣沒遮沒蓋的直照在人身上，趕緊找著了旅行社的巴士。車子沿環海公路向南行，右邊是一望無垠的大西洋，非洲大陸的沙哈拉沙漠就藏在煙水瀰漫之後。隔著大西洋由沙哈拉隨風吹送過來的乾燥空氣和風沙，將小島的東岸烤得乾燥而光禿。火山爆發後噴出來的岩層灰燼，遍布各處，這樣焦乾的土質和空氣當然不適應植物的繁生，所以入眼處，矮冬冬，不茂也不綠的旱地花樹錯落散亂各處。矮坡上的岩層參差羅列，怪形怪狀的可以感覺出這一個小島的地殼，曾經多麼強烈地翻騰舞動過，到今日仍能見到它昔日力瘁的奮鬥痕跡。稀落落的西班牙式的白色房子，就這麼無依無靠地建立在焦灼的地面上，烈陽之下。屋前門廊上吊掛下來的盆花、盆樹，帶來的只不過是眼睛的短暫喜悅，第一次發現，綠色植物給人類精神上帶來的安全感竟如此之巨。

車行至首要大都散塔克魯次（Santa Cruz）之後，來個大左彎，就是這一個彎，世界也跟著隨之一變，就像適才下過一陣雨似的，花草樹木突地變高變綠了。是縱貫島上西南——東北走向的山脈群，隔斷了由沙哈拉隨風送過來的乾燥空氣，而接著了由西方大西洋送過來的溫暖空氣，花草樹木就這麼重新熱烈地生活了起來。也分不清是雲還是霧氣，一片煙霞隔斷了熱烈的陽光，空氣就這麼和煦了起來。巴士靜寂地行駛在高速公路上，右望仍然是一望無際的大西洋，白浪一波一波地拍擊著黑色的岩岸。而藏在雲鄉之後水湄之邊的目的地，漸行漸近，鑲嵌在層層山坡間的觀光大廈和白色的渡假別墅，就著透過雲層的陽光，在遠處閃閃發光，世界是一片耀眼的祥和。

初看這個地方的外貌，感覺它真像一個裝點得彩色繽紛花不溜丟的大姑娘，漂亮得「亂七八糟」，它就是這樣大刺刺地顯在你的眼前，花，繽紛地耀眼，紫色、金黃色、桃紅色的九重葛，一堆一堆的擠擁著，刺得人眼睛發痛，茂密的花叢竟像人工紮成似的，真的假起來了，就像藝術品，一精緻起來就變得俗了一樣。但是，這樣的一個凡俗地方是我喜歡的，人與物都熱烈烈的生活著，對於宇宙，他們都有一份生存的虔敬與忠實。

太乙德（Teide）是島上的最高峰，有三七一八公尺高，圍著這一座小而高的山區也因此像台灣的阿里山一樣繁生了各型不同氣候的植物群，因此田那利佛又有「植物博物館」之稱。訪遊太乙德之沿途，金色耀眼的陽光，一層層的被雲氣遮蓋，四周的景物氣氛也隨著雲氣的移轉而變換著，落盡了葉片，僅剩光禿枝枒的老栗樹，一忽兒隱，一忽兒現的，到最後，在餘斜的金陽映照下，像包了一層雲，又像寒冬裡新凝凍的一層雪衣，而後面的山坡就這麼跟著變閃起來，真像是一幅春日雪景。車行至二千三百公尺高處的卡涅達時，雲氣正濃。這一處山區，稱它為山，其實只是火山爆發後由地殼內翻滾出來的熔漿凝固而成的岩石，入眼處，荒漫無際的焦質岩層奇形怪狀地由四面八方圍攏，屏風似地排列在四圍。世界是一片靜寂，偶而疾行而過的汽車，算是人世的一點響動。一叢叢嫩紫色的小花嬌滴滴地從醜陋的地層內冒出，有一種強烈的生命力的對比。地面上一列一列的火山石向前直推過天際，像農人新翻墾的農地，冒尖堆起來的又像礦山。顏色有紫的，藍的，綠的和咖啡的，分別在陽光下閃著光，這樣的景色，不美，但是卻有著神奇。通往頂峰的路途是條難攀登的陡坡，風又急，望著尖頂後的藍天，雖然巨大美好，卻實在沒有親近它的慾望，不過依然跟著慢慢遊爬於陡削的山石之中，眼望著一尺尺接近的火山口和後面的藍天，終於有了爬上去的願望。

地面上一列一列的火山石向前直推過天際，像農人新翻墾的農地，冒尖堆起來的又像礦山。（王雙秀　攝）

沿海邊修築的梯階式觀光道，一邊是百物雜陳的店面，道上充塞著人群。在這條狹窄的道上，你見得到老虎、猴子，牠們的主人把玩著牠，對著你說：「看！溫馴的動物，你也玩一下吧！」還有拉著人賣衣物手飾的。令人驚異的是市面上有百分之五十的店面操在印度人的手上，據說因為島對面的非洲商業是操在印度人手裡的，因此就近的買賣也被他們包辦了。除了印度貨之外，市面上更有中國貨充斥其中，由織錦緞的襖裝、睡袍、黑緞面大花圍披，繡花或貼花的棉布抬巾、瓷器彩花茶具、象牙雕飾、玉器、珊瑚飾品，真是應有盡有，琳瑯滿目。像這樣歡歡喜喜繁複俗氣的地方於我真是有情有味的。最吸引人的是五彩繽紛的服裝店了，鮮明的色彩，熱情的圖案式樣，顯示的是絕對的熱鬧和活潑，還有渡假中心特有的開放和自由。

觀光道的另一邊，沿著海岸是名建築師曼瑞克〔Manrique〕設計的庭園式露天海水浴池。園裡有亭台、石樹、亮白的石椅、石柱，間或植滿了豔紅，淺粉的花草，偶而一株大王椰，突地冒地而起，紅白綠等清爽的色彩閃耀在金陽下，遊人則來往穿梭於建置得頗為疏散的亭台、石樹之間，由白色花架上垂掛下來的花樹輕拂過遊人的頭臉衣襟，自然與人是這樣地互相追逐嬉戲著，它們的存在在這裡是互相依偎而分外公平，是一覽無遺的坦白，一花一樹、一動一靜是這樣大方乾脆地呈現在你的眼前，是各有各的自然天地。距海水浴場不遠處有一座古老教堂，它的屋頂拔尖地向天空聳去，摻和著哥德式的飄渺，文藝復興式的典雅和巴洛克式的繁複華麗。教堂裡通常總是暗沉沉的，拱形和長方形的玻璃花窗，小氣地開在高高的天頂或壁上，陽光透過畫著聖經故事地彩色玻璃花窗，變得柔弱無力，雕刻得極為繁複的聖壇深幽幽的擺在堂內的正前方。上帝的殿堂也像佛教廟宇一般泛著一股神秘異氣。

因為亞蘭收集觀察蝴蝶的成長生態活動，而田那利佛又是距西歐較近的蝴蝶繁殖區，所以到此地尋找毛毛蟲和蝴蝶也是我們此行的一個重要目的。跟著亞蘭抓了幾年蝴蝶，漸漸也了解了一些蝴蝶的特性，發現這一群大自然的舞姬，不但有著美好的姿容，性也喜優美，無風、花繁、有溪流穿過而陽光充足的山谷。當陽光透過了雲層，金彩彩地照著溪谷的樹梢頭時，群蝶就由樹叢花間逐一擁出，飛舞於樹梢尖、花面上，或停留做日光浴，或醉飲清新的晨露，待陽光隱去之時，又迅即歸入來鄉之處。亞蘭因為研究蝴蝶的生態及其幼蟲棲息的植物，因此也連帶地對自然界的其他景觀變化特別注意，也有心得。像氣候什麼時候會轉換，雲向、風向的變化等等。我們遊山玩水，沿途的動植物處處與他相親，互通聲息，各色花草於他也都有名有姓，真是見山是山，見水是水，然而亞蘭的大自然知識太豐富的缺點是遊訪之時，心裡總受雲層變化的影響，風向一變就擔心著太陽要被雲層遮隔了，氣溫要下降了，因此遊樂的心情就不能開懷自然。那麼倒不如沒有了解、就沒有寄盼，隨時驚驚喜喜地體驗周圍景觀的轉換了。

陽光最多的地方也會有密集雨量的月份，就是我們來的三月份。就著多變的地勢，太陽和雨量的分佈也跟著變換，所以我們在島上的旅遊也就成了追逐陽光的遊戲，住在陽光遍洒的亞洲人絕不會想到，「陽光」在西歐成了一種奢侈的享受，得投下許多金錢和時間，遠巴巴地四處去尋找的。因為這裡的面積小，擁有的天也跟著縮小了，雲層堆擠在這一方小天空之上，有風的時候，雲與陽光就展開了一場追逐的遊戲，天空也就忽而陰，忽而晴的，氣溫也跟著升降。西歐來的觀光客，因為是追著太陽來的，所以雲層的變換成了主要的生活中心，也成了人精神上的騷擾劑。海灘上的人更得數著雲與陽光之間的距離，來算出什麼時候可以下海，什麼時候得趕緊上岸，披上大浴巾，而等著用陽光來染色的蒼白皮膚就得一寸一寸隨著日影的轉移而翻著身體去迎合它了。

美好的日子總是來得快也去得急，十四天的田那利佛，留住了我許多往後日子的懷念。而回家總是美好的，又歡歡喜喜的收拾了行裝，將台灣帶來的遮陽斗笠往頭上一戴，走向開往機場的旅行社巴士。馬路兩旁的紅磚人行道正被金陽熱烈地撫吻著，暖暖地泛著一層熱氣，偶而抬眼前望，正有一隻無人伴隨的小黃狗，搖頭晃腦地慢跑在紅磚道上，到距離我們留腳處三十公尺的地方，突地見牠停住了腳，定住向我們瞧了瞧，又左左右右地把四圍看了看，正等牠迎著我們跑來，卻只見牠來個左轉，橫越過馬路，在馬路另一邊的紅磚道又徐徐的向前慢跑起來。我見這小黃狗行徑古怪有趣，就目送著牠向前跑去，而在相反方向地三十公尺處卻見牠又穿越了馬路回到我們站著的道路上，只見牠回過身，停了腳又專心地向我們看了看，這才心滿意足地向前跑去。這個時候，我正待開口講這小黃狗的古怪行徑，卻見亞蘭邪邪地笑向我說：「那隻狗兒好伶俐，知道我們這裡有吃香肉帶草笠的中國香客……！」

踏尋伊莎貝拉的足跡

楊翠屏

旅居法國已屆35年，數次去德國、英國、義大利、比利時旅遊，參觀音樂家、作家、歷史人物故居博物館。西班牙離里昂不怎麼遠，我們在里昂定居15年之後，才赴西班牙旅遊，原因是舊車無冷氣設備，怕受不了伊比利半島的溽暑。

一向愛做文化之旅，喜愛西班牙歷史。為西班牙奠下統一基礎的國母伊莎貝拉女王，名義上繼承她王位的次女華娜，卻因精神病被夫君、父王、兒子奪權，在古堡軟禁半世紀之久的哀怨故事、悲慘命運，激起我探究的熱情與好奇心。二零零五年夏季與外子驅車去了巴塞隆納、馬德里之後，就去踏尋伊莎貝拉的足跡。

西班牙最高、圍有城牆的阿維拉市（Avila）西北部一個叫Madrigal de las Altas Torres 的小鎮，1451年4月，伊莎貝拉在一座寧靜的修道院誕生。母后伊莎貝拉是葡萄牙公主，是父王瓚二世的第二任妻子。為何王室會居住在修道院呢？我們當今很難想像，中古世紀宗教勢力融入政治、社會，主教參與、干涉政治是常事。宗教與政治密切結合、糾纏不清。

一四五一年四月，伊莎貝拉在一座寧靜的修道院誕生。（楊翠屏　攝）

輕扣聖母恩賜修道院木門，五分鐘之後一位笑容可掬的修女來開門。我問能否以英文講解，她試著以不甚流暢的英文帶我們穿過迴廊。我聚精會神聆聽，步行時則凝思，任想像力馳騁飛躍。我們是唯一的遊客，像我這般滿腔熱誠、興緻高昂，走訪外國觀光客罕到的歷史勝地，著實不多。伊莎貝拉出生的小房間堪稱簡樸，沒窗戶，陳舊的紅地磚，無掛氈的空白牆壁懸掛一個耶穌的象牙十字架，那時的君主臣民何等虔誠。

隔壁大廳堂正中央掛著伊莎貝拉與夫君斐迪南的畫像，雖然粗簡，據說唯妙唯肖。左右邊則是查理五世私生女和他私生子之私生女。身為皇家貴族，但非正式的名份使她們遠離繁華塵世，遁入森冷的空門。穿越時光隧道，窺探其內心秘密：反叛、無奈、哀怨、認命，或者篤定、樂觀、奉獻、熱忱。

違背同父異母哥哥亨利四世意旨，伊莎貝拉私訂終身，1469年10月19日，與小她一歲的亞拉岡（Aragon）王儲斐迪南，於華拉杜利德（Valladolid）秘密成婚，這樁政治婚姻是伊莎貝拉意圖光復國土、統一西班牙的鴻圖大計。

初次去塞哥維亞（Segovia）時，住的旅館就在主要廣場。因沒走到鎮外，竟不知它是建在山岩頂端上。四年後再度重遊此鎮，旅館Parador建於對面一山丘上，從陽台可遠眺雄偉壯觀的羅馬輸水道，視線往右移就是大教堂，阿拉伯式皇宮（Alcazar）聳立在山岩尖端。傳說中塞哥維亞創建於公元前1076年。不過兩千年前羅馬人來臨時，它才有真正的歷史。

亨利四世於1474年12月中旬駕崩。伊莎貝拉當時在塞哥維亞，她瞭解須立即採取行動，因攸關她生命中最重要的決定。斐迪南正在亞拉岡助父王一臂之力，她拒絕等待其歸來。為了確保承擔王座重任權利，她在主要廣場獨自宣誓為卡斯地爾女王，斐迪南祇是侍衛王子。

瓜地路貝（Guadalupe）哥德式的修道院，是伊斯特麻迪合（Estrémadure）省的一顆明珠。（楊翠屏　攝）

瓜地路貝（Guadalupe）哥德式的修道院，是伊斯特麻迪合（Estramadure）省的一顆明珠，瓜地路貝的聖母是西班牙及往昔殖民地的守護神。據說十四世紀初期一位牧羊人在此發現一座聖母雕像後，建了教堂，聖母顯靈、現神蹟。阿方斯十一世對抗摩爾人戰役之前，祈求聖母保佑，1340年10月24日勝利之日，感恩聖母重建一座宏偉、莊嚴的修道院。伊莎貝拉的流動朝廷曾於1478年12月中旬，在此皇家修道院駐留朝聖、處理國事，歡度聖誕、新年節慶。

麥迪那・得・甘波（Medina del Campo）近郊，拿蒙達城堡（Chateau de la Mota），雄踞在一丘陵上，俯瞰四方八里。它是卡斯地爾最大的城堡之一，劃破時空聳立八世紀之久，其防禦功能，成為當時的軍事要塞，也充當過炮彈儲藏庫。亨利四世（1425-1474）時存放皇室檔案。十六、十七世紀時成了著名人士的監獄。話說1502年年末，菲利普離開西班牙之後，1503年3月生下斐迪南（未來奧匈帝國的斐迪南一世）之後，伊莎貝拉次女華娜就在此古堡居住數月。情痴的華娜一心一意想速歸布格尼爵國（當今的比利時），投向夫君的懷抱。在城堡前母女有劇烈的爭執。

此鎮具有二十五世紀的悠久歷史，被阿拉伯人佔領過。麥迪那（Medina）阿拉伯文意味伊斯蘭教教徒區。此鎮的市集歐洲馳名，十五、十六世紀市集交易為它帶來繁榮、財富，建造不少宗教及私人的紀念建築。它的歷史與藝術價值不容置疑。

伊莎貝拉在皇宮立遺詔，於1504年11月26日撒手人寰，深刻的歷史意義，添加它的文化與觀光價值。這座皇宮就在主要廣場（稱為西班牙廣場）一隅，廣場中央有伊莎貝拉的雕像。

安達魯西亞三個觀光勝地：科爾多、塞維亞、格納達，其位置正好形成三角形。格納達開始真正興盛，是在1236年科爾多王國被基督徒征服，回教徒逃到格納達避難。長達兩世紀半之久，格納達王國經濟繁榮，文化、藝術發達，阿罕布拉宮（Alhambra）之建造，象徵建築與藝術之登峰造極。

格納達王國是伊斯蘭教在西班牙的最後一座堡壘。伊莎貝拉與斐迪南一心一意想驅逐摩爾人，光復國土、完成統一西班牙的宏業。他們自認為於伊比利半島，負有重建基督教王國的神聖使命。從1481年12月起，格納達戰爭長達十年，1492年1月2日，格納達才投降。這一年哥倫布發現新大陸的壯舉，使西班牙躍進世界強權行列。

對天主教國王和女王（教皇亞歷山大六世於1494年，尊封斐迪南與伊莎貝拉）而言，格納達意義非凡，象徵他們統治的巔峰，於是決定在此地長眠。皇家小教堂除了他們的陵墓之外，華娜與冤家夫婿菲利普亦在其身旁。陵墓下樸素的地下室放置他們簡樸的黑鉛棺槨。小棺槨是天主教國王和女王的長外孫米開爾，1500年兩歲早夭，亞拉岡、卡斯地爾與葡萄牙三王朝合併為一的理想破滅，伊莎貝拉的健康逐漸走下坡。

雖然歷經諸多家庭悲劇：嫁給葡萄牙國王的長女28歲過世，亞拉岡與卡斯地爾王位繼承者璜王儲19歲英年早逝，次女華娜令人堪憂的精神病，小女凱薩琳與威爾斯王子亞瑟結合不久，後者五個多月後病歿……等。其政治智謀、獨特智慧、宗教情操、強烈的意志力與內斂，支撐她克服種種困境，伊莎貝拉為西班牙歷史寫下輝煌的一頁。我佇立在伊莎貝拉廣場，瞻仰、沉思伊莎貝拉接見哥倫布的雕像。

西班牙

海明威與邦布隆拉奔牛節

莫索爾

「7月6日星期天正午12時，這個節慶爆開了，沒有別的更好的說法。」這是海明威敘述邦布隆拉奔牛節的句子。的確，說這個節「爆開了」，實在傳神。因為7月6日中午12時正，當沖天炮一聲轟鳴，擠在市府廣場的成萬上千民眾齊聲歡呼跳躍，一邊歌唱，一邊舞成一團，當然還要喝酒。他們期待一年的聖菲明節（San Fermin）又來臨了。一連七天七夜這個城陷入一種瘋狂、激昂、喧鬧、活力奔放，玩命似的緊張氛圍中。「邦布隆拉人，聖菲明萬歲」，站在市府大廈陽台上的市長，高昂地宣布著奔牛節開始，萬頭鑽動。

在法國殉道的聖菲明是邦布隆拉（Pamplona）的主保神，7月7日的聖菲明節當然有其宗教儀式，如到教堂向聖菲明朝拜等，但中外人士熟知的聖菲明節卻是鬥牛這一部份，也就是奔牛的活動。西班牙許多城市的主保日，鬥牛是重頭戲，如馬德里5月15日的「San Isidro」節，瓦倫西亞3月19日的「聖荷塞節」，聖菲明節當然免不了有鬥牛活動，但其聞名於世的卻是鬥牛的前奏，也就是奔牛（Encierro）。

鬥牛在西班牙自古有之，要鬥牛必需把牛趕到鬥牛場，以前沒有大型交通工具，而且把凶猛的牛隻裝車運送也十分困難，最好的方法是趕牛，牧人把牛從牛場趕到鬥牛場的牛棚裡。普通是牧人在前面跑，六隻猛牛（每天一次鬥牛鬥六隻）與幾隻去勢過的牛跟在後面，牛奔極快，往往超過牧人，再加上看熱鬧的人也跟著牛跑，一時十分緊張，奔跑中的牛常常會傷到人。聖菲明節從7月7日到7月13日一連七天鬥牛，每天早晨8時正牛隻從牛場沿街奔跑至鬥牛場，以便下午表演鬥牛。這一段奔跑過程就是奔牛節。

邦布隆拉的牛場在市政府附近的坡地，牛隻順勢衝下經過市府前，再轉入市區街道，最後到達鬥牛場。筆者多年前曾去邦布

隆拉，特地到市府廣場走了一遭，發現廣場並不很大，也對其不遠處的海明威雕像瞻仰一番，並沿著奔牛的路線走了一段，石板的路面，靜悄悄地有著小城的寧靜，真難想到這一段八百四十多公尺的路段，牛奔時會如此驚險萬狀。因為首先街道有轉彎，牛隻衝過來常會跌倒而發生狀況，其次，街道的某些路段變窄，祇有三公尺多寬。我們看電視轉播，才知道那真是玩命的事。圍著紅巾，身著白衫白褲的年青小夥子領著牛跑，後面跟著一群五、六百公斤的猛牛，人多牛猛，牛奔極速，一個躲閃不及，就會被牛撞倒地上，如果不幸被牛角撞上，不死即傷。但是年復一年，不怕危險，身手矯健的奔牛者樂此不疲。因為這已經成為勇敢的象徵，尤其海明威的小說，更是助長這種風氣，7月7日不到邦布隆拉去參加奔牛，就算不得是英雄。

年輕好動的海明威，1917年中學剛畢業，就以志願者的方式加入紅十字會，到義大利北部的戰場工作，當時正是第一次世界大戰末期，他受了傷，這一段經歷讓他寫成了《戰地春夢》（A farewell to arms）。戰後他往返於美國與歐洲之間，主要的工作是記者，曾在巴黎住了好幾年，深受歐洲文風的影響，成為所謂失落的一代。1936年西班牙內戰爆發，他曾四次進入西班牙擔任戰地記者，寫成了以西班牙內戰為背景的著名小說《戰地鐘聲》（For whom the bell tolls, 1940）。但他對西班牙的認識卻早在那之前。

1923年7月6日，海明威帶著他的妻子來到邦布隆拉，他們當然是來看鬥牛的，他們想住位置最好的「珍珠旅館」，但是實在太貴只好住到小客棧裡。海明威想住「珍珠旅館」是有道理的，因為鬥牛士一般住在那裡，可以與他們接觸，了解他們的生活感受等。而且這個旅館的房間正好面臨奔牛必經的Estafeta街，在那裡可以看到奔牛的緊張過程，雖然奔牛不過祇是短短的兩三分鐘，卻價值萬金（目前每日房價一千六百歐元）。因此，以後海明威成名有錢時，總是住在這家旅館，他住的217房，如今已改為201房。

海明威喜歡刺激冒險，又有點宿命論的思想，戰爭、暴力、死亡這些意象恰巧在鬥牛、奔牛的過程中表現出來，一下子迷住了他，從此他對西班牙的鬥牛結了不解緣，鬥牛士成了他的好朋友。他曾九次造訪邦布隆拉，當地的一些旅館、酒吧，都留下了他的足跡，而他以聖菲明節為題材寫的小說《旭日又東升》（The Sun also rises, 1926），該書西班牙文書名為《Fiesta》，更讓這個節日聲名大噪。《旭日又東升》是講述一群在邦布隆拉旅遊的美國遊客的故事，其中有奔牛的緊張情節，鬥牛士的英勇與美妙技巧，均有細緻的描寫。海明威逐漸成名，尤其自1954他獲得諾貝爾文學獎後，他的作品廣泛傳頌在英語世界，可說年輕人都讀過，也因此每年的聖菲明節，有許多美國、加拿大、澳洲的青年千里迢迢趕來參加，親自體會奔牛的刺激，七天七夜飲酒歡樂節日的瘋狂。

海明威除了這一本有關聖菲明節的小說外，另有兩本有關鬥牛的著作，一本是1932年出版的論述性的書《碧血黃沙》（Death in the afternoon），另一本則是有關兩個鬥牛士的長篇報導。1959年，對西班牙鬥牛念念難忘的海明威再次來到邦布隆拉，他是應美國「生活」雜誌之託，寫兩個西班牙名鬥牛士Antonio Ordoñez和Luis Miguel Dominguin 彼此較勁的報導，本來只準備寫一萬字，但結果卻寫了十二萬字，《生活》雜誌分三期摘要刊出，最後以七萬字成書出版，那就是「The dangerous summer」。

自1952年出版《老人與海》（The old man and the sea），海明威的聲名達到最高峰，但獲得諾貝爾獎後的他，有「江郎才盡」之嘆，多年的嗜酒使他的身體大傷，肝、腎都嚴重受損，而且有深度的憂鬱症，1961年他本想再度去邦布隆拉，卻不得不取消，那年7月的一天，他在美國艾達荷州Ketchum城家中，舉槍自殺，享年62歲，五天後正巧是7月7日聖菲明節，他的第四任太太Mary Welsh為他舉行了葬禮，七年後他的巨型石雕在邦布隆拉鬥牛場的門口矗立，Welsh女士參加了揭幕式。

今天你走在邦布隆拉城中，到處可以感到海明威的氣息，他的雕像，他住過的旅館房間依舊。有用海明威名稱的酒吧，一些地方有他當時的照片掛在牆上，另外一家他住過的旅館Hotel Burguete的一架鋼琴上，有他獨自用刀刻下的E. Heminway 25-7-1923簽名。在他坐過的許多酒吧或咖啡館中，有一家不得不提，那就是Café Iruña，這是城中的一家咖啡館，人群匯集，氣氛熱鬧，海明威常常到那去飲酒與人交談，今天這家咖啡館中有一個海明威角，那裡有一座海明威神情逼真的銅雕。邦布隆拉人不稱他的姓而叫他的名Ernesto，或者叫他「爸爸」，至今當地的一些上了年紀的人，還能記得海明威當年的情景。

一個人，一部作品，可以使一個城市揚名，成為其記憶的一部份，像莫札特的莎爾斯堡、James Joyce的都柏林，海明威不是西班牙人，更不是鬥牛士，但他卻使邦布隆拉家喻戶曉，使每年聖菲明奔牛節成為電視必須直播的節目。

希臘美麗的科孚島

鳳西

志鵬走後我大病一場，開完刀等可以自理生活，已過了一年，我決定自已好好活下去，先整理家裡，安排一個獨居的生活環境，再來要恢復出外旅行，病後出門是個很大的考驗，四十多年結伴同行，在世界各名勝古跡留下多少回憶、笑語。現在獨自一人出門，要有多大的勇氣，真是情何以堪啊！

和好友Catherine約好找個美麗安靜有特色的小島，住在五星旅館過一個禮拜豪華自由生活，讓身心好好放鬆一下，於是選中希臘群島中的科孚島——一個盛產橄欖坐落在伊奧尼亞（Ioniennes）海域的長形小島。

科孚島（Corfou），641平方公里十多萬人口，曾被維尼斯共和國統治，1864才回歸希臘，是希臘最靠近義大利的島，另一邊鄰阿爾巴尼（Albanie），樹、花、石屋、小徑、中間是Ropa河，北方是山、中間夾谷、南邊平原，形成多彩多姿極富海島特色的美麗小島。

我們在四月空氣清新，陽光普照的天氣下到達這個島，將享受地中海氣候、食物、人情、風俗。和西歐迥然不同的風情，那是一種開放鬆懈隨性的另一種生活方式，也正是我現在精神身體需要的，坐在旅行社來接的大巴上，窗外街兩旁高大的夾竹桃隨風搖曳，遠近高高低低白色地中海型房子錯落有致，走在希臘群島獨特曲曲折折、高高低低的道路上，加上海風拂面，給人增添了幾分期待與盼望。旅館坐落在山頂上，是島上最高建築物，三面臨海，從房間大陽台望下去可瀏覽美麗小港口及長堤，在旅館每天可看日出及日落，尤其白日近晚紅霞滿天五彩繽紛，讓人忘了人世間所有爭名奪利生老病死。

旅館的早、晚餐豐富講究，生菜青瓜蕃茄香脆可口，這裡太陽多蔬果自然生長，污染比較沒有。所謂地中海式食物被人讚不絕口是有道理的，而且希臘人至少科孚島的人，很為他們的廚藝

自豪的，等滿街找不到中國飯店，驚訝之餘，打聽結果這裡人不吃中國飯，這也難不倒我們中國同胞，他們賣衣服、皮包、手飾，到了五步一家的程度，價格非常便宜，我們被打了折又買又送，帶回來不少。

科孚夏天日照11～12小時，冬天比較冷，比希臘本土大陸潮濕，年溫在13度到32度之間，平均溫在22～24，科孚島勝產橄欖，號稱有五百萬株橄欖樹，佔世界產量30%，看當地人收取橄欖，非常有趣，在看不到邊的橄欖樹林中，把沒車頂中空的貨車開進去，停在計算好的位置，預先在地上鋪一個大網子，用電操作，往上收起來倒進貨車，很快裝滿一車，真是巧思。其他鳥、魚、蝙蝠、海龜、蛇等奇珍異獸很多，科孚人語言、服裝、建築受維尼斯影響很大，Pantokrator山及Vlachernes修院、Angelokastro古堡、Glyfada Sidari Rhoda等七、八個沙灘島上最古老村子Palaia Periyheia，都是探訪的好去處，比較值得一提的是奧地利西西皇后，曾因病來科孚島休養，由Kaiser Guillaume二世修建，坐落於Achilleion的夏宮，宮中很多西西皇后的畫像，大廳、臥室、起居室、花園等等，在榮華富貴，驕奢權重的背後，看得出感覺得出，多少無奈、失意、委曲環繞身後，這是千年不變的宮廷定律。

Catherine是個很好的玩伴，個性隨和細心，外語強，很盡心照顧我，時時怕我累，旅遊分很多種類，名山大川或世界名勝、或博物館教堂或特殊風味，旅遊也可以只是吃吃睡睡，看藍天白雲，深思低迴，不趕著做什麼，島上沒有世界聞名的勝地，但舒服自然放鬆，這樣每日走走看看，旅館出大門就有公車直達城中心總站，所有景點都有公車到達，加上再參加一、兩天環島有導遊講解的旅行團，風景美、食物好吃、氣候好，這種旅遊是最值得去的。

一個人的愛琴海（上）

文俊雅

2009年11月初，倫敦細雨。踏著厚厚潮濕的滿地黃葉，我拖、提著行李坐公車，轉火車，順利地通過了蓋特威克（Gatwick）機場的安檢，無所事事地等待著起飛的EasyJet。

飛機著陸希臘，順暢地通過公務通道，取好行李，趕上了正準備發動的兩廂公車。從機場到終點站憲法廣場（Syntagma）大概需要一個小時，如期抵達下榻的菲利普斯（Philippos）酒店。在前台，我不僅拿到了先生朋友委託旅行社送來的去聖托里尼島的船票，還有德烈莎留下的禮物、卡片和她所著的《希臘指南》。

儘管已是深夜，我還是決定造訪這位剛認識的、近日備受哮喘困擾的朋友。德烈莎是一位希臘的作家、講師、導遊，從大學起就相信古老的中國有比古希臘更古老的文化。此後，她畢其精力用來自這兩個國家的語言、樂器、神話、宗教、地理等的例證去求證這兩種古老文明是同根同源的。白髮蒼蒼的德烈莎比展示在網站上的照片顯得要蒼老、發福一些，不過卻更為雍容。她獨居在離菲利普斯酒店不遠的寓所，寬敞的客廳裡有條不紊地陳列著林林總總的古玩，牆上「恭喜發財」的小牌匾格外引人注目。德烈莎以熱飲和小椰蓉蛋糕款待我，直到凌晨，我才走出德烈莎那用蛇形鐵手把裝飾的家。

第二天早上收拾完畢後，走出酒店，按著前台服務員的指示，找到了即將起航到聖托里尼島的「Blue Star」號。八小時的愛琴海航行，用先生的話說就是見到了「大風大浪」，我不堪顛簸，產生強烈不適，伴隨嘔吐虛脫，渾身軟綿綿得就像被某隻黑手點了穴位，好一番折騰。終於看到了浩瀚大海上那一片神奇的島嶼，自公元前1500多年前起，多次的火山爆發、海嘯不但吞沒了島上超過75％的陸地和傳說中的神秘亞特蘭提斯古陸（Atlantis），遠在110公里以外克里特島上代表米諾恩文明的大批建築也未能倖免。就在1956年這座活火山又爆發了一次，一次

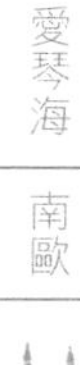

次的火山爆發已使得原來的圓島變成了今天我們所看到的「一彎弦月攬三星」（弦月呈南北走向，三星為三個小火山離島）。

在碼頭，酒店負責接船的陽西正舉著瑪格麗塔酒店的牌子等著我們這些房客。入住酒店後躺在床上好半天沒緩過勁來。睜開眼，淺藍色的天花板、雪白的牆壁喚醒了我此行的動機。打開陽台的門，坐在藍白相間的帆布椅上，一眼就看到了山腳下藍色的大海、星星點點沿山而建的白房子。藍與白是這個古老國度的主要色彩，國旗是藍白相間，在聖島上的門窗、欄杆、棚架也都漆以一抹詩意的海藍，因為這被現代人賦予浪漫含義的天空顏色，曾經肩負著驅魔辟邪的神聖使命。順著酒店後院的泳池往上就是聞名的拜占庭式藍頂白教堂，教堂腳下的懸崖邊上，數不清的旅館、酒吧以藍、白和米色錯落有致地矗立著，其壯觀不遜色於天邊那一抹在漸漸變冷的落日晚霞。穿行於閃閃的霞光映照下的藍白與米色建築群間，不由得不感嘆人類因天生的樂觀與浪漫而迸發的巨大創造力！千年來的災難和依然活躍的火山口又豈能影響我們享受這一雅致的視覺盛宴呢？秋日夕陽倉促離去的腳步顯然比我按快門的速度快，一眨眼功夫，夜色就瀰漫開來。我在三兩夜燈的引領下原路返回，才發現竟沒有一家餐廳酒吧是為我這位遲到的旅客開放的。

翌日，到鎮中心的汽車站，我在研究張貼在牆上的班車時刻。總的來說景點與景點僅需20分鐘車程，即使汽車班次在淡季銳減，如果行程安排得當，一天內就能坐公車跑遍島內的幾個熱門景點。正在吃力地作著加減運算，一位背著背包、長著一頭細密捲髮、除了門牙不大整齊、還算帥氣的希臘小夥子注意到了我，他湊過來熱心地提供參考意見。得知我獨自初遊聖島後，他調整了自己的計劃，準備先給我做紅沙灘的嚮導，再到黑沙灘。這位小夥子叫索福，正準備到黑沙灘游泳。

索福十年前從雅典移居聖托里尼，在往來於聖島與火山島的船上當導遊，在車上，他津津有味地給我講聖島上無處不在的活火山和聖島的形成，還有判斷火山的訣竅等。不久就到了海島南部Akrotiri的紅沙灘，因沙灘所依附的紅色岩灰所形成的山體而得名。索福毫不費勁地翻起一塊塊淺淺地埋在山上的石頭，說：「大多數遊客都衝著白房子而來，極少人會關心自己就站在一座座活火山上。」這時，見到一隻淺黃色的小蜥蜴——這除少量野兔外，僅有能在貧瘠的火山灰上生存的物種。我正感慨於火山爆發可怕的毀滅性，索福卻為火山爆發排山倒海的威力所折服。他很蘇格拉底地說了一句，「有一種毀滅叫創造！」或許他是對的吧，要不怎麼會有人說：如果沒有火山爆發，這島上就只有特色小吃炸西紅柿球；就不會有醇美的葡萄酒、著名的夕陽景觀和神奇的黑沙灘。黑沙灘位於小島東面小鎮Perissa，由巨大的海浪從不遠處的山上將黑色岩砂沖積而成。黝黑的沙子和湛藍的海水衝擊著我的視覺神經。轉到一個叫Emporio的中南部小鎮。這裡民風純樸，不時會有戴人的騾經過，索福說騾子仍是他們的重要交通工具。我們的目的地是高地居民區內的一處破舊城堡，雖然深知鎮區的結構像迷宮，錯綜複雜、四通八達的狹小弄巷還是大費周章才找到了城堡。趕在日落之時，我們回到了錫拉鎮的制高點Imerovigli。在懸崖邊的教堂前，我用相機定格了這被譽為「世界上最美的日落」。

又是一個難眠之夜，三更起來寫完昨天的日記，早上決定起床時已是10點鐘。我把今天半天的時間留給了北部美麗的伊亞小鎮。

隨著盤旋而上的環島公路，沿途民居都保留了石洞造型的屋頂設計，興許這樣的房子更具抗風抗震能力吧！隨處可見的藍頂白教堂其初衷並不是為了吸引遊客，它們有的矗立於險峻的懸崖邊，有的散落在荒蕪人煙的火山口，庇佑著世世代代、不離不棄地在此生息繁衍的漁民們。伊亞是又一處吸引遊人眼球的小鎮。它依山面海而建，加上不少新建的餐廳酒吧，看點包括巷弄、石洞、落日和城堡，被不少年輕人視為度蜜月的最佳處所。我從不同角度、不同高度地，企圖用傻瓜相機和傻瓜技術把美輪美奐的景色捕捉於我的記憶中。下午3：30的船，提前一個小時，酒店派人把我們送到了碼頭。

下船後已是深夜。

黝黑的沙子和湛藍的海水衝擊著我的視覺神經。（文俊雅　攝）

一個人的愛琴海（下）

文俊雅

一覺醒來，想起跟德烈莎約好了去參觀衛城博物館，趕緊走下樓。因哮喘未癒而氣息短促的德烈莎拉著我的手走走停停。走到一幢普通的居民樓 前，她指著鐵柵欄上的雕花說：「看，這是蛇身，那是荷花。我在中國也看到了一樣的圖案。」對這些在國內普通得不能再普通的建築裝飾，從來都是熟視無睹的我，經過一番認真打量後，發現她居然是對的。「蛇和荷花在先古都是為了驅魔辟邪。」德烈莎喘著氣說。我滿腹疑惑地問，「為什麼蛇被視為保護神？」德烈莎堅定地回答，「因為蛇能為人類吞食老鼠。」

酒店離新衛城博物館並不遠，按正常步行速度只需5分鐘。這個新館於2009年年中新落成，被公認為雅典人的驕傲。它最大限度地把衛城的原貌，用保存下來的文物或複製品在室內還原。換言之，我們現在所看到的衛城上的建築和雕像都是仿製品。德烈莎領著我徑直來到陳列於二樓的雅典娜神殿。穿行於一尊尊兩米多高的雅典娜的侍女中間，我不禁為2400多年前藝術家們的精湛雕刻工藝所驚嘆：侍女們的儀表是那麼的栩栩如生，身段又是那麼的曼妙！在大廳的內側中央，著名的智慧女神——雅典娜正向前邁開一小步，手裡捏著纏繞於身上的蛇的蛇頭。她那飄逸的斗篷上鮮豔的青色和朱紅色清晰可辨。已不知看過這雕像多少回的德烈莎端詳著它，還是忍不住發出「嘖嘖」的感嘆聲。

上到三樓，我看到了支撐起伊瑞克提翁神殿的著名少女柱。六根少女柱照原來的格局擺放，其中四根保存尚好，一根只剩下了碎片，還有一個位置則為那根保存得最完好、依然展示在大英博物館的保留著。我特別留意了少女們頭上的頭飾，依德雷莎所見，那漂亮的頭飾以卵形和鏢形為主，代表了荷花的花蕾，這跟中國「白蓮教」的白蓮頭飾異曲同工。作為一個中國人，無論相信德烈莎的理論與否，經過她那麼一比較，你會發現自己很容易就對古希臘文明產生了興趣。巴特農神殿的精品收藏在博物館的第四層。整個大廳嚴謹地將神殿裝飾於外回廊和內牆的浮雕壁畫一一還原。其中顏色發黃的是真品，而白色部分則是英國貴族托馬斯運回大不列顛的文物的仿品。頗為耐人尋味的是，原神殿裡的諸神雕像就展示在大廳的北邊，透過整面乾淨的落地玻璃牆與對面山頭上高高矗立的衛城遙相對望。如果諸神有靈，它們該為自身得以保全而感到萬幸，還是會為不能歸位於廟堂而感到遺憾呢？

在愛琴海之行第六天，踏上克里特島首府伊蘭克雷（Iraklion）的土地，這是希臘現存最古老文明——米諾恩文明的發源地。清晨的伊蘭克雷狂風驟雨，我們成了那座建於公元前1600多年前的科諾索斯宮殿（Knossos）的第一批遊客。在逐漸變小的雨勢中，踩著業已大理石化的石頭，我走進了此次希臘之旅的第一座廢墟。斷壁殘垣間，還是會有驚喜：宮殿設計巧妙的供水、排水系統，色彩斑斕的壁畫，宮殿頂上巨大的牛角圖騰，還有那站在斷牆上傲雨挺立、彷彿在迎接我們的孔雀。這座位於科諾索斯的宮殿叫米諾斯王宮（Minos），占地面積龐大，有上百間房屋，建築構思奇特，與今天的迷宮相像，故又名「迷宮」。米諾斯王國是同時期最強大的城邦，這個時期因此被稱為米諾恩文明。

宮殿頂上巨大的牛角圖騰，還有那站在斷牆上傲雨挺立、彷彿在迎接我們的孔雀。（文俊雅　攝）

下午到克島的第二大城市哈尼亞（Hania）遊覽。星期天的街道靜悄悄的，所有的店鋪都關門歇業，我們這些女同胞們看著玻璃窗裡物美價廉的時尚服飾，直恨得咬牙切齒。晚上10點多鐘，我們還是搭乘舒適的郵輪返航雅典。這回同艙的是三位統一黑色著裝的姐妹仨，最小的妹妹也有60多歲了，數她英語說得最好。她告訴我她們家都在雅典，這次是回克里特島參加她們剛過世二十天的兄弟的一個紀念活動。說著她硬塞給我一個麵包，見我推辭，就告訴我這是當地習俗，意在紀念 剛辭世的人。我接過麵包，果然看到貼在外包裝上有打印著人名和日期的不乾膠。這讓我想起按廣東某些地方的風俗，死者親屬也會在忌日頭七（過世6天）或三七（過世20天）過後，給周邊的朋友和鄰居派發年糕或餅乾。如果讓德烈莎知道了，這算不算又是一個「中國希臘文化同根同源」的例證呢？

船到達雅典皮里爾斯碼頭時，天剛濛濛亮，接下來我們將繼續環遊伯羅奔尼撒半島。離開雅典一個多小時後我們就到了科林斯運河，過了橋，就屬於伯羅奔尼撒半島的疆域了。科林斯運河是羅馬時期的一大創舉，這條建於公元60多年的運河全長6600米，水深9米，水面以上離地面高度80米，睿智地將伯羅奔尼撒半島通往義大利的港口，與雅典走直徑的最短距離連接。在此之前，這兩者的水路整整繞半島一周。伯羅奔尼撒半島上有希臘最美麗的田園風光，一片片的橄欖樹連著橘子樹綿延上百公里。邁錫尼古城遺址就掩映在一片橄欖樹下，能證明那公元前15世紀最大王國的恐怕就是這座威嚴的「獅子門」了（此門又被稱為「天堂之門」），這也是古希臘文明中首次發現獅子被用於建築裝飾。朝陽穿過高高的石洞口照在依然生動的雙獅浮雕上，帶著幾分神秘，彷彿那真是來自天堂的光輝。可惜「天堂之門」並沒有守住「天堂」的太平。國王阿伽門農發動起長達10年的特洛伊戰爭後，城邦國力不但大大衰退，後院更是起了火，這些都直接導致了邁錫尼文 明的滅亡。看來無論兵敗與否，戰場上都沒有真正的贏家。

拿破里（Napolio）——第一個希臘首府。1829年，土耳其人被趕走後，希臘終於得以獨立，並建都拿破里。城市依山面海，風光旖旎，尤其是雄踞山上 由威尼斯人1711年修築的城堡，可稱為「希臘最美城堡」。城堡上俯瞰，能將整座小城和建於海中央的水上監獄盡收眼底。碧玉般的海水和平靜得看不到波紋的水面讓人會錯覺它是一泓湖水。另一處古蹟艾琵達艾魯斯古劇場（Epidarvlos Theatre）離拿破里不遠。古希臘的城邦制類似於古中國的諸侯國，國王擇一處險要山頭修築城堡，臣民則圍城

此門又被稱為「天堂之門」，這也是古希臘文明中首次發現獅子被用於建築裝飾。（文俊雅　攝）

堡而居，戰事一起，皆退避堡內。稍為大點的城邦都建有劇場、運動場、集市等公共場所。這個修於公元前3世紀的艾琶達艾魯斯古劇場能在戰亂不斷的希臘得以倖存，多虧了一次大地震把它掩埋於從山上滾下來的亂石中。當人們把它挖掘出來後，發現這竟是現今全希臘保存得最完好的古劇院。

在此次愛琴海之旅的最後一天，我的生物鐘自覺調到了早上8點鐘。呼吸著雅典清晨的空氣，信步走到這幾天來不知經過多少回的哈德良拱門（Hadrian's Gate）。覺得它親切，可能是它與倫敦的大理石拱門（Marble Arch）有幾分神似的緣故，只是建成於公元132年的哈德良拱門的歷史要悠久得多，是當時新舊雅典的界碑。拱門西北朝衛城方向刻著「這裡是雅典，即提休斯古城」，在向奧林匹亞宙斯神廟（Temple of Olympian Zeus）的另一面刻著「這裡是哈德良城，不是提休斯古城」。奧林匹亞宙斯神廟與哈德良拱門同年落成，均屬古羅馬時期的代表作。該廟曾是希臘最大的廟宇， 占地一千多平米的宏偉建築現只剩寥寥數根巨型圓柱直指蒼天。旁邊早在公元前450年所建的阿波羅神廟（Temple of Apollo Delphinios）被毀壞得更為嚴重，只有兩根單薄的柱子豎立在一堆廢墟中，虛弱地展示著自己遙遠的過去。

回到新衛城博物館對面的衛城入口，終於開始攀登那「高高在上的城」——衛城。走到半山坡，在一片斷磚敗瓦中，對照立在旁邊的平面圖，幾何學得不好的我無論如何也拼湊不全當年這裡幾座建築的想像。沿著左邊的山路往上走，回頭一看，我就被山腳下一左一右的大劇場吸引住了。位於東側的是希臘最早的石頭劇場狄俄尼索斯（Theatre of Dionysos），三大悲劇家埃斯庫洛斯、索福克勒斯和歐里皮德斯及喜劇家阿里斯托芬都曾在這裡公演過他們的劇目。居於西邊的是希羅德・阿提卡斯大劇場（Odeon of Herod Atticus）由羅馬人建造於公元161年，沿用至今，夏天會有不少古典音樂會、芭蕾等在此上演。一路向上，雅典娜勝利神殿就這麼居高臨下地呈現於眼前。不管讀過多少文字和圖片資料，我還是為神殿磅礴的氣勢所震懾，公元前5世紀，先人們就已經能將石頭的藝術發揮得淋漓盡致了！光潤潔白的大理石所構築的回廊，散發出一種不因缺少雅典娜神像、仍然存在的神聖氣息。作為主建築的巴特農神殿坐北朝南，俯瞰著整個雅典城。千百年來伴隨這個多災多難的民族，歷經戰火劫亂而終得劫後重生。

我快步離開衛城的正門入口，豆大的雨點開始落了下來。經過北坡的石山，走到古集市遺址（Ancient Agora），滿眼儘是荒草、石堆，偶爾能看到一兩個精美的柱頭或神像。如果不是參觀古集市博物館，還真不知道在公元前3000多年前，那裡曾經是經濟、政治、文化和宗教中心，一度被破壞；公元前1500多年前，集市再次繁榮——可能這就是歷史吧！在同一塊土地上，人類用智慧去締造文明，然後不假思索地進行破壞，再辛辛苦苦地建設——轉到Monastiraki廣場，「咕咕」亂叫的肚子提醒我已經是下午兩點。我在一家餐廳裡吃到了鮮美的烤章魚，並躲過了來勢凶猛的大雨。

待到雨停後，我開始在星羅棋布的小街中轉悠，只要認准了那高高盤踞的衛城，即便沒帶地圖你也不會迷路。

土耳其　加拉塔橋串連伊斯坦堡歷史

高麗娟

1502年，五十歲的達文西擔任教皇軍隊的軍事工程師時，給伊斯坦堡的鄂圖曼蘇丹貝雅茲特二世寫了封信說：「您謙卑的僕人我，聽說您計劃要蓋一座橋樑，來連通伊斯坦堡及加拉塔（Galata），但卻因一直找不到合適的人選執行而放棄此一計劃。我，您謙卑的僕人，可以為您執行。」

達文西這封信現藏托普卡帕皇宮博物館，橋樑設計圖草稿則藏在法蘭西學院圖書館。達文西設計的這座石拱橋，長240米，寬8米，高24米，經斯德哥爾摩科技大學的研究，認為完全適用於當今通用的設計規格與結構力學的要求。很遺憾的是，鄂圖曼蘇丹並沒有採用達文西的建議。直到2001年才以達文西的設計為基礎，在挪威建造了一座小橋，而2006年5月17日土耳其政府聲明，決定依照達文西的設計建造一座橫跨金角灣的橋。

這張當年看起來像是不可能建造的橋樑設計圖之後，過了三百五十年，第一座加拉塔木造橋才在1845年鄂圖曼致力於西化的時期落成。1863、1875、1912年經歷三次翻修，直到1992年發生火災後，才在原址重建了今日的水泥橋。橋的造型沒有特殊的美感可言，甚至倍受批評，可是，加拉塔橋卻因為座落的位置，而成為伊斯坦堡的地標之一。

初到伊斯坦堡的遊客，有的會把金角灣上的加拉塔橋，誤以為和海峽大橋一樣是橫跨歐亞兩洲。直到翻閱地圖之後，才明白從博斯普魯斯海峽在歐洲岸延伸出來像獸角般的海灣，兩岸還都是歐洲區。

金角灣是一處條件極佳的自然港灣，全長約10公里，主航道寬約460米，可供船隻停泊。古代是世界各地商船匯集的地方，給當地居民帶來了財富，因此被稱為金角灣（Golden Horn）。希臘神話中說，金角一名，是奉太陽神阿波羅之命在此建立梅加拉城（Megara）的希臘國王拜占庭（Byzas）取的，因為羊角是

豐收和財富的象徵，形狀像羊角的海灣海水在陽光下，金光閃閃，又有說是海裡盛產青魚，魚鱗閃亮如金。至於土耳其人把金角灣稱做Haliç，則是因為是哈里赤河入海處的海灣，所以叫哈里赤。

伊斯坦堡的市區可分為新城區和舊城區，新舊城之間以金角灣為界，加拉塔橋則連接了伊斯坦堡代表東方文化的舊城區Eminönü和代表西方文化的新城區Karaköy。加拉塔一詞在義大利語中，涵義是「下到海邊的路」。在加拉塔橋兩岸都有渡輪碼頭，Eminönü這邊舊城區特別熱鬧，有新清真寺、埃及市場（香料市場）、蘇丹阿合梅特廣場、藍色清真寺、聖索非亞教堂博物館、托普卡帕皇宮、大市集等景點。在碼頭可以搭大型渡輪往東到亞洲區的Üsküdar和Kadıköy ，或是往馬爾馬拉海到王子島，而往北進入博斯普魯斯海峽直到鄰近黑海的港口小鎮，也是從這裡搭船。以前從巴黎開往伊斯坦堡的東方快車，終點錫克志火車站（Sirkeci）就在碼頭前邊。

從Eminönü渡輪碼頭就開始出現一個讓遊客特別感到興趣的畫面，那就是從碼頭邊起一直延伸到加拉塔橋上，一支支伸向大海的釣桿，還有欄杆邊在熙來攘往的人潮車流間，悠閒地等待魚兒上鈎的釣客，即使是寒冷的冬天，夜幕低垂之際。這些釣客大半是退休的或者是失業的，有的出售魚獲貼補家用，有的帶回家食用。

和橋上景緻不同的是，碼頭旁一艘艘忙著賣烤魚三明治的小販，在大家匆匆忙忙趕著搭船上班回家的時候，一份約莫35元台幣的新鮮烤魚夾在鬆軟的麵包中，加上蕃茄、生菜，再灑上點鹽巴、淋上檸檬汁，就是豐盛的一餐，讓人們可以利用搭船的15分鐘填飽肚子，難怪受到許多人的歡迎。

遊客在香料市場大血拼之後，可以到碼頭買一份烤魚三明治體驗伊斯坦堡的庶民風情，咀嚼大海的味道。也可以轉進加拉塔橋下一整排的餐廳，點一份新鮮的烤魚搭配辛辣的生洋蔥和芝麻葉沙拉（Roka），然後到水煙茶館喝杯用鬱金香形玻璃茶杯盛的土耳其紅茶、蘋果茶，吸壺水煙，享受神秘中東氛圍帶來的慵懶，休息夠了，再逛逛其間頗具特色的商店。

站在加拉塔橋上，往新城區望去，可以看到像根粗壯煙囪的加拉塔高塔。建於十四世紀上半葉的塔所在的地區，是當時海上強權熱那亞人的殖民地。曾經是城牆的塔樓，也曾被用來關押囚犯，可是從前對伊斯坦堡的最佳用途則是火災守望塔，因為木屋鱗次櫛比的伊斯坦堡最害怕祝融光顧。時至今日，大部分的城牆早已傾倒，黑獄也早已消失，但這座高塔依然屹立不搖的守護著老城區，沉默地見證著在地生活每一天的軌跡。

從碼頭一直延伸到加拉塔橋上，一支支伸向大海的釣桿，還有欄杆邊在熙來攘往的人潮車流間，悠閑地等待魚兒上鉤的釣客。（高麗娟　攝）

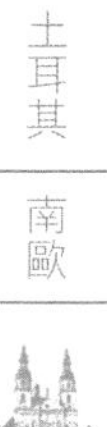

想要體會最美的黃金角夜景，就一定要登上這座66米的高塔，周圍的美景盡收眼底，十分震撼，兩岸星星點點的燈火，讓伊斯坦堡的舊城區燦爛無比。

入夜後，黃金角街頭的人潮幾乎散去，空空蕩蕩的，和新城區的摩肩擦踵形成強烈的對比，但加拉塔高塔的夜晚卻一點也不寂寞，現在的加拉塔高塔頂上為餐廳秀場，一位位身材曼妙又肉感的舞孃在台上奮力的抖動身體的每一個部位，令人心跳加速的節奏配上血脈賁張的舞姿，火熱動感的肚皮舞表演依舊是觀光客的最愛。

雖然伊斯坦堡有特色的建築很多，但是有的地方過度西化，有的又太觀光化，景物和周圍的人很不調和，感覺不出真正伊斯坦堡的古老文化和精神所在，惟獨舊城區Eminönü加拉塔橋一帶；那裡除了是伊斯坦堡的起源地，有歷史有人文有古老建築之外，還多了新城區少有的一種味道：陳舊、慵懶、卻又吵雜喧嚷，這裡永遠有種隱藏在世俗之下的魅力，這種魅力言語無法形容，必須踏進去親身感受。你可以大口大口地呼吸大海的鹹味、豎耳傾聽汽船「pooo pooo」的聲音，海鷗呼朋引伴的鳴叫聲、清真寺此起彼落的叫拜聲、小販充滿生命力的叫賣聲和各國觀光客紛雜碎亂的交談聲，要體會原汁原味的伊斯坦堡，這裡肯定是最恰當的地點。

土耳其名詩人歐爾罕·維利·卡呢克（Orhan Veli Kanık，1914-1950），就曾經站立在熙熙攘攘的加拉塔橋上，看著逆流划槳的船夫、捕蚌的漁夫、丟纜繩的船員、天空的飛鳥、鱗光閃爍的海魚、鳴笛冒煙的渡輪、海上搖晃的浮標，想著辛苦地為生計奔波的小民，不禁自嘲到看來悠閒的他，恐怕回頭要絞盡腦汁寫首「加拉塔橋」的詩，來賺取微薄的稿費，才能填飽肚子。

德國哲學家海德格說：「橋使得大地在岸邊聚集成可觀的地景。橋，給了水流動的方向與空間，同時也給了人往返的目標與路徑。……不是橋選擇某一定點然後矗立其上，而是橋讓某一地點的意義顯現出來。」（高麗娟　攝）

橋並非僅僅把現成的河岸連起來，河岸之所以成為河岸，乃是因為橋橫跨了河。橋在哪裡，岸就在橋座落之處。對岸的景觀或許極美，但沒有橋，它不是可及的岸。

德國哲學家海德格說：「橋使得大地在岸邊聚集成可觀的地景。橋，給了水流動的方向與空間，同時也給了人往返的目標與路徑。……不是橋選擇某一定點然後矗立其上，而是橋讓某一地點的意義顯現出來。」當我們要從一個時段進到另一個時段之前，只要我們稍作停留、思考，我們就自行構作了一座「時光之橋」。在這裡，我們回望過去，同時也躊躇未來。金角灣上的加拉塔橋見證了伊斯坦堡歷史和人文，在文學、電影、攝影中，不斷被土耳其和外國旅行家提及，它的週圍已經聚集成可觀的地景，顯現出多元文化交融的神秘魅力，值得每個到土耳其的遊客去細細體味。

LifeLife

吃喝玩樂

Life

土耳其美食丙天下——伊斯坦堡美食巡禮

高麗娟

國家地理雜誌曾評選出一個人一生一定要去的50個城市，其中伊斯坦堡高居第二。2008年紐約時報也推薦讀者到美食之都伊斯坦堡，說除了世界頂級餐廳在伊斯坦堡設的分部外，名列世界三大的土耳其美食，也在這座城市裡等待知音。

土耳其是橫跨三大洲的鄂圖曼帝國繼承者，地處歐亞大陸之間，動植物種類繁多，要說它菜式不多，材料不豐，聽在堅稱連茄子都有百種做法的土耳其人耳中，實在很難服氣。不過，如果國人能放下自身飲食習慣的成見，了解土人飲食習慣，會發現土耳其菜果然名不虛傳，堪稱土耳其美食「丙」天下。

在土耳其街頭最常見典型的旋轉烤肉（Döner Kebap），台灣叫沙威馬，以為是來自希臘，其實，因為以前希臘和阿拉伯半島都是疆域橫跨歐亞非的鄂斯曼帝國屬地，不管是烤肉、麵餅、甜點都相似，也都自稱是自己原創，不過，由於土耳其是來自北亞、中亞的匈奴突厥騎馬遊牧民族，素以肉食麵食為主，又是大帝國的中心，一般還是認為這是土耳其烤肉。

且不管土耳其是不是沙威馬原產國，最重要的是土耳其燒烤肉（Kebap）內容的豐富，不是希臘可比擬的。土耳其的燒烤肉有名的種類中，最適合國人口味的是坦土尼（Tantuni），這是用鐵板炒的茄汁羔羊肉塊，吃的方式是在麵餅拉瓦什（Lavaș）上放肉塊、洋蔥絲、蕃茄丁，然後捲起來吃。完全沒有羊羶味，肉質鮮美，簡直可以比美北京烤鴨，在伊斯坦堡著名的塔克辛廣場（Taksim）附近巷弄裡有兩家名店「Suat Usta」，「33 Mersin Tantuni和Emine ana Tantuni」。

另外，土窯燒烤肉（Tandır Kebabı），被報紙評為第一名的是安卡拉的Konyalı Tandır Kebap，據伊斯坦堡最知名的「Șeref Büryan Salonu」的老闆說，這道燒烤要選用不超過15公斤的羔羊，肉吊在2米半高的土窯裡，封起窯口，用炭火烤2個小時。其他炭烤肉（Oltu kebabı）、亞歷山大烤肉（İskender döner）、伊內湖肉丸（İnegöl köfte）、陶甕燒烤肉（Testi kebabı）、阿達納燒烤肉（Adana kebabı）、烤肉串（Şiş Kebabı），簡直把肉的燒烤藝術發揮到極致，在伊斯坦堡的觀光景點蘇丹阿赫梅特廣場附近有「Sultan Ahmet Köftecisi」，以及Eminönü碼頭的「Hamid Lokantasi」（Lokanta是餐廳的意思）都是有口皆碑的燒烤老店號，可以品嘗到上述燒烤。

在三面臨海的土耳其也不乏海鮮。土耳其人吃魚的時候，一般前菜來個扁豆湯，然後一盤魚和生菜沙拉，頂多加點米飯在盤子的一角，旁邊是無限供應的麵包，最後來道像花生酥的甜點，土人認為這可以去掉腥味。

這種吃法對於習慣魚只是一道菜的台灣人來說，的確是乏善可陳，更別說能吃飽。不過，在土人的宴客習慣中，地中海式下酒小菜美澤（Meze），澆上檸檬汁的炸魚，配上生菜沙拉，就著麵包吃，再配以土耳其特產的葡萄酒，或者號稱獅子奶的茴香酒，不管是在餐廳還是自家，都是能夠賓主盡歡的體面美食。

在伊斯坦堡著名的加拉塔橋下的碼頭旁，可以看到一艘艘船上，穿著傳統服飾的小販忙著賣烤魚三明治，一份只要約35元台幣的新鮮烤魚夾在鬆軟的麵包，加上蕃茄、生菜，再灑上點鹽巴、淋上檸檬汁，就是一道豐盛的街頭美食。

還有街頭小販叫賣的蚌殼塞飯（Midye Dolması）是在蚌殼中，塞入拌有香料胡椒的橄欖油米飯，米飯吃起來有點像油飯的味道，擠幾滴檸檬汁，又香又好吃。

也可以轉進橋下的餐廳，點份新鮮烤魚搭配辛辣的生洋蔥和芝麻葉沙拉，然後到水煙茶館喝杯用鬱金香形玻璃茶杯盛的土耳其紅茶、吸壺水煙，或者喝杯土耳其咖啡，碰巧有人可以翻譯，還可以算個咖啡命，享受神秘中東氛圍帶來的慵懶。

肉和其他蔬菜乾果一起燉煮的土耳其美食不勝枚舉，就暫且略過不細數，值得一提的是，與土耳其燒烤肉共同形成美食文化的土耳其麵包。

土耳其的麵包種類很多，最常見的是像法國麵包的硬殼麵包（Ekmek），表皮香脆。一般勞動階層，一條麵包，配以白奶酪、蕃茄、小黃瓜，就是一餐。在鄉下吃完飯還要趕著幹活，所以吃飯簡單快速，甚至男孩子將來會不會成大器，是以他吃飯的速度來判斷。

至於土耳其烤肉店裡最讓台灣人驚台的是，一大塊烤得香噴噴，鼓得脹脹的麵餅拉瓦什，用拉瓦什包裹各式烤肉成為麵餅卷（Dürüm），或者熱呼呼地塗上奶油，都讓人吃了還想再吃。另外，號稱土耳其披薩的各種餡料的皮迭（Pide）、絞肉餡薄餅辣赫麻俊（Lahmacun）、夾肉餡、菠菜餡、馬鈴薯餡、奶酪餡的酥餅博瑞克（Börek）、像中式大餅但是小許多的巴滋拉麻（Bazlama）、像煎餅的葛滋雷美（Gözleme），都是土耳其人常吃，也是台灣人最能接受的土耳其麵食。

土耳其的下酒小菜美澤，以地中海產的橄欖油煮的涼菜居多。在供應小菜的餐廳，服務員會端上來或推車來給客人選，或者自己到玻璃櫃前選。這些小菜都很下飯，只不過地中海習慣，橄欖油煮的菜是冷了後吃，而且土人是配麵包吃的，如果你也學著用麵包沾著這些小菜吃，恐怕會像土人形容菜好吃時說的：「連手指頭都吃掉了」。

夜裡街頭小販賣的烤酥腸（Kokoreç），烤得香酥後剁碎，和洋蔥香料夾在麵包裡吃。土耳其有專賣羊雜湯（İskembe）的餐廳，是通宵營業的，以羊肚為主的濃湯，加上醋、大蒜、辣椒粉、香料，是深夜裡酒客最喜歡的醒酒湯。另外羊蹄濃湯、涼拌羊腦、烤羊腎、燉羊心、烤羊頭肉，也是下酒菜。

在土耳其米飯不是白米飯，而是加了油加了鹽，配著麵包吃的菜。講究的做法是用雞湯或奶油去煮，加入的配料有松子、小葡萄乾、香料，也有加羊肝或時蘿、羅勒等香菜的。

還有煮過之後晒乾壓碎的小麥粒（Bulgur），用洋蔥爆香後加蕃茄醬和水煮成麥粒飯，是亞歷山大旋轉烤肉旁必有的配料。而更細的乾麥粒用熱水泡開，加炒過的洋蔥、綠蔥、洋香菜、蕃茄醬、紅椒醬、橄欖油、檸檬汁、香料涼拌而成的克色爾（Kısır），是土耳其人聚會飲茶時常有的鹹點心。

談到點心，土耳其人的飯後點心，種類繁多，薄麵皮做的「Baklava」、麵粉絲做的「Künefe」、麵團做的「Şeker Pare」、「Tulumba Tatlısı」、牛奶做的「Muhallebi」、「Sütlaç」（台灣通稱的米布丁）、「Kazandibi」、「Tavuk Göğsü」、「güllaç」、用麥片、豆子、乾果煮的類似八寶粥的甜粥「Aşure」。外加有麻糬般口感的土耳其馬拉什冰淇淋 都是土耳其知名的甜點。其中「Baklava」以「Hacı Baba」，奶製點心以「Özsüt」，冰淇淋以「Mado」為最具國際聲譽的專賣店。

庫內費（Künefe）甜點，上下兩層烤得酥脆的細麵絲，之間則是奶香醇厚的奶酪，在鐵盤上烤製之後，切塊，澆上糖漿，溫熱地吃，酥滑脆香，配以紅茶，真是飯後一盤賽過活神仙。（高麗娟　攝）

卡讚底比（Kazandibi），Kazan是鐵鍋，Dibi 是底部，原來是奶布丁放在撒了糖粉的烤盤烤出的焦糖鍋底，比布丁結實，比麻糬嫩，又Q又滑，有吃在嘴裡口難開之嘆。（高麗娟　攝）

凡是到土耳其旅遊的人，印象最深刻的是土耳其人一整天都在喝紅茶，也請人喝茶，而小小一個鬱金香型玻璃茶杯，往往是加上兩三顆糖，尤其是喝飯後茶或下午茶時，常常還配以上述甜點。這麼一個嗜食甜食的民族，也就難怪會以熱情好客自我標榜，而喜食酸奶酪、酸泡菜、蕃茄醬，卻厭惡酸甜合一的甜酸醬，不也顯示了土耳其人好走極端、愛憎分明的民族性。

伊斯坦堡香料市場眩目醉人

高麗娟

詩人說：「到了伊斯坦堡的海峽邊，應該閉上眼睛，聆聽這座城市的聲音。」不過，在金角灣的加拉塔橋下，聆聽了伊斯坦堡之後，還不算是全面地感覺了伊斯坦堡。還要往新清真寺（Yeni Cami）後面走去，可以看到一座不起眼的古老建築，進進出出的人潮明顯地以當地人居多。

隨著人潮從古老的大門走進建築，迎面撲鼻而來的各式香味，把海峽邊的海藻味、渡輪柴油味阻擋在門外，搶先告訴你，來到了一座香料市場。

和不起眼的外貌相反的，市場內琳琅滿目的貨色混雜著神秘的中東氣息，高聳的拱頂下回響著異國語調的叫賣聲，無論是聲響、氣味，還是景象，都讓人感覺處身在東方與西方、古代與現代交錯相融的情境裡，忍不住閉上眼睛，像走在巴黎街頭的香水師葛奴乙般翼動鼻孔，去嗅聞伊斯坦堡的古老氣息。

對遊客來說，要了解一地的生活文化，逛市場保證是最快也最有趣的途徑。雖然比起頂頂有名的大市場（ Kapalı Çarşı），伊斯坦堡第二大古老市場香料市場（Mısır Çarşısı）的規模明顯小很多，但是，所有想買的土耳其伴手禮，在這裡同樣可以一網打盡，尤其是隨處充斥的誘人香味和五顏六色的粉末，更足以讓人流連忘返。

市場內琳琅滿目的貨色混雜著神秘的中東氣息，高聳的拱頂下回響著異國語調的叫賣聲。（高麗娟　攝）

香料市場是呈L形的封閉式建築，長的一段長150公尺，短的一段長120公尺。建於1660年，當時是為了供養新清真寺及附屬的慈善食堂和書院而建的。土文Mısır的含義是埃及，因為靠近碼頭，是奧斯曼帝國時期來自埃及的商賈聚集的地方，兜售週邊各國的商品，其中主要的便是香料，當時是整個中東最大的香料集散地。今天埃及香料市場一帶成為伊斯坦堡市民傳統的購物重地，可以買到當地價格的蔬果和民生用品，仍然是交易繁榮、人氣鼎盛的商業區。

香料的土文是「Baharat」，源自阿拉伯語，「Bahar」意為春天，想來春天百花盛放的香味，衍生出香料「Baharat」這個字。香料市場裡一桶桶香料五顏六色、百味雜陳地展示眼前，炫爛的色彩搭上濃重的香氣，的確讓人感覺處身百花盛放的春郊野外。

香料市場裡一桶桶香料五顏六色、百味雜陳地展示眼前，炫爛的色彩搭上濃重的香氣，的確讓人感覺處身百花盛放的春郊野外。（高麗娟　攝）

薄荷葉（Nane）風乾之後搓成的綠粉，是土耳其人煮酸奶酪米粥必定灑在辣油上頭的香料。百里香（Kekik）、迷迭香（Biberiye）是土耳其人調理肉食必用的調味料。肉桂在東南亞是用來給肉類調味，可是在土耳其則是磨成粉灑在甜點上，尤其是奶製甜食。至於香料中的女王番紅花，這裡的十之八九是伊朗進口貨，土耳其只有古城番紅花城年產十多公斤極品。如果你對香料沒有研究，又有不少看了電影《香料共和國》喜愛廚藝 的親友，等著你從土耳其帶香料的話，埃及市場裡有很多不錯的小香料禮品包，價格公道，是送人的好東西。

另外，各式花茶也給香料市場增添了香味，如土耳其人常喝的菩提花茶（Ihlamur）、鼠尾草茶（Adaçayı），還有玫瑰花茶（Gül）、薰衣草茶（Lavanta）等。土耳其也是地中海國家之一，因此在這裡買的花茶絕對不會比台灣從歐洲進口的品質差，價格卻低很多，雖然包裝可能沒有那麼精美。

花茶的香味之外，散發出一股辣味的各種細度、色調的紅椒粉，土語叫「Pul biber」，桔紅色呈細碎片狀的，是紅甜椒做成的，用來做紅油，不辣但是很香；有辣味色深紅微暗顆粒較大的，則用來做辣油或者做菜時調味。一種色暗紅像烤焦的辣椒粉，叫「Isot」，土耳其人喜歡灑在肉餅拉赫麻俊、旋轉烤肉片及煮好的菜餚上。

除了香料，香料市場也像台北的迪化街是南北乾貨集散地，台灣少見的杏桃乾、無花果乾、沙棗乾、榛果、杏仁、松子、開心果、核桃，一應俱全，幾家老字號的店更是貨色齊全、童叟無欺。熱情的店主會從大袋子裡鏟出一杓，讓你免費品嘗。而各種果醬、玫瑰醬，講究天然純正，絕對不是台灣那種加了澱粉的果醬可以比擬的。「Rosense」這個土耳其可靠品牌的玫瑰花精油及純露、乳液，也在香料市場裡買得到。

至於台灣人喜歡喝的蘋果茶，除了易沖泡包和蘋果粉外，這裡有晒乾的蘋果片，混合洛神花，煮後加糖，是不錯的飲料。另外，地中海產的天然海綿、散裝香水、古龍水、燈飾、肚皮舞裝、披肩、圍巾、像新港飴的土耳其軟糖（Lokum）、藍色避邪物、盒裝的蜂巢蜂蜜、橄欖油，也是遊客常買的伴手禮。

香料市場裡熱鬧，市場外更是驚人，從東面的大門出去，有賣寵物、罕見花卉種籽的店，甚至於有賣水蛭，供人買去代替放血，吸血治病。從西面的大門出去，窄窄的一條小巷，有各種食品、銅器、鐵器、家用品、工藝品。不過，在這裡最值得遊客買的東西，你只要吸一口氣就會發現，小巷口有一陣陣濃烈的咖啡香味，那就是從百年老店「Kurukahveci Mehmet Efendi」傳出來的炒土耳其咖啡香。

《香料共和國》的爺爺說：「人生如料理，加點鹽，加點香辛料，才更有風味，更富姿彩。」到伊斯坦堡遊覽就該走趟香料市場及其週圍，才更能體會出這座橫跨歐亞的古老城市特有的歷史風味和在地人的生命力。

漫談葡萄酒與酒文化

俞力工

言及葡萄酒，中國人難免聯想到唐朝詩人王翰「涼州詞」裡的「葡萄美酒夜光杯，欲飲琵琶馬上催。醉臥沙場君莫笑，古來征戰幾人回。」

許多年前，當筆者途經甘肅時，便曾見到當地商店兜售的一種淺墨綠色的石料酒杯，且號稱那就是王翰所指的「夜光杯」。可以想像，葡萄酒盛入其中，完全無法透視原色，因此便缺少點觀賞「酒色」的樂趣。歐洲葡萄酒杯講究的是透明潔淨，容量也要夠大，讓人仔細琢磨不同色澤之外，輕搖慢晃還可聞到撲鼻酒香，最後則是聚精會神的淺嚐，絕不見中國式的杯觥交錯、「醉臥沙場」。歐洲人手持酒杯的方式是輕舉杯柱，大概是為了用那不讓指印沾污的酒杯，來證明自己頭腦的始終清晰。

據個人觀察，歐洲國家酒醉街頭的「好漢」不外兩類，一是患有酒癮的醉鬼；二是借酒壯膽的納粹分子。還有一個特點則是，這兩類群體追逐的都不是葡萄酒，而是廉價烈酒。因此舉凡品嘗葡萄酒的場合，氣氛極為寧靜與高雅，酒友樂在其中而不狂妄咆哮。

當前國內喝葡萄酒蔚然成風，相關的書籍也充斥書架。走進專賣店，無論是從世界各地進口的紅、白葡萄酒，或為侍候「酒局」而配置的各種周邊設備，可謂之琳琅滿目，令人嘆為觀止。遇此情景，卻總讓我無法將日常所見的歐洲「酒文化」聯繫起來，甚至禁不住要問，歐洲人喝葡萄酒至於這麼繁瑣、考究嗎？

奧地利葡萄酒產地以布根藍與下奧地利省為主，兩地酒莊加起來起碼有8000家。每到4、5月葡萄酒釀就、裝瓶期間，每一個酒區都會為促銷目的，輪流舉辦稱呼不一的「品酒日」、「酒窖節」或「酒街日」。這意味著，直到10月截止，維也納市附近每天都可能有數個酒區同時舉行品酒節目。鑒於此，奧地利人平日並不需要刻意打聽酒節的所在地，而是隨興驅車往葡萄產地駛去，且多數情況下，都能為「巧遇」葡萄酒盛會而得到些意外驚喜。久而久之，筆者也抱著隨遇而安的心態，四下獵取「葡萄酒奇遇」，即便有時候發現不對口味，但只消換個品種，甚至換家酒館也不過是舉手之勞。全世界似乎有個不變的規律，只要是遊客聚集的地方便難得遇上好酒、好菜與好招待。葡萄酒亦然，凡本地客人居多的酒店，質量多半經過千錘百煉。

此地「酒節」舉辦的形式多半是，主辦單位在「酒街」路口設下關卡，凡有意品酒的遊客，只需支付大約15美元的費用，便可取得酒杯一隻，而後只要伸出酒杯，便可無限制地品嘗所有酒店的促銷產品。歐洲各大城市也經常為促銷目的舉辦室內的品酒活動。筆者曾見識過一個200多家酒商同時參與的「品酒盛會」。如以每家酒商展出5個品種計算，當日可以品嘗的酒類就達1000種之多。令人感到詫異的是，如此規模龐大、容納數千酒友的活動，卻無一顧客酒醉失態。由此可見品酒已形成一種高尚文化活動，純樸又精緻，一如中國人品賞老人茶的風雅。

把葡萄酒當作每日餐桌上的飲料多是南歐的習慣。多瑙河以北，則傾向於用餐時搭配啤酒。如果特地拿出葡萄酒，則原因不外是佐以好菜，或為慶祝或助興。如果出於待客目的，歐洲人選擇的酒多半不是味道濃郁的成年老酒，而是清淡芬芳的新酒。理由無他，待客目的主要是聊天，而要維持連綿數小時的對話興致，必須排除那些口味厚重又不解渴的飲料。

初學喝葡萄酒的中國朋友多愛好價位高、年份久的「老酒」。殊不知這類葡萄酒在歐洲多是點到為止，並不為大眾所追求。相反，新酒一般色澤明亮剔透、味道清香撲鼻，而且價廉物美、多喝而不膩。但是，新酒的特有芬芳稍縱即逝，過時不候，於是乎便自然形成一種春季「嘗鮮」的群眾運動。

奧地利葡萄酒酒窖。（譚綠屏　攝）

許多中國朋友都有「醉臥沙場」的豪情壯志，可是多年觀察之下，酒量最為不堪的好像也是炎黃子孫。紅葡萄酒多喝兩杯便上火，白葡萄酒半瓶下肚則鬧酸。反觀德意志民族（德、奧、瑞），其特點在於喝酒不需佐以小菜，甚至可以5、6小時站著喝酒而毫無倦意。與之對比，中國人多有鬧酒傾向，甚至把灌倒酒友視為餘興。或許正是因為歐洲人普遍認為酒態丟份，才孕育出一種令人心醉的葡萄酒文化。

匈牙利人的雞蛋情結

李震

「歐洲的廚房」用雞蛋最多

匈牙利可以說是世界上人均食用雞蛋最多的國家。匈牙利蛋雞培育與雞蛋生產聯合會介紹說，近幾年匈牙利每年的雞蛋產量都在30億隻左右，加上還要進口，人口只有1000多萬的匈牙利每年人均消費雞蛋近300隻，總量和人均消耗都居歐盟國家之首。

匈牙利人有句俗語：今天的雞蛋勝過明天的一頓飯。匈牙利人如此喜食雞蛋與其傳統有著很大關係。匈牙利從11世紀初起建國時就成為天主教國家，保守而嚴格的教規要求每年紀念耶穌受難連續40天的大齋期中的每星期三、五、六以及全年的星期五除了不能食用肉類和牛奶製品外，雞蛋也在禁止之列。後來隨著教規的鬆動，匈牙利人首先在大齋期的星期六可以食用一些雞蛋和奶製品。到了1611年，匈牙利最高大主教向羅馬教廷申請不再將雞蛋和奶製品列為齋日禁品獲得了批准，這樣齋日裡雞蛋就成了人們最重要的主食，時間一長，匈牙利人對雞蛋的依賴也就越來越大了。

在歷史上匈牙利是傳統的農業國，曾一度被稱為是「歐洲的廚房」，飼養家禽至今也是農業領域一個重要的部門。現在，由於成本和價格較低且營養豐富，無論是農村還是城市，雞蛋仍然是匈牙利人餐桌上主要的食物之一。

小小雞蛋　菜肴繁多

匈牙利人食用雞蛋的方法花樣繁多。煎雞蛋自然是早餐上常見的，而嫩炒雞蛋可以做正菜的配餐，做麵條時在麵裡也是經常打入幾個雞蛋。在冷餐中，煮熟的雞蛋也是三明治和沙拉中常見的配料。一個有名的匈牙利冷餐叫「填蛋」，做法是將煮熟的雞蛋切成兩半，將蛋黃與植物黃油、酸奶、沙拉醬、麵包渣、洋蔥末、歐芹片、鹽和胡椒等混在一起拌勻後，再填到剛才的蛋白上面。這種「填蛋」的作法因加入配料的不同還有多種，如「復活節填蛋」習慣上要加入的植物菜料是橄欖果和蔥花。

匈牙利首都布達佩斯市中心有一家始建於1887年的老字號——中央（Central）餐館，這裡的雞蛋早餐久負盛名。從早上7點到11點半，這家餐館提供的早餐基本上都是以雞蛋為主料做成的。如一道名為「鄉村早點」的主菜是將土豆（編按：中國大陸用語，即馬鈴薯。）、鹹肉、洋蔥和奶酪一起與雞蛋煎製而成；「鮭魚炒蛋」的做法則是雞蛋炒好後再與腌鮭魚一起略蒸片刻，然後再配上拌了橄欖油的混合沙拉；對於煎雞蛋，廚師會按顧客要求加上火腿肉、燻肉或是蘑菇等。喜歡吃生雞蛋的，可以來一杯營養不錯的飲料：水果蔬菜汁中打入一個雞蛋，再加上一些泡沫奶油……。讀者有機會來布達佩斯一定要記住這個餐館喲！

一年一度的「國際雞蛋節」

1999年，總部在倫敦的「世界雞蛋委員會」將每年10月的第二個星期五定為「世界雞蛋日」，匈牙利著名的旅遊勝地——巴拉頓湖南岸的城市希歐佛克2003年起將這一天定為「巴拉頓國際雞蛋節」，並連續舉行三天的活動，成為匈牙利一個頗具特色的節日，其活動意義最主要的是宣傳食用雞蛋對人們健康帶來的益處和有關雞蛋的文化。在這個由希歐佛市長主持開幕的以雞蛋為主角的節日上，有各式各樣用雞蛋做成的美食讓人們品嘗，還有雞蛋集市、禽蛋藝術展、民間工藝品展、農業與食品展以及音樂舞蹈文藝演出，此外還闢有活禽園供孩子們瞭解家禽的飼養等等。

禽蛋藝術博物館

2003年舉行首屆「巴拉頓國際雞蛋節」時，在希歐佛克參加藝術展覽的「禽蛋手工藝術國際協會」後來設立了常年的展覽中心，在第二年雞蛋節時就建成了一座「禽蛋藝術博物館」。

除了介紹家禽和其它鳥類各個蛋種的實物和知識外，這裡最讓觀眾讚嘆，就是從民間到專業製作的眾多蛋殼雕刻收藏、蛋殼繪畫、蛋殼綉花等手工藝術品，其中有雞蛋的，也有鴨鵝和鴕鳥蛋的，此外還有木頭做的彩蛋，所有的圖案都具有濃郁的匈牙利民間藝術風格。博物館中最為精美的非鑲邊彩蛋莫屬了——鑲邊彩蛋看上去頗像中國的景泰藍，製作方法是將金色的細線繩在蛋殼壁上黏成各種花卉的圖案，然後再上色修飾，每一件作品都讓人讚嘆不已。

從彩蛋到民間諺語

匈牙利彩蛋精美無比，且只能觀賞而不能褻玩。「像對彩蛋一樣對待他」這句諺語就表示對人關懷備至的憐愛和呵護。其它一些有關雞蛋的諺語有：「走在雞蛋上」（處境微妙，做事要小心）、「公雞下面找雞蛋」（方法錯誤）、「剛從蛋殼裡出來的人」（新手，沒經驗）、「哥倫布的雞蛋」（簡單，容易）、「雞蛋想教導母雞」或「雞蛋想要比母雞更聰明」（不自量力，自高自大）、「就像一個雞蛋與另一個雞蛋」（完全一樣，沒有區別）、「等到雞蛋煮熟了」（馬上，一小會兒）、「雞蛋還是母雞」（哪個在先）、「黑雞下的也是白蛋」（人不可貌相）。

提高蛋雞「生活待遇」

雞蛋情結（麥勝梅　攝）

出於動物保護同時也是提高雞蛋質量的考慮，匈牙利要按歐盟新標準的規定從2012年起與其它成員國一樣要實現蛋雞的「人性化」飼養，傳統超密集型的雞舍要進行改造或是淘汰。根據新標準，新型雞舍層高至少為45厘米，每個單元放置五隻蛋雞，每隻雞的平均活動面積至少達到750平方厘米，便於雞蛋滾出的底層傾斜率不得高於14%（即12.6度）。最底層要距離地面35厘米。雞舍中要有足夠的墊草和供休息的橫架，保證不間斷的精配飼料和飲水，此外當然還要保證照明、溫度、濕度和通風等。

另外，匈牙利也在推廣更為科學的飼養方式，這就是大棚地面厚墊草飼養（每平方米9-18只蛋雞、棚頂天窗可射入自然陽光、配有不同高度的休息橫架等）、草地自由飼養（每只蛋雞活動面積達4平方米，併有墊草區等）和生態化放養（在草地自由飼養基礎上，不對蛋雞注射和食用任何藥物，飼料中不含有人工合成、防蟲和轉基因成分）。

匈牙利市場上出售的每一隻雞蛋上的編號為10位數，其中第一個數字就說明了是產自哪種飼養方式：雞舍的為3，大棚墊草飼養的為2，草地的為1，生態化的為0，當然雞蛋的價格也是依次不等的。這一數字後的HU則代表是匈牙利的產品。

閒話歐洲的度假中心

曉星

有人說，中國人一見面就愛問「吃過飯沒？」西歐人則喜歡問「去哪兒度假了嗎？」說的也是，西歐人從小在校念書，學校每年都會舉辦團體旅遊，不是去高山滑雪鍛練，就是去參觀古國。學了歷史地理之後，老師都會安排學生有身歷其境的機會，讓他們親眼見到書中所述；若參加了童子軍的活動，就經常去露營，體驗野外團體生活，當然也包括了參觀各地名勝。

畢了業，工作之後，公司每年都會依法律規定，發給四至六週的年假，並加發度假金，幾乎沒人會在家裡蹲著，總是早早的就在研究，今年該去哪兒，還必須儘早地申請扣下年假的日子，免得協調不妥，造成缺人現象。

每家旅行社內都有堆成了高牆似地各種免費資料、雜誌，琳琅滿目，如何挑選出適合自己的目的地，也真是一大學問，哪個國家？哪個地區？開車去？乘火車？坐飛機？住旅店？租短期公寓？自助式還是跟團？

就是因為以上許多問題，造成了人取捨上的困難，度假中心的出現，為大眾提供了最理想的旅遊服務。

在缺乏陽光的寒冷國家住久的人，才真正能體會到「野人獻曝」的舒適感覺，何況陽光還真是最好的維他命D的大補品呢，所以只要氣候溫暖，海灘宜人，有良好的設備，舒適的住房，豐盛的美食，再加上精彩而老少皆宜的活動節目，又在各人的消費能力之內的，就是最吸引人去的地方了。南歐及北非的國家，就利用美好的陽光 來發展旅遊事業，一流的旅店成林，紀念品商店滿布各處，經濟上，觀光已成了各國國民最大的收入之一呢。

出發前的準備工作也是一大學問，防曬油膏必須買適合各人皮膚的不同產品，初曬期、曬中期及曬後的保護品，均得分門別

捷克（譚綠屏　攝）

類選好，有人還會在出發前先去美容院做幾次日光浴，除了預先為皮膚做適應強烈陽光的準備，也因為不想展露自己太蒼白的皮膚。不像國人大多怕被曬黑，而拼命躲太陽，還會有撐陽傘的習慣。

游泳衣也得帶幾件換著穿，以便躺在沙灘或泳池旁，每天前後左右翻來覆去，要把整個身體皮膚曬得均勻，最好能曬成古銅或者棕色，就是最理想的了，回家見人就被稱讚「哇！曬得真美！」，於是就值回票價了。

度假中心每日都會安排不同的活動，從做晨操開始，有時在草地上，也有時在泳池內，或在健身房裡，均會有專人指導來做適合各種年齡的不同運動，所以行李中也別忘帶各式的運動衣鞋。白天也有另繳費的團體觀光活動，為了參觀，也必須帶著走

路舒服的鞋。晚餐後還有表演節目和舞會，所以有人又會把家中最美的行頭帶著，很可能在舞會中遇到個夢中的白馬王子，真的，在度假享樂之時而配出成雙成對的故事還真不少呢。

有些收費高的度假中心，還可學習潛水，拉帆及滑水等水上運動，也教打高爾夫，網球，乒乓等的技術，也有上語言、烹飪或舞蹈課的。參與起來，也真會使人忙得不亦樂乎。

度假期間，主婦們可以完全不做家務事而大大放鬆自己，好好休息，甚至還可以到按摩或美容中心去享受一番，又有時間到海灘或泳池旁的躺椅上曬太陽，同人聊天或 看看書報雜誌，並瞧著別人運動玩耍。如此休息一兩週之後，氣色當然會變好許多，人就似乎煥然一新了。滿意之後，有的會同剛認識的朋友們約好，明年再來此處會面，也有人則喜歡每年去不同的國家玩，以增廣見識，與人談話的內容，大多就在訴說自己去過的不同國家，以及所經歷的不同故事。

想起我們中國，在起飛後的今天，許多建設已經和國際接軌，世界村的觀念，已經是天涯若比鄰了。在歷史文化上我們有著太多的觀光優勢，若也能利用陽光海水，像在海南島上也開放這類的度假中心，冬季必能吸引來此取暖的大批世界旅客，就不再讓泰國、越南或菲律賓等國專美於前了吧？

瑞士村姑與汎歐大觀園

朱文輝

瑞士在歐洲的地理位置恰居於南來北往的要津，是個沒有出海口的內陸國家，前後左右被德國、奧地利、法國、義大利和列支登斯坦所圍鄰，一系列覆滿皚皚白雪的阿爾卑斯山脈綿延不絕貫穿其間，不管是搭飛機或乘火車到任何一個歐陸地區，以瑞士為啟程或轉口地點，都十分近便。在大歐洲境內搭乘火車旅行，對於久居瑞士已經35年的我來說，有一種奇妙的感覺。

歐洲鐵路發達，不論是南北縱貫，或是東西橫穿，鐵道密密麻麻，像極脈絡分明的蜘蛛網，即便是跨國越境需要轉換好幾趟火車，往往一票可以到底，甚為方便。而寬敞舒適的火車廂，平穩的行車速度，雖然較搭乘飛機耗費時間，但於上上下下之間觀察人生百態，在一路好景的簇擁之下，讓景物和事物帶動人的心靈去體會這個人間世的層層表象，也算得是一種情境景觀的慢咀細嚼。

千山鳥飛絕（一系列覆滿皓皓白雪的阿爾卑斯山脈綿延不絕貫穿其間）（朱文輝　攝）

依山傍水揚白帆（瑞士琉森湖景）（朱文輝　攝）

民寡國小的瑞士，以全國最大的都會蘇黎世來說，人口也不過38萬，至於其他的小城小鄉，更是綠色村景多過人煙。不管是從哪個村鎮或都市的火車站上車，都可以從從容容出發，一路逸緻悠悠地望著車窗外面的湖泊山林，讓野景把恬適伴入人的眼簾。

可是我往往會辜負了一路好景。在行車的過程當中，不是垂首假寐，便是聚神閱讀，等一回過神來，沿途的景緻風光早已成了過目雲煙，人則在毫無知覺之中來到了目的地——巴黎、慕尼黑、法蘭克福、漢堡、維也納或是米蘭、阿姆斯特丹、布魯塞爾等國際大都會。走出車站面對門口的大街，哇，五光十色，車水馬龍，紅男綠女的鼎盛人氣把十里洋場豁然呈現在眼前，蘇黎世到巴黎之間朝發午至，進入另外一個花花世界的驚豔和驚喜之感，就在那麼一瞬息、一剎那間猛然爆發開來，恍若劉姥姥——不，是瑞士村姑——，一下子進入了大觀園，沉陷在目不暇給的絢爛之中；平日習慣了瑞士的井然有序和清潔幽靜，又是湖光又是山色的花草鄉景，與滿街節比麟次的高樓大廈和紅塵滾滾的鼎盛人氣相對照，那種叫人目眩神迷的興奮與撼動，足足沸騰人的

阿爾卑斯山筆直的樹林和堅韌奇突的怪石。（朱文輝　攝）

血脈，彷若剛剛跳出井底的一隻孤蛙，面對外頭無奇不有的真實世界，大聲鳴出牠的詠歎調！

從相反的角度來看，一個吃慣了大魚大肉的歐洲大都會族來到瑞士，這兒的人、事、物、景對他來說，則往往會有如清粥一碗小菜兩三碟，加上淡淡的茶香，那種驚豔喜悅沁入心靈的感覺，可能也不亞於前述的「由簡入繁」吧。這情境便彷若清秀脫俗的村姑也能讓人眼睛為之一亮般——君不見乾隆皇帝雖然北京後宮擁有佳麗三千，江南一遊卻驚豔於民間小女子從而迷醉於淡雅清麗的幽柔之中嗎？

這些圖片都是我於2010年6月5日新上瑞士中部覽勝名山「皮拉圖斯」巔峰（Pilatus-Kulm）所攝。先自蘆蒨（Luzern，台灣譯為琉森）市郊的克里恩思（Kriens）小鎮纜車站搭乘四人座式空中吊纜車上山，於半峰的中途轉繼站換搭站立式的吊纜車廂上到2132公尺高的山巔覽勝觀景，山底下橫跨四個邦的「四林邑湖」（Vierwaldstättersee，英文俗稱琉森湖Lake Lucerne）於腳底一覽無遺，呈現整個湖光山色的秀麗景緻。

千山之外有千山（朱文輝　攝）

遊完雄壯的山巔，搭乘全世界最陡斜（48度）的齒輪纜索登山車自山頭的另一背脊下山，全程45分鐘，一路上可以領略阿爾卑斯山筆直的樹林和堅韌奇突的怪石，眼底則是澄清碧藍的湖泊在望，端的令人心曠神怡，暫時忘卻凡塵而出世。來到山腳下的Alpnachstad站之後，以原有的聯運票換搭早已準時停靠在湖港碼頭的觀光遊輪，一路迎著夏日的和風，讓兩岸青翠的山林和遠處覆蓋著皚皚白雪的阿爾卑斯山脊伴行，悠哉游哉，一時忘卻人間所有的煩惱，大約一個半小時之後，便怡然逸閒地來到了蘆蒨市區的港岸（這一段路程，也可以自Alpnachstad站捨遊輪而搭乘火車，大約15分鐘便可以來到蘆蒨市火車站），下船繼續遊覽市區或換搭火車前往別的目地的。這段遊程，可以領會瑞士上山下水之行，在景觀之中將瑞士的工藝、精準和細膩做了最具鬼斧神工的巧思結合展現。

生活風格類　ZE0001

新銳文創
INDEPEDENT & UNIQUE

歐洲不再是傳說

作　　者　歐洲華文作家協會
主　　編　麥勝梅　王雙秀
責任編輯　蔡曉雯
校　　對　黃世宜　高麗娟
圖文排版　賴英珍
封面設計　李孟瑾

出版策劃　新銳文創
發 行 人　宋政坤
法律顧問　毛國樑　律師
製作發行　秀威資訊科技股份有限公司
114 台北市內湖區瑞光路76巷65號1樓
電話：+886-2-2796-3638　傳真：+886-2-2796-1377
服務信箱：service@showwe.com.tw
http://www.showwe.com.tw
郵政劃撥　19563868　戶名：秀威資訊科技股份有限公司
展售門市　國家書店【松江門市】
104 台北市中山區松江路209號1樓
電話：+886-2-2518-0207　傳真：+886-2-2518-0778
網路訂購　秀威網路書店：http://www.bodbooks.com.tw
國家網路書店：http://www.govbooks.com.tw

出版日期　2010年11月初版
定　　價　380元

版權所有・翻印必究（本書如有缺頁、破損或裝訂錯誤，請寄回更換）
All Rights Reserved
Printed in Taiwan.

國家圖書館出版品預行編目

歐洲不再是傳說 / 歐洲華文作家協會著. -- 一版.
-- 台北市：歐洲華文作家協會, 2010. 11
面；　公分. --（生活風格類；ZE0001）
BOD版
ISBN　978-986-86334-2-1（平裝）

855　　99014275

讀者回函卡

感謝您購買本書，為提升服務品質，請填妥以下資料，將讀者回函卡直接寄回或傳真本公司，收到您的寶貴意見後，我們會收藏記錄及檢討，謝謝！如您需要了解本公司最新出版書目、購書優惠或企劃活動，歡迎您上網查詢或下載相關資料：http:// www.showwe.com.tw

您購買的書名：______________________________

出生日期：_______年_______月_______日

學歷：□高中（含）以下　□大專　□研究所（含）以上

職業：□製造業　□金融業　□資訊業　□軍警　□傳播業　□自由業

□服務業　□公務員　□教職　□學生　□家管　□其它_____

購書地點：□網路書店　□實體書店　□書展　□郵購　□贈閱　□其他

您從何得知本書的消息？

□網路書店　□實體書店　□網路搜尋　□電子報　□書訊　□雜誌

□傳播媒體　□親友推薦　□網站推薦　□部落格　□其他_______

您對本書的評價：（請填代號　1.非常滿意　2.滿意　3.尚可　4.再改進）

封面設計____　版面編排____　內容____　文／譯筆____　價格____

讀完書後您覺得：

□很有收穫　□有收穫　□收穫不多　□沒收穫

對我們的建議：______________________________

____

____

____

請貼
郵票

11466
台北市內湖區瑞光路 76 巷 65 號 1 樓
秀威資訊科技股份有限公司 收
BOD 數位出版事業部

(請沿線對折寄回，謝謝！)

姓　　名：________________　年齡：________　性別：□女　□男

郵遞區號：□□□□□

地　　址：____

聯絡電話：(日)________________　(夜)________________

E-mail：____